光文社文庫

長編時代小説

秋《しゅう》霜《そう》の撃《げき》

勘定吟味役異聞㈢

決定版

上田秀人

光 文 社

本書は、二〇〇六年八月に光文社文庫より
刊行した作品を、文字を大きくしたうえで
さらに著者が大幅な加筆修正したものです。

『秋霜の撃　勘定吟味役異聞（三）』目次

第一章　江戸の沈鬱　……　11
第二章　戦陣再来　……　87
第三章　遺臣たちの功罪　……　164
第四章　幕政の冬　……　241
第五章　継承の裏　……　323

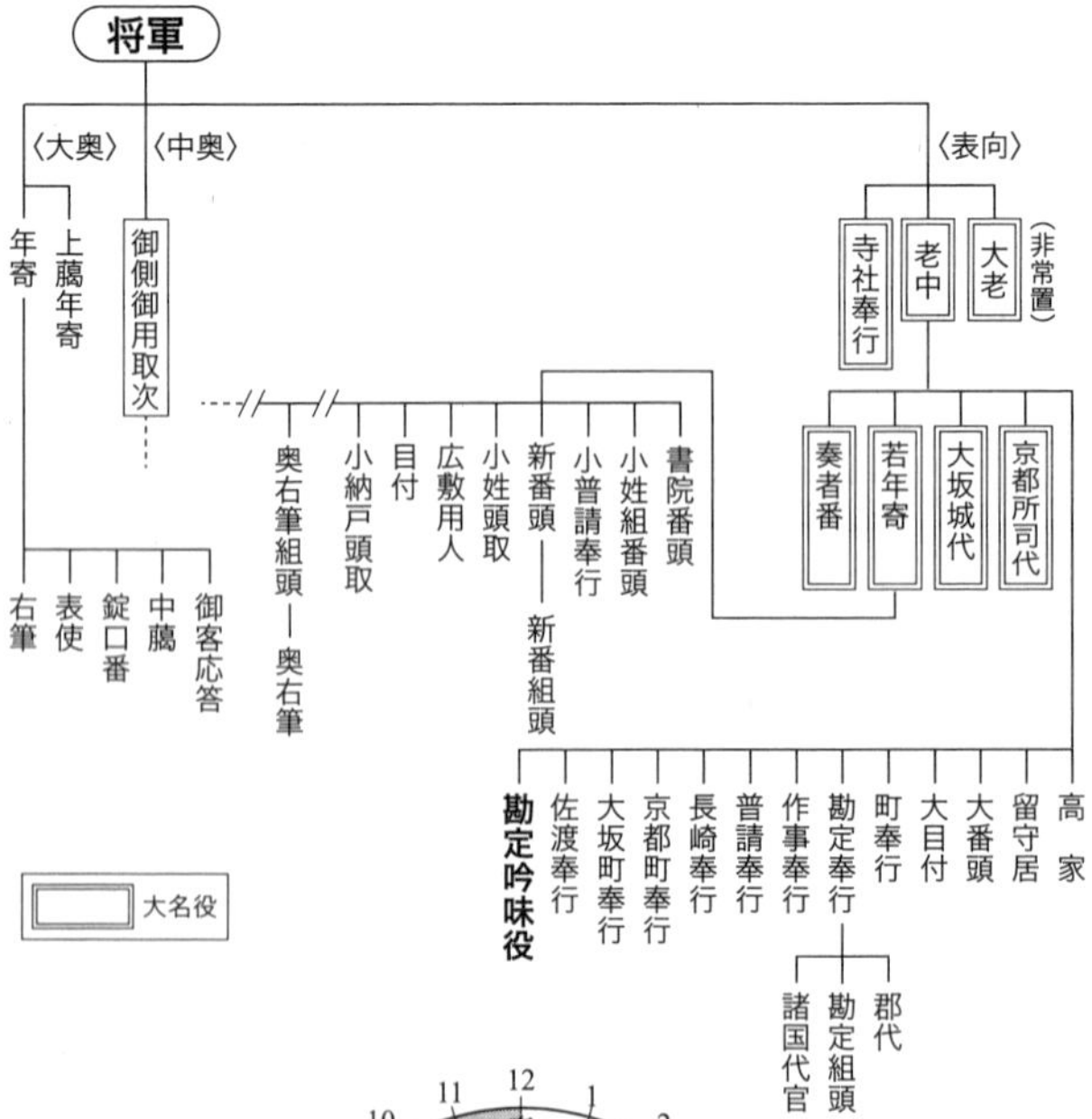

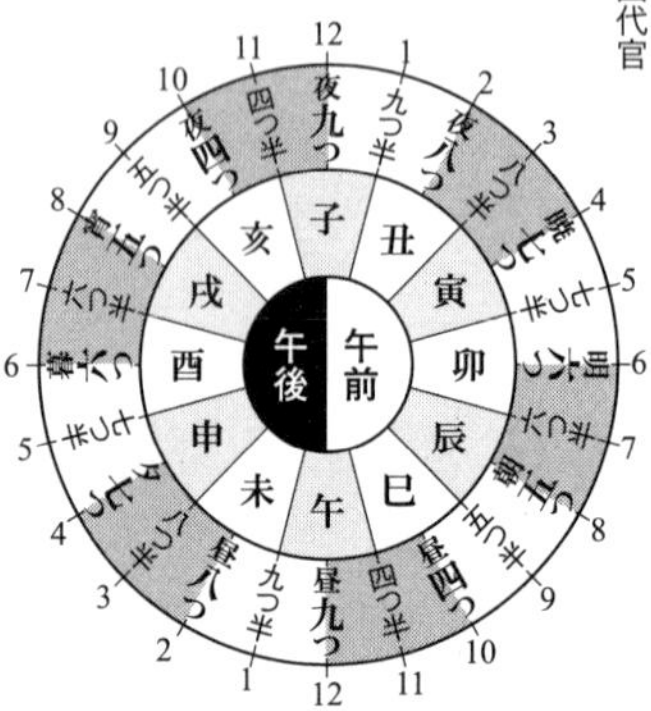

江戸の時刻（外の数字は現在の時刻）

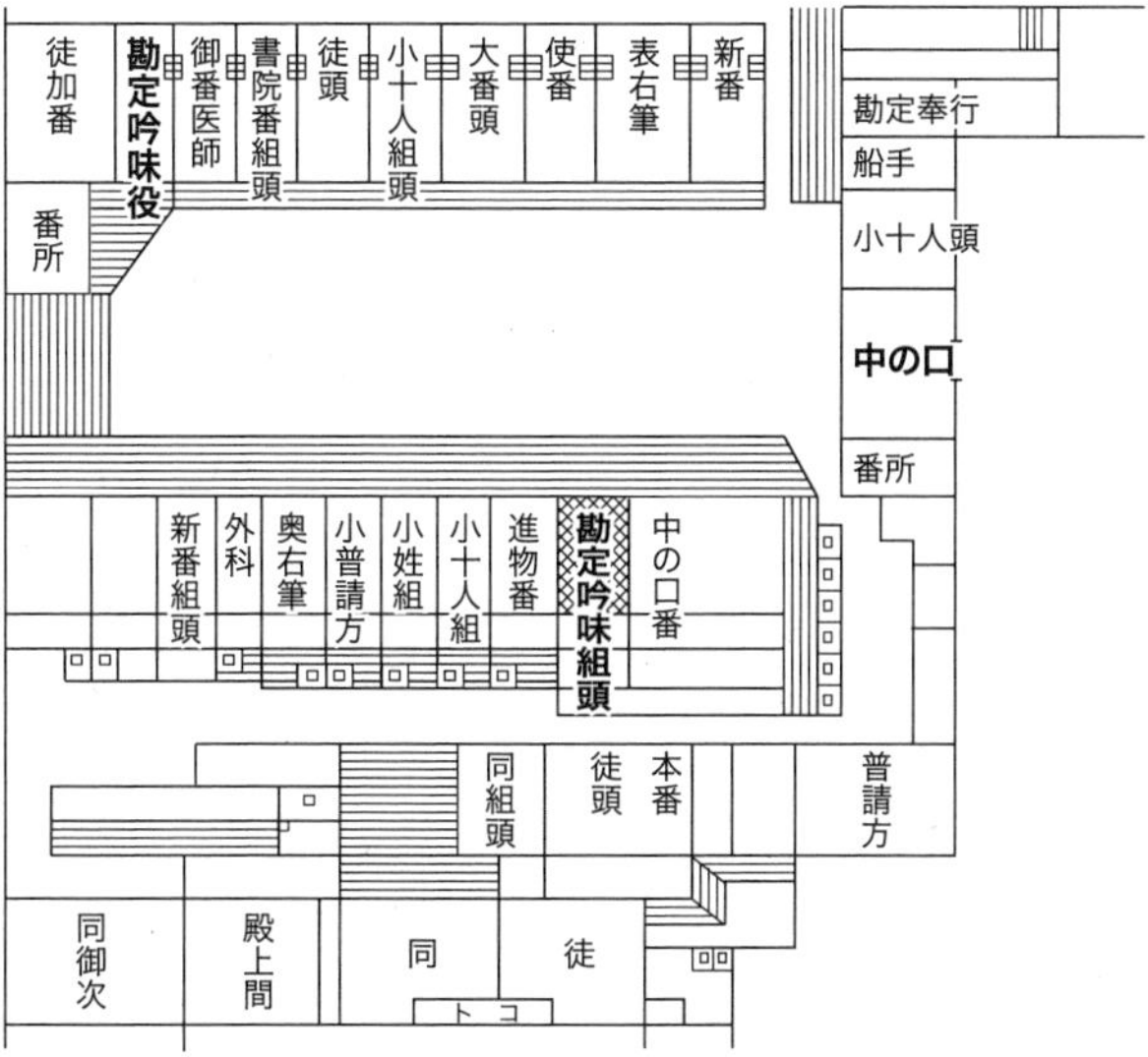
徒加番
勘定吟味役
御番医師
書院番組頭
徒頭
小十人組頭
大番頭
使番
表右筆
新番
勘定奉行
船手
小十人頭
中の口
番所
番所
新番組頭
外科
奥右筆
小普請方
小姓組
小十人組
進物番
勘定吟味組頭
中の口番
同組頭
徒頭
本番
普請方
同御次
殿上間
同
徒
トコ

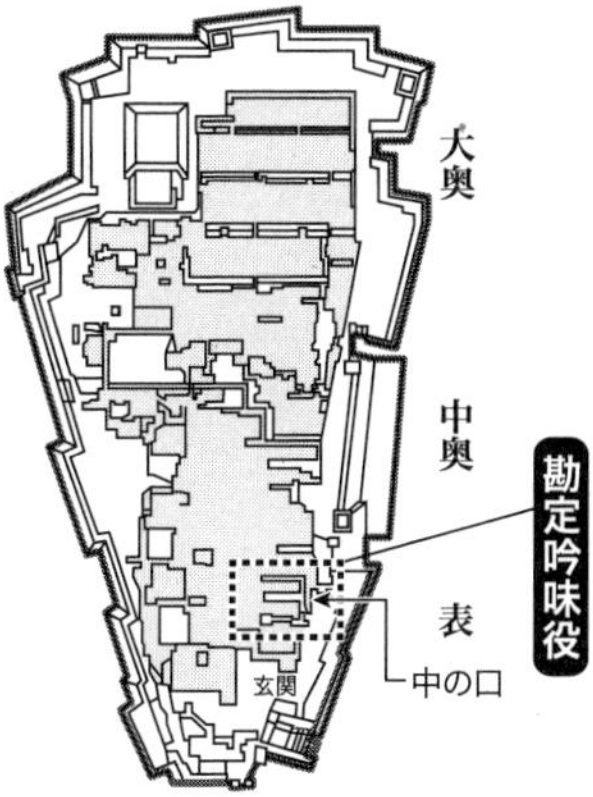
大奥
中奥
表
玄関
中の口
勘定吟味役

尾張殿上屋敷
市谷
御納戸町
若宮八幡宮
神楽坂
赤城明神
早稲田村
江戸川
江戸川橋
石切橋
切支丹坂
小日向馬場
音羽
護国寺
大塚
御薬園
至板橋宿
巣鴨
中山道
日光御成街道
牛込御留守居町
牛込御門
番町
田安御門
清水御門
小石川御門
傳通院
小石川
白山
神明宮
駒込
入江無手斎道場
水戸徳川家上屋敷
春日町
水道橋
水城聡四郎の屋敷
御弓町
神田川
竹町
本郷
加賀前田家上屋敷
千駄木
道灌山
根津権現
日暮里
霊雲寺
池之端仲町
池之端七間町
神田明神
湯島天神
不忍池
忍ヶ岡
昌平橋
昌平坂
明神下
筋違御門
鍛冶町
弁天
仁王門前町
東叡山寛永寺
根岸
谷中
下谷広小路
外神田
内神田
和泉橋
佐久間河岸
神田佐久間町
御徒町
下谷金杉町
下谷山崎町
広徳寺
幡随院
下谷竜泉寺町
通油町
通塩町
豊島町
新シ橋
柳原土手
左衛門河岸
向柳原
三味線堀
汐見橋
横山同朋町
広小路
両国
米沢町
浅草橋
茅町
猿屋町
甚内橋
元鳥越町
阿部川町
新吉原
薬研堀
両国橋
柳橋
御蔵前片町代地
新堀川
日本堤
尾上町
回向院
大川
首尾の松
御米蔵
旅籠町
御蔵前
御蔵前通り
東本願寺
浅草寺
奥山
浅草
日光道中
小塚原
一ツ目之橋
亀沢町
御竹蔵
御厩河岸之渡し
駒形町
駒形堂
浅草広小路
雷門
浅草観音
新鳥越橋
山谷町
山谷堀
二ツ目之橋
緑町
竪川
本所
南割下水
竹町之渡し
吾妻橋
花川戸町
今戸橋
今戸町
揚場
白鬚之渡し
源森橋
源森川
小梅村
三囲稲荷
向島墨堤
長命寺
木母寺
寺島村
三ツ目之橋
北割下水
北辻橋
大横川
法恩寺橋
新辻橋
業平橋
亀戸村
小梅村
四ツ目之橋
押上村
天神橋
十間川
柳島村
亀戸天神

紀伊徳川家屋敷
元赤坂町
天現寺
渋谷川
竹腰山城守屋敷
伝馬町
平河町
四谷御門
井伊掃部頭
中屋敷
紀伊徳川家
上屋敷
赤坂
赤坂御門
六本木
麻布新町
善福寺
氷川明神
四ノ橋
古川町
仙台坂
新網町
飯倉片町
市兵衛町
市谷御門
麹町
溜池
三ノ橋
二ノ橋
一ノ橋
中之橋
千鳥ヶ淵
芝車町
葵坂
半蔵御門
三田町
赤羽橋
虎之御門
西之御丸
至品川宿
新シ橋
外桜田御門
増上寺
雉子橋御門
和田倉御門
江戸城
一橋御門
南町奉行所
幸橋
土橋
金杉橋
宇田川町
北町奉行所
数寄屋橋御門
芝
浜松町
汐留橋
常盤橋御門
神田橋御門
呉服橋御門
三十間堀
銀座町
金杉川
竜閑橋
濱御殿
木挽町
数寄屋町
一石橋
本町
京橋
今川橋
西本願寺
本材木町
本両替町
白魚橋
日本橋
大伝馬町
楓川
魚河岸
小伝馬町
八丁堀
弾正橋
江戸橋
荒布橋
組屋敷
八丁堀
南茅場町
海賊橋
日本橋川
小網町
銀座
元大坂町
中之橋
亀島川
諸国人入れ相模屋
稲荷橋
一ノ橋
霊岸橋
箱崎橋
松島町
久松町
鉄炮洲
高橋
新川
行徳河岸
高砂橋
佃島
二ノ橋
湊橋
箱崎町
浜町堀
霊岸島
豊海橋
永久橋
箱崎川
石川島
大川端
永代橋
新大橋
水戸家一石揚場
佐賀町
今川町
上之橋
万年橋
江戸湊
大島町
黒江町
緑橋
万年町
海辺大工町
六間堀
油堀
材木町
永代寺
富岡橋
仙台堀
海辺橋
弥勒寺橋
山城橋
越中島
蓬莱橋
富岡八幡宮
高橋
深川元町
弥勒寺
霊巌寺
亀久橋
小名木川
汐見橋
深川
洲崎
入船町
新高橋
扇橋
猿江橋
南辻橋
猿江町
御材木蔵
大島橋
清水橋
金座
西
北
東
南
0
1km

『秋霜の撃　勘定吟味役異聞（三）』おもな登場人物

水城聡四郎　…………勘定吟味役。兄の急逝で急遽、家督を継ぎ、六代将軍家宣の寵臣の新井白石の目に留まり抜擢された。一放流免許皆伝。
入江無手斎　…………一放流入江道場の道場主。聡四郎の剣術の師匠。
相模屋伝兵衛　…………江戸一番の人入れ屋相模屋の主。
紅　…………相模屋のひとり娘。危ういところを聡四郎に救われ、互いに想いを寄せあうようになった。
大宮玄馬　…………水城家の家士。入江道場では聡四郎の弟弟子。
太田彦左衛門　…………勘定吟味改役。聡四郎につけられた下役。
新井白石　…………無役の表寄合。家宣の寵愛深い儒者。聡四郎を勘定吟味役に抜擢。勘定奉行の荻原近江守重秀を追い落とすことに成功した。
荻原重秀　…………前の勘定奉行。聡四郎の働きで新井白石の助言で職を解かれた。
紀伊国屋文左衛門　…紀州の材木問屋。
柳沢吉保　…………前の甲府藩藩主。将軍綱吉亡き後、息子吉里に家督を譲り隠居。
永渕啓輔　…………徒目付。幕臣となってからも、前の主君・柳沢吉保のために動く。

秋霜《しゅうそう》の撃《げき》

勘定吟味役異聞（三）

第一章　江戸の沈鬱

一

寂寞《せきばく》として声もなく、ただすすり泣きのみが江戸城をおおっていた。

正徳《しょうとく》二年（一七一二）十月十四日、六代将軍徳川家宣《とくがわいえのぶ》がこの世を去った。初冬の日差しが江戸の町を照らした辰《たつ》の刻（午前八時ごろ）、壮絶な痛みに耐え続けた家宣はようやく安寧《あんねい》のときを得たのである。

すでに前夜から危篤状態に陥っていたこともあり、江戸城には当番非番を問わず、すべての役人が登城していた。が、側用人《そばようにん》兼老中《ろうじゅう》格、間部越前守詮房《まなべえちぜんのかみあきふさ》ただ一人に看取られての最期であった。

享年五十二、五代将軍徳川綱吉《つなよし》のおこなった悪政の数々を払拭《ふっしょく》し、ゆるみ始めた幕府の土台をたてなおすことを期待されて将軍位についた家宣だったが、わずか三年たらずでその幕は閉じられた。独自の政策をうちだすことはできず、まさに綱吉の尻ぬぐいだけの治世であった。

家宣が臥《ふ》している中奥御休息《なかおくごきゅうそく》の間《ま》に入ることを許されず、御納戸口《おなんどぐち》近くの側《そば》衆《しゅう》下部屋で端座《たんざ》していた新井筑後守白石《あらいちくごのかみはくせき》は、御殿坊主によってもたらされた訃報に、人目もはばからず号泣した。

「……上様……」

新井白石はふりしぼるような声で家宣を呼び、御休息の間に向かって平伏《ひれふ》した。ふたたび新井白石が顔をあげるまで、かなりのときがかかった。御殿坊主は、困ったような顔をしながら、じっと新井白石の激情がおさまるのを待った。

御殿坊主が去らずにいることに、やっと新井白石が気づいた。

「まだなにか」

涙を拭うこともせず、新井白石が問うた。

「総参集がかけられましてございまする。大広間にご出座くださいますように」

御殿坊主が、老中からの命を伝えた。

「総参集だと。上様がお亡くなりになったばかりでか」

新井白石が怪訝《けげん》な顔をした。

将軍の死はしばらく秘され、世情の乱れを十分に抑えるだけの準備ができてから明らかにされるのが通例だった。

「はい。間部越前守さまが、お預かりしておられる上様の御遺言を広くお報せになられるとか」

殿中での故事来歴につうじている御殿坊主も、不審そうな顔を隠そうとしなかった。

「そうか。みょうだが、上様のお言葉とあればうかがわねばなるまい。で、拙者《せっしゃ》はどこに座すればよいのだ」

新井白石が訊《き》いた。

殿中には厳格な格付けがあった。この行事のときは、誰が誰の隣に座り、そのとき部屋の端から何枚目の畳のどこに腰をおろすかまで決められていた。

新井白石が己の座を尋ねたのは、正式な身分が決まっていないからであった。

新井白石は、将軍家宣の儒学師《じゅがくし》であったが、幕府の役職にはついていなかった。いちおう側衆格、政務取りあつかいは若年寄に準ずるとされていたが、これは公式な身分ではなかった。

「……それが……」

御殿坊主が逡巡《しゅんじゅん》した。

「はっきりと申せ」

じれた新井白石がせかした。

「大広間外三《そとさん》の間《ま》縁側、御小姓組組頭《おこしょうぐみくみがしら》次席とのことでございまする」

御殿坊主が、頭をさげた。

大広間は、年賀を始め、重要なお触れの発布など、大勢の大名や役人を集めるときに使われる。ここでの席次が、そのまま幕府での格付けであった。

「な、なんだと」

新井白石が絶句した。

大広間は、将軍の座する御上段の間を上座として、御中段の間、御下段の間からなる。もちろん、それだけで役人までふくめた全員が座れるわけもなく、大広間外として、下段の間の右手に次の間、三の間が設けられていた。

老中が中段の間、京都所司代《しょしだい》は下段の間、側役たちは三の間とされるのが慣例であった。

新井白石は、その三の間にさえ、席が与えられていなかった。

側衆格ならば、三の間から出されてもしかたないことだったが、新井白石の顔色が変わったのは、その座が三の間外お襖際《ふすまぎわ》である勘定奉行よりも格下にされたことにあった。

「そ、そのようにお伝えせよと老中土屋相模守《つちやさがみのかみ》さまより命じられただけでございますれば……では、ごめんくださりませ」

にらみつける新井白石から、逃げるようにして御殿坊主が去っていった。

「相模守め。さっそくに意趣《いしゅ》返しを始めよったか」

新井白石が、ののしった。

土屋相模守政直《まさなお》は、新井白石が父正済《まさなり》とともに、主《あるじ》たるにたらずとみかぎった久留里《くるり》藩主土屋伊予守直樹《いよのかみなおき》の従兄弟《いとこ》にあたる。貞享《じょうきょう》四年（一六八七）から、綱吉、家宣と二人の将軍を支え、じつに二十五年にわたって執政《しっせい》をつとめる御用部屋でもっとも古い老中であった。

忠誠をなによりの規範とする武士の世において、家臣から暇をとられた藩主の恥というのはそそぐことが難しいほど大きい。

とくに久留里藩は、土屋一族の本家にあたり、その恥は一門すべてにおよんでいた。

新井白石は、家宣の寵臣《ちょうしん》として江戸城にのりこんだとき、土屋相模守が見せた苦い顔を、昨日のことのように覚えていた。

「ふん」

一瞬で新井白石の顔に浮かんだ憤怒《ふんぬ》の色が消えた。

「このようなことで、わしを怒らせようとしても無駄よ。不満を言いたてて、欠席し、上様のご遺言を承らなければ、それを咎《とが》にわしを御役御免《おやくごめん》にもちこむつもりだろうが、そうはいかぬ。上様より託された鍋松君《なべまつぎみ》の傅育《ふいく》の任、これを果たし、さすがは家宣さまがお血筋とたたえられるようになられるまで、わしは地に伏し草を食《は》んでも務めあげてみせる」

新井白石は決意をあらたに下部屋を後にした。

水城聡四郎《みずきそうしろう》は、御目見得《おめみえ》以上の役人である勘定吟味役であったが、大広間に呼ばれてはいなかった。

聡四郎だけが疎外されたわけではなく、役人すべてを集めては収拾がつかなくなるからであった。

大広間で家宣の遺言を聞けなかった聡四郎たちは、後ほど組頭からその内容を報される。組頭のいない勘定吟味役は、勘定奉行から他の勘定衆と一緒に、詰め所である内座《ないざ》で伝えられることになっていた。

「水城さま」

聡四郎とは親子ほども歳の離れた下役、勘定吟味改役《あらためやく》太田彦左衛門《おおたひこざえもん》が、蒼白《そうはく》な顔で声をかけてきた。

太田彦左衛門は、勘定吟味改役に転じるまで長く勘定衆殿中方《でんちゅうかた》として活躍した、練達《れんたつ》の役人である。その太田彦左衛門が、落ち着きを失っていた。

「太田どのらしくもない。大樹《たいじゅ》公の訃報《ふほう》は、二度目でござろうに」

聡四郎は、太田彦左衛門に言った。

先代綱吉の薨去《こうきょ》も太田彦左衛門は経験していた。二度目ならば、慣れているだろうと聡四郎はかるく、たしなめた。

あのとき、聡四郎はまだ冷や飯食いの四男で、綱吉の死を聞いて落涙した父功《こう》之進《のしん》に奇異《きい》な思いしか感じなかった。主君が死んだという現実感が乏しかったのだ。

「水城さまこそ、悠長《ゆうちょう》にかまえておられる場合ではございませんぞ」

太田彦左衛門が、逆に聡四郎を叱った。

「なにがでござる」

聡四郎は、太田彦左衛門に問うた。

「よろしいか、上様がお亡くなりになるということは、新井白石さまを守ってくださるお方がいなくなるのでございますぞ」

太田彦左衛門が、小さな声ながらきびしい口調で述べた。

たしかに、新井白石は太田彦左衛門の言葉どおり、家宣の支えがあればこそ、幕府のなかで我がもの顔ができた。これは、新井白石に限ったことではないが、主君を失った寵臣の末路ほど悲惨なものはなかった。

いままでの権を奪われるだけならまだしも、次代の権力者の機嫌しだいでは、命さえ危なくなる。

日ごろから狷介《けんかい》で、傲慢《ごうまん》な新井白石である。鋭い舌鋒《ぜっぽう》で遠慮なく他人を責め、敵を作り続けてきた。敵だらけでかばってくれる者のない新井白石が政《まつりごと》の舞台から消え去ることは確定していた。

「つまり、拙者の後ろ盾もなくなると申されたいのでございますな」

聡四郎は、確認した。

「おわかりなら、もう少しなさりようというものがございましょう」

太田彦左衛門が、あせるのも当然であった。

勘定方の家柄でありながら、家督《かとく》を継ぐことのできない四男だった聡四郎は、ずっと剣で身をたてるつもりでいた。なればこそ必死に稽古をして、師範代にといわれるまでになった。

しかし、長兄が急死したことで当主になり、さらに新井白石によって勘定吟味役という大役に抜擢《ばってき》された。聡四郎は、新井白石の期待にこたえて、勘定方を牛耳《ぎゅうじ》っていた勘定奉行荻原近江守重秀《おぎわらおうみのかみしげひで》を排除し、よどんでいた勘定方に改革の風をいれることに成功した。

それは、代々勘定方を受けついでいく家柄の集まりである勘定筋を裏切る行為でもあった。新井白石に踊らされたかたちとはいえ、聡四郎は勘定方すべてを敵に回していた。味方は、太田彦左衛門しかいなかった。

太田彦左衛門は、荻原重秀によって娘婿を殺された恨みから、聡四郎についた。たった二人だったが、成果はあげてきた。

徳川幕府の最高権力者である将軍から師と呼ばれる新井白石がついている間は、強引な手法も使うことができた。それも昨日までであった。

家宣の死は新井白石の失脚《しっきゃく》を意味し、そして聡四郎と太田彦左衛門の落魄《らくはく》をあらわしていた。

「なればこそ、じっとしておるのでございまする。どのような手だても打ちようがございませぬ。いまさらあわてたところで、結果はおなじでございましょう」

聡四郎は、淡々と告げた。

「……たしかに。さようでございますな。ここまできて、新井白石さまから荻原近江守どののにのりかえることもできませぬ」

太田彦左衛門は、荻原重秀をさまづけで呼ばなかった。

「命までとられることもありますまい」

聡四郎は、あざけりを浮かべた目で聡四郎と太田彦左衛門を見る同役たちに顔を向けた。

昨日までなら確実に瞳《め》をそらした連中が、にらみ返してきた。

「人とはこのようなものか」

聡四郎は、恐怖とか寂寥《せきりょう》感ではなく、情けない思いでため息をついた。

尾張《おわり》徳川権中納言《ごんのちゅうなごん》吉通《よしみち》と、水戸《みと》徳川権中納言綱条《つなえだ》が登城した。在国中の紀《き》州《しゅう》徳川吉宗《よしむね》をのぞいた御三家がそろうのを待って、家宣の遺言を記した書付《かきつけ》が間部越前守の手から、林大学頭信篤《はやしだいがくのかみのぶあつ》に渡された。

林大学頭は一度書付を押しいただき、朗々と読みあげた。

「不肖の身、東照宮《とうしょうぐう》の神統《しんとう》をうけたまわりしよりこのかた、天下の政事、つねに神徳に継《つが》んことをもって心とす。しかるに在世の日短くして、その志《こころざし》のとげざること、今におよんで言うべきところを知らず……」

家宣の無念で始まった遺言は、息子鍋松が四歳と幼いことを危惧《きぐ》するだけで終わっていた。

幼君をあなどることなく、徒党を組まず、呉越同舟《ごえつどうしゅう》の気持ちで七代将軍になる鍋松をもりたててくれるようにと訴えていた。

「……およそ天下の貴賤《きせん》大小、よろしくあい心得るべきことにおぼしめすものなり」

林大学頭が、読み終えた。

ゆっくりと平伏している大名たちに目をやった林大学頭は、手にしていた書付をひるがえした。

「ご黒印《こくいん》つきである」

林大学頭が高くかかげた書付の最後には、正徳二年十月九日の日付と将軍の公印である黒印が押されていた。

「ははっ。一同の者、衷心《ちゅうしん》よりうけたまわりましてございまする」

黒印を確認するように少しだけ顔をあげた大老井伊掃部頭直該《いいかもんのかみなおもり》が、ふたたび畳に額を押しつけるようにして応えた。

しばらく肩を震わせて感涙を流していた井伊掃部頭が、背筋を伸ばして立ちあがった。

林大学頭と場を入れ替わる。

「六代さまは、間部越前守をつうじ、われら老臣どもにもお言葉を託された」

井伊掃部頭が、声を張りあげた。

「一つ、東照宮百回忌を厚くとりおこなうべし。台徳院殿《たいとくいんでん》ご忌日《きじつ》、末代まで軽《かろ》んじたてまつるまじ。大猷院殿《だいゆういんでん》、厳有院殿《げんゆういんでん》、ご忌日も準ずべし。常憲院殿《じょうけんいんでん》ご忌日、これはつい先日のことなれば、言うにおよばず」

台徳院殿は二代将軍秀忠《ひでただ》、大猷院殿は三代将軍家光《いえみつ》、厳有院殿は四代将軍家綱《いえつな》、常憲院殿は五代将軍綱吉の諡《おくりな》である。

「一つ、我世をさらば、増上寺《ぞうじょうじ》に葬るべし。近代祖公上野《うえの》に葬し、増上寺は日に詣《もうで》る人も多からず。このまま百年におよべば、台徳院を軽んじたてまつるもとなり。これを思いて、我命終わらば増上寺に葬せよと命ず」

増上寺の名前が出たとき、一座がざわめいた。それを無視して井伊掃部頭は、続けた。

「一つ、臣たる者、幼君に祖を厚く崇敬《すうけい》し、三家および連枝《れんし》の類葉《るいよう》に親しみを薄くすべからずと専心に教えよ」

ここにも家宣が鍋松へいだく心配が記されていた。

「一つ、極悪の者といえども十に一つもゆるすべき道理を探し、重罪を軽罪になすことが、真の政と心得よ。すべて下々はまったく愚昧《ぐまい》の者なれば、上智《じょうち》を求むること遠し。老中および役人一人の了簡《りょうけん》をもって、法式などあい決めることは好ましからず」

変わらぬ声で読みあげる井伊掃部頭に、座はふたたび静かになった。

「一つ、役替えなどのこと、役儀の年久しき者をさしおいて、近しき者を進めること用捨《ようしゃ》すべし。さしおかれたる年久しき者ものごとに差し控える心で期することあり。しかれば、正道《しょうどう》をもって筋目《すじめ》ある者、旧役の者をだんだんと用いるべし」

かすかに聞こえていた井伊掃部頭の言葉を新井白石は、もう聞いていなかった。

「…………」

無言ながら、あきらかに新井白石の顔には不満が浮かんでいた。井伊掃部頭が告げていることは、新参ながら独断で幕政に口出しをした新井白石を皮肉っているとしか思えなかった。

「……お言葉を皆の者、忘れるべからず」

井伊掃部頭が、最後を締めくくった。

新井白石が大広間外三の間縁側隅に正座してから一刻《いっとき》（約二時間）ほどで、儀式は終了した。

一気にざわめき、遺言の内容を話しあう諸役人たちとは一人離れて、新井白石は間部越前守の姿を探した。

「もう、奥へと入ったのか」

間部越前守が、大広間にいないことに気づいた新井白石が、あきれたようにつぶやいた。

二

将軍薨去《こうきょ》をうけて、町奉行が江戸の町に音曲停止《おんぎょくちょうじ》を命じた。

たちまちにして、江戸の町から三味線の音、琴の音が消えた。さらに音曲停止には、芝居小屋や見せ物小屋での興行、大道芸人の演舞も含まれる。浅草《あさくさ》や両《りよう》国《ごく》広小路などは、まるで火が消えたようになった。

庶民たちの遊行《ゆぎよう》まで禁止されることはないが、高歌放吟《こうかほうぎん》は咎められるとあって、出歩く人の数まで減った。

そんななかで、大きく盛りあがった場所があった。芝《しば》の将軍家菩提所《ぼだいしよ》、増上寺である。

増上寺は、徳川氏の創建ではなかった。歴史は幕府よりはるかに古い。明徳《めいとく》四年（一三九三）浄土《じようど》宗第八祖聖聡上人《しようそうしようにん》によって、武蔵《むさし》国豊島《としま》郡に開かれたことに始まる。

関東入府のおり、当時の住職であった存応《ぞんのう》上人と出会い、深くその人となりに帰依《きえ》した徳川家康《いえやす》が、増上寺を徳川家の菩提寺にした。

その後、幕府から現在の地を与えられ、寺領一万石僧侶三千人を擁《よう》する東国一の大伽藍《だいがらん》となった。

しかし、徳川家の菩提所となりながら、いままで増上寺に墓地を定めたのは、二代将軍秀忠のみであった。

日光《にっこう》に東照宮を建て、そこで神として崇《あが》められている神君家康は別格として、秀忠からあとは、ずっと増上寺に埋葬されるはずだった。

それを狂わせたのは、三代将軍家光であった。家光は、どういう経緯か父と母に嫌われた。あやうく三代将軍の地位を弟忠長《ただなが》に奪われそうになった家光を、祖父家康が救った。

深く家康に傾倒した家光は、その死後崇敬《すうけい》の対象を徳川幕府樹立の陰の立て役者と言われた黒衣の宰相天海《てんかい》僧正へと変えた。

徳川の創世に大きくたずさわった天海に、家光は家康を映していた。

天海の前半生は謎につつまれている。陸奥《むつ》の戦国大名蘆名《あしな》氏の出とも、名門三《み》浦《うら》氏の末裔《まつえい》ともいうが、定かではない。十一歳で比叡山延暦寺《ひえいざんえんりやくじ》に入り、修行の後、甲斐武田《かいたけだ》氏や蘆名氏に招かれて古寺の復興に力を見せた。

慶長《けいちょう》十二年（一六〇七）、将軍の座を秀忠に譲って駿河《するが》に隠居していた家康の誘いに応じ、全国の宗門探題《しゅうもんたんだい》奉行に任じられた。元和《げんな》八年（一六二二）には、家康より江戸の鎮護《ちんご》を託され、京における鬼門《きもん》守護比叡山にならい、江戸城北東の地上野忍岡《しのぶがおか》に寺院を建立《こんりゅう》した。東の比叡山、号して東叡山円頓院《とうえいざんえんとんいん》の落成である。後に元号を寺名とすることを勅許され、寛永寺《かんえいじ》となった。

幕府の宗教政策にかかわっただけでなく、天海は豊臣《とよとみ》家の討滅にも手腕を発揮した。まさに家康の謀臣《ぼうしん》と呼ぶにふさわしい人物であった。

徳川にとって神にひとしい家康が師と尊称をつけて呼ぶ天海に、家光が傾倒したのは当然である。

その天海も寛永二十年（一六四三）、病に臥した。家光はその枕元に何度も見舞いに訪れ、ついに天海の歓心を買うために己の葬儀は東叡山でとりおこなうとまで言った。それは天海が百八歳の天寿をまっとうしたあと、実現された。家光は家康とともに日光で眠ることを望んだが、家綱、綱吉と二代続いて東叡山寛永寺に墓所を決めることになった。

菩提寺としてないがしろにされ続けた増上寺が、家宣の遺言を聞いて快哉《かいさい》を叫んだのも無理はなかった。

「名前だけの菩提寺と陰口をたたかれることもないぞ」

昂奮《こうふん》した僧侶が大声で叫ぶが、広大な寺領のなかである。外に漏れることもなく、騒ぎは一晩続いた。

「祝いは今宵だけで止《や》めよ。家宣さまが当寺にて眠りにつかれることは決したとはいえ、まだ墓所の裁定など、なにかと手続きがある。不用意なことを申したり、おこなったりして御上《おかみ》の機嫌をそこねては、なんにもならぬ。万一、増上寺には任せておけぬと決定がくつがえれば、今後徳川の家が何十、いや何百代にわたって続こうとも、二度と菩提のことはまわってこぬ」

役僧の一言で、僧侶たちの雰囲気が変わった。

「境内の掃除を徹底いたせ」

「しばらく参詣を停止《ちょうじ》いたそう。家宣さまの墓所と選定されるところに、町人の足形が残っていては、話にならぬ」

将軍家の墓所となるべきところに、人が入りこめるはずもないのだが、警戒厳重な大奥《おおおく》にさえ、瓦職人が踏みこんだことがあるのだ。慎重には慎重を期すべきだと一人の僧侶が発言した。

「そうじゃ、将軍家の墓所ともなると塀に門構えにと作事《さくじ》が要る。明日にでも相模《さがみ》屋伝兵衛《でんひょうえ》に話をとおしておくべきよな」

役僧の発言で一夜の宴は終わった。

江戸城大手門を東に進んだ銀座《ぎんざ》前元大坂町《もとおおさかちょう》に、諸国人入れ屋相模屋伝兵衛の店はあった。幕府お出入りとして旗本《はたもと》格を与えられている相模屋伝兵衛は、江戸の人足や節季《せっき》ごとの奉公人のほとんどを差配していた。

相模屋伝兵衛に増上寺から呼びだしの使者が来たのは、十月十九日の朝だった。

「ちょいと出かけてくるよ」

裃《かみしも》姿で玄関に立った相模屋伝兵衛を一人娘の紅《あかね》が、切り火を鑽《き》って送りだした。

「お気をつけて。お早いお戻りを。辰之介《たつのすけ》、頼んだよ」

紅が供をする小者《こもの》に声をかける。

「へい」

元大坂町から増上寺までは、そう遠くはない。午前中には戻ってこられる。それまでは紅が店をしきる。

紅がいまだに家に残っているのにはわけがあった。聡四郎と知りあってからずっと毎日本郷御弓町《ほんごうおゆみちょう》の屋敷にかよっていたのを、将軍家宣の薨去を受けて自粛しているのだ。

「旗本やお大名のご婚礼でさえ、しばらくは遠慮されるんだ。若い娘がちょろちょろ出入りして、みょうな噂でもたってみろ、水城さまにご迷惑をかけることになるんだぞ」

相模屋伝兵衛からさとされて、紅はおとなしく店の手伝いをしていた。

「ご退屈のごようすで」

帳場に座ってはいるものの、まったく筆の動いていない紅に、相模屋の職人頭袖吉《そできち》が声をかけた。

「………………」

紅は、無言で袖吉をにらんだ。

腕のいい鳶《とび》職人である袖吉が、日のあるうちに店にいることはめずらしい。これも家宣の死が関係している。普請《ふしん》や造作《ぞうさく》なども自粛しているために、職人も仕事がないのだ。

「あんたこそ、暇そうね」

にらむのにあきた紅が、口を開いた。

気の荒い職人たちを抑えなければならない口入れ屋の娘である。旗本格の家柄でございとお姫さまを気取っていてやっていけるわけはなかった。紅はその見た目と正反対に、お俠《きゃん》な性格であった。

「二十日先まで決まっていたおまんまのたねが、全部なくなりましたからねえ」

口入れ屋に属している職人の収入は、日当であった。腕や仕事によって多寡《たか》はあったが、紬吉ほどになると一日八百文《もん》にはなる。力仕事である荷運び人足が、一日働いて二百文ほどにしかならないことから見ても、紬吉の腕前はかなりのものと知れた。

「干上がってしまうのかい」

紅が話にのってきた。

「えへへっへ。長屋には米も味噌もありやすからねえ、喰うに困ることはねえんでやすが……」

紬吉が、にやりと笑った。

「店賃《たなちん》かい」

紅が訊《き》いた。江戸の長屋は、日ごとの家賃が主である。一日いくらで長屋を借り、五日ごと、あるいは十日ごと、もしくは月ごとで支払う。

「店賃は、月末払いなんで、まだ十日ほどは忘れてられやす」

紬吉が首を振った。

「口でも屋根でもないとなると……」

紅が紬吉を上から下まで見た。

「身形《みなり》に気を遣うほうじゃないしねえ」

「そりゃあ、あんまりですぜ、お嬢さん」

紅の言いぶんに袖吉が不服を唱えた。

「こう見えても、粋《いき》でとおってるんでやすぜ。本当の粋人は、目につかねえところに金を使うんでさ」

「へえ、いったいどこに金がかかっているのか見せてもらいたいよ」

紅が、袖吉に言った。

「ほら、ここでさ。この腹に巻いた晒《さらし》が、そんじょそこらの晒じゃねえんでさ。かの宮本武蔵《みやもとむさし》が巌流島《がんりゆうじま》の戦いのおりに使っていたという由緒正しき晒で」

袖吉が、小袖の前を割って見せた。

「おふざけでないよ」

紅が手を振った。

人足相手の商売である。紅は男の肌を見たぐらいで赤くなることはなかった。

「袖吉が金を使うのは、お女郎さんだろ。そんなことは、お見通しさ」

紅が、笑った。

「ありがとうよ。ちょいとなんだったかねえ」

礼を口にして、紅がため息をついた。袖吉が気を遣ってくれたことに紅は気づいていた。

「まあ、無理はねえですがね。ずいぶん、お会いになってませんからねえ」

袖吉がうなずいた。

吉原《よしわら》の闇運上《うんじょう》をめぐっての戦いに聡四郎が身を投じたとき、紅は己が聡四郎の気がかりにならないようにと、本郷御弓町へ行くのをやめた。

「ことが終わったら、迎えに来なさい」

そう言って別れたのだが、運の悪いことにそのまま将軍家の不幸に突入し、聡四郎は紅を迎えに来るどころか、顔さえ見せていなかった。

「旦那のことだ、ご無事でやすよ」

袖吉は、紅を安心させようと告げた。

「わかっているんだけどねえ。でも、この目で確かめたいのよ。怪我してないかどうか」

紅は、聡四郎が無茶をしたがることを危惧《きぐ》していた。今までも何度となく命をかけた戦いに足を踏みいれ、そのたびに大きな傷を聡四郎は受けていた。そのなかには、人質に取られた紅を救うために、負ったものもあった。

「はあ、親方もご心配なことだ」

袖吉が、首を小さく振った。

「さて、あっしはそろそろ帰りやす」

袖吉が、立ちあがった。

「ごくろうさま」

紅が、袖吉をねぎらい、送りだした。

そのころ聡四郎は、内座でじっとしていた。

吉原の一件を報告しようにも、新井白石が寸刻の間もとってくれなかった。それだけ新井白石もせっぱ詰まっていることは、聡四郎にもわかっていた。

水城の家は勘定筋と呼ばれる家柄で、役目につくとしたら勘定方と決まっていた。祖父は組頭までのぼり、家禄を増やしたほど勘定方に精通していたが、聡四郎は何一つ知らなかった。その素人に近い聡四郎を、新井白石が勘定吟味役という重い役目に抜擢したわけはただ一つ、勘定方の悪弊《あくへい》に染まっていなかったからであった。

筋目も経験も無視した人事で勘定吟味役に選ばれた聡四郎は、最初から新井白石の思惑にそって動くしかなかった。

太田彦左衛門が、やってきて声をかけた。

「水城さま。このことはいかがいたしましょう」

周囲の同役に聞こえないように小声でささやいた。

長く幕府勘定をほしいままにしてきた勘定奉行荻原重秀を排した聡四郎は、新井白石から褒賞《ほうしょう》され、加増《かぞう》を受けた。

だが、それも他の勘定方の気にさわった。荻原重秀は勘定方を牛耳ったが、その恩恵を受けた者も多かった。旧弊《きゅうへい》の余得まで暴いた新井白石は勘定方にとって敵であり、聡四郎はその走狗《そうく》として疎外されていた。勘定方で孤立した聡四郎と太田彦左衛門は、何をするにも目立たないように動くしかなかった。

太田彦左衛門が出したのは、御蔵入高並御物成元払積書《おくらいりだかならびにおものなりもとばらいつもりがき》であった。

御蔵入高並御物成元払積書は、幕府の総収入を年度ごとにまとめたものだ。気候や風土によって取れ高《だか》の変わる米を年貢《ねんぐ》として取りあげた記録である。現物は慶安《けいあん》四年（一六五一）からのものしかなかったが、太田彦左衛門がどこからか手に入れてきていた。

「ご先代、いや、もう先々代と呼ぶべきでしょうが、綱吉公が将軍になられてから一気に年貢が増えたことを申しあげようにも、新井さまと話をすることさえできませせぬ」

聡四郎は、親子ほど歳が違い、勘定方としての経験も長い太田彦左衛門に敬意を表して、ていねいな言葉遣いをしていた。

「ご必死なのでござりましょう」

太田彦左衛門も嘆息した。

新井白石は、そのとおり席の暖まる暇《いとま》もないほど動きまわり、新将軍となる鍋松を手中にしている間部越前守にどうにかして面会しようと画策していた。

間部越前守と新井白石は、ともに先代将軍家宣の側近である。新井白石が儒学者から寄合《よりあい》旗本に、間部越前守は能役者から大名へと、家宣によって引きあげられた者同士であったが、接点はほとんどなかった。

新井白石が家宣の政を支えたのに対し、間部越前守は家宣の私《わたくし》にたずさわったからである。そして、間部越前守は鍋松の出生からずっと傅育《ふいく》の任を命じられ、大奥にも出入り勝手を許されていた。

鍋松が次の将軍と決まった今、間部越前守が幕府のなかで最高権力を握ったにひとしかった。

何度御殿坊主をつうじて面談を申しこんでも、多用を口実に断り続けた間部越前守から、新井白石に呼びだしがかかったのは、家宣の柩《ひつぎ》が増上寺へ出立《しゅったつ》する前夜のことであった。

一ヵ所に落ちつくのが怖いかのように城中を歩きまわっていた新井白石を、御殿坊主が呼び止めた。

「ようやく、お姿を見つけましてござる」

荒い息をつきながら、新井白石の袖をつかまんばかりに御殿坊主がせまった。

新井白石が、御殿坊主の顔を見て驚いた。顔見知りの御用部屋坊主であった。

「何用か」

新井白石は、御用部屋坊主が来たことに戸惑っていた。殿中のことならば、御殿坊主の一つ表《おもて》坊主が動くのが慣例であった。御用部屋坊主は、老中や若年寄などが御用部屋で執務する手助けをする実力者であった。

「間部越前守さまが、新井白石さまをお呼びでございまする」

御用部屋坊主が、告げた。

「なんだと」

新井白石は間部越前守が、御用部屋坊主を使ったことに驚きの声を上げた。間部越前守は宝永《ほうえい》六年（一七〇九）に老中格となったが、鍋松の傅育を一手に引き受けていることで、御用部屋に出入りすることはほとんどなかった。いや、御用部屋の一員と認められていなかったというのが正しい。それが御用部屋坊主を使いによこした。これは、間部越前守が執政となった証拠であった。

「他人目《ひとめ》につかぬよう、御囲炉裏《いろり》の間にと」

御用部屋坊主が声をひそめた。

御囲炉裏の間とは、将軍の居間である御休息の間近くにある小部屋のことである。その名のとおり、十畳ほどの板の間に炉が切られており、御広敷《おひろしき》台所で作られた将軍の食事を温めなおすところであった。

家宣が死に、鍋松がまだ大奥から中奥に移っていない今は使われておらず、密談するにはもってこいの場所であった。

「承知した」

新井白石は御用部屋坊主にうなずくと、その足で御囲炉裏の間へと向かった。

他人目につかないようにとの要件を満たすために、新井白石は遠回りをすることになった。

新井白石が御用部屋坊主につかまった山吹《やまぶき》の間前の廊下からなら、御囲炉裏の間はまっすぐに進むだけで目と鼻の先であったが、この道筋は御座《ござ》の間近くを通らねばならなかった。

御座の間には、家宣の遺体が安置されており、書院番《しょいんばん》、小姓組番の番士たちが、周囲を厳重に警衛していた。

書院番士たちの目にとまらないように御囲炉裏の間に達することは、まずできなかった。

新井白石は、山吹の間の角で右に折れ、中の間を通りすぎて献上の間に入った。献上の間はその名のとおり大名や旗本が将軍になにかを贈るときに使う部屋で、普段は人の出入りがなかった。

献上の間を左に抜けて、新井白石はまっすぐ廊下を進んだ。廊下の突き当たり小姓組詰め所前を左に曲がれば、御囲炉裏の間に続いている御次《おつぎ》の間まではすぐであった。

新井白石は途中何人かと会ったが、御次の間に入る姿を見られずにすんだ。

四方を板戸でしきられている御囲炉裏の間は、隅に置かれた行燈《あんどん》の光だけが頼りであり、日中といえども暗い。

「まだか」

新井白石がつぶやいた。

呼びだしておいて待たせるのは、幕閣《ばっかく》の慣例であった。

「さっそくに執政気どりか」

新井白石が吐きすてた。

「なにさまのつもりだ」

新井白石は、苦い顔をして腰をおろして待った。

半刻《はんとき》（約一時間）近くたってようやく間部越前守が、新井白石とおなじ御次の間から顔を出した。

「お待たせいたした」

間部越前守が口先だけで詫びて、新井白石の前に座った。

「御用繁多《はんた》のごようすでござるな」

新井白石が皮肉を口にした。

「さようでござる。明日のご霊柩発駕《れいきゅうはつが》の儀を無事に終えるまでは、息もぬけませぬ」

間部越前守が、あっさりと新井白石の嫌みを流した。

「さて、お呼びたてしたのは、他でもございませぬ。鍋松君のことでございまする」

間をおかずに間部越前守が、話を始めた。

「………」

新井白石は、黙って聞くしかなかった。

「前《さき》の上様の御遺言により、次の将軍には鍋松君がご就任なされまする。それについて反対する者はおりませぬが……」

間部越前守が、そこで言葉をきった。

「なにか差しさわりでもござるのか」

新井白石が問うた。

「御座所《ござしょ》をどこに設けるかでござる」

間部越前守が、言った。

「御休息の間でよいのではご……」

新井白石は即答しかけて、語尾をにごした。鍋松はまだ四歳の幼児なのである。

「越前守どの。まさか、大奥に御座をと申されるのではございますまいな」

「いかにも」

新井白石の言葉を間部越前守が肯定した。

「たわけたことを申されるな。上様が大奥でご政務を執《と》られるなど前代未聞でござる」

新井白石が、声を荒らげた。

「お静かに」

間部越前守が、新井白石をなだめた。

「…………」

新井白石があわてて周囲に気を配った。幸い足音などは聞こえなかった。

「大奥では、老中や右筆《ゆうひつ》が入ることができませぬぞ」

「それは承知でござる。用件は、わたくしが取り次げばすみましょう」

間部越前守が、新井白石に答えた。

新井白石は間部越前守をじっとにらんだ。

「執政どもが黙っておりませんぞ」

「なればこそ、白石先生にお力をお借りしたいのでござる」

間部越前守が、膝を進めた。

「ご幼君をお守りするになにがもっともたいせつなことか、おわかりでござろうか。いや、釈迦に説法を承知で訊いておりまする」

「公明正大な名君にお育て申すことでござろう」

新井白石が述べた。

「それは違いましょう」

間部越前守が、首を振った。

「ではなんだと申される」

新井白石が尋ねた。

「無事にご成人なされるようにいたすことが、なによりも肝要《かんよう》でござる」

間部越前守が、当たり前のことを口にした。

「それはそのとおりでござるが、鍋松君のご成長が、大奥とどうかかわると言われるのか」

新井白石が首をかしげた。

古来、女に囲まれて育った武将に名を残した者はいない。豊臣秀吉《ひでよし》亡き後、大坂城を支配した淀《よど》どのに育てられた豊臣秀頼《ひでより》を例に出すまでもなく、家を滅ぼした者のほうが多かった。

「鍋松君は蒲柳《ほりゅう》の質《しつ》であらせられれば、誰よりもわが子のことを案じる母君のもとで、元服《げんぷく》なさるまでお育ていたすが良策でござろう」

間部越前守がにやりと笑った。

新井白石が表情を変えた。

「お喜世《きよ》の方《かた》さまの」

「………」

新井白石の口から出た名前に、間部越前守がうなずいた。

お喜世の方は家宣の愛妾《あいしょう》で、鍋松の生母である。将軍家跡取りを産んだ局《つぼね》として家宣の正室近衛《このえ》家の照姫《てる》をおさえて、大奥を牛耳っていた。

「おわかりでござろう。先日も申しましたとおり、大奥を、女たちを敵にまわして勝てた為政者《いせいしゃ》はおりませぬ。それに鍋松君、いや、もう上様とお呼びすべきでございますな。上様に近づく者が少なければ少ないほど、我らの願いであるご先代さまの目指された儒教をもとにした公明正大な政もできましょう。じゃまする者がいないのでござる」

間部越前守が、そそのかすようにささやいた。

「むう……」

新井白石がうなった。

「すでにお喜世の方さまより、上様ご元服までの間、いっさいはわたくしと白石先生に任せるとのお言葉もいただいておりますぞ」

間部越前守が止《とど》めの一言を吐いた。

「……あいわかり申した。なれど、一度も大奥からお出ましにならぬというのはさすがに抵抗が強うございましょう。かたちだけとはいえ、慣例をすませておくが肝要でござろう」

新井白石が首肯した。

「慣例と申されるは」

間部越前守が問うた。

「まずはお世継ぎさまのお住まいである西の丸にお入りいただきまする。続いて、将軍宣下《せんげ》のために本丸にお移り願いまする」

「それでは、上様の周りに人が集まってしまいますぞ」

間部越前守が、新井白石の案を咎めた。

「将軍位に就《つ》かれるまでのご辛抱でござる。いくらなんでも大奥に朝廷の使者を迎えるわけにもまいりますまい」

新井白石が、落ちつけとばかりに両手を数回上下に振った。

「確かに」

間部越前守もうなずいた。

「将軍になられてしまえば、大奥にお渡りになられるになんの不都合がございましょう」

「なるほど。あとは、そのまま大奥に御座され続けると」

間部越前守が、納得した。

「大奥には、医師以外は入れませぬ。上様のお言葉を越前守どのが伝えられる体《てい》をとられても、御用部屋一同したがうしかありますまい」

「白石先生。伝える体ではござらぬ。お伝え申すのでござる」

間部越前守が新井白石の言葉を訂正した。

「これは、失礼をいたした」

新井白石が軽く頭をさげた。

「ならば、そのようにお喜世の方さまに言上《ごんじょう》つかまつってまいりましょうぞ。お喜びになられましょう。白石先生の覚《おぼ》えもめでたくなりまする。では、これにて」

御囲炉裏の間を出かけた間部越前守が、板戸に手をかけて振り返った。

「明日のご霊柩発駕の儀でござるが、白石先生はお供衆に入っておられまするゆえ、熨斗目《のしめ》に長袴《ながばかま》のご用意をお忘れなく」

そう告げて、間部越前守はすばやく御次の間へと消えた。

「あやつも狐狸《こり》妖怪の類《たぐい》と変わらぬな。大奥に儂《わし》は入れぬ。とても上様の御教育はできぬ」

新井白石はがっくりと肩を落とすと、間部越前守の後を追うように御囲炉裏の間を出た。

三

将軍が死んでも、勘定方の仕事は毎日ある。

江戸城内で消費される莫大な物資の手配とその支払いだけで猫の手も借りたいほど忙しいのだ。忌中の雰囲気ただよう江戸城内で内座と下勘定所だけが、活発に動いていた。

「炭奉行に、紀州炭の値をもう一度調べなおすように伝えろ」

「大坂城からの年貢米売り払い代金が、まだついておらぬようだが、誰か聞いておらぬか」

怒声に近いやりとりが飛びかうなか、書付のまわってこない聡四郎と太田彦左衛門だけが静かであった。

「さて、下城時刻になり申したようでござる。拙者はこれで失礼しよう」

聡四郎は、夕七つ（午後四時ごろ）を報せる土圭《とけい》の間坊主の触れを聞いて立ちあがった。

「明日は、お休みでございたな」

「はい。さすがにご霊柩発駕でございますれば、陰ながらお別れしたい者どもも多かろうと、所用なき者は登城におよばずと老中方より通達がございました」

太田彦左衛門も腰をあげた。

「では、明後日に」

内座の出口でそう告げて頭をさげた聡四郎に、返答はなかった。

聡四郎は、江戸城大手門を出て北へと向かった。屋敷のある本郷御弓町は、外様《とざま》最大の大名加賀《かが》百万石前田《まえだ》家の上屋敷に近い。江戸城からなら、神田《かんだ》川を渡って半刻（約一時間）ほどかかった。

初冬の日はかたむき始めてから落ちるまでが早い。

江戸城大手門を出たときにまだ空にあった日は、神田川をこえたあたりで残《ざん》照《しょう》だけになった。

音曲停止を命じられて、江戸の町から夜遊びの客はいなくなった。いつもなら吉原やそこらの岡場所に遊びに行く町人や、酒を楽しんだ男たちの姿が散見できるが、今宵はまったく人通りがなかった。

聡四郎は、昌平黌《しょうへいこう》に差しかかったあたりで背筋に寒いものを感じた。

「四人、いや五人か。連れてくるべきだったな」

背後を探りながら、聡四郎は大宮玄馬《おおみやげんば》に迎えを命じておけばよかったと思っていた。一人でも敵は倒せるが、逃げた者の足取りを追うのは難しい。

大宮玄馬は、一放《いっぽう》流道場の弟弟子であった。

師匠である入江無手斎《いりえむてさい》の勧めで、家士として雇った。聡四郎ほど一撃に重みはないが、小柄な身体からくりだすすばやい技は、なまなかな剣士では相手にならないほどどするどい。

金の裏側を探るのが役目の勘定吟味役は恨みを買うことが多く、事実、聡四郎は何度となく命を狙われた。それを危惧した入江無手斎の手配であった。

聡四郎は、足取りを変えることなくそっと太刀の鯉口《こいぐち》をきった。

勘定吟味役は、五百石高で御目見得格である。登城には裃を着なければならなかった。

肩衣《かたぎぬ》は太刀を振るうときにじゃまになる。かといって、はずせば気づいていることがばれてしまう。聡四郎は、相手の動きを待つしかなかった。

学問好きだった徳川綱吉が林大学頭に命じて作らせた幕府の学問所は、前身である林大学頭の私塾にくらべて、かなり大きくなっている。

座学だけではなく、武芸も教えただけに、矢場や馬場も設けられていた。坂にそった高い塀で世間から隔絶された昌平坂学問所は、将軍の死に関係なく、日が落ちると人気《ひとけ》がなくなった。

坂の上は小さな広場になっている。昌平坂を登りきったところで、背後の殺気がふくれあがった。

「考えているな」

聡四郎は肩衣をはずし、太刀を抜いた。

一人を複数で襲う場合、狭い路地などでは、取り囲むことができず、一対一の戦いになり数の優位が使えなくなる。

人目につきやすいという欠点はあるが、刺客が選んだ場所は聡四郎にとって不利であった。

振り向いた聡四郎の目に駆けよってくる五人の侍が映った。すでに、たすきを掛け、袴の股立《ももだ》ちをとって、太刀を抜いていた。月代《さかやき》もきれいに剃《そ》っていて、ちょっとした藩の家臣という風体《ふうてい》であった。

「問答無用というわけか」

聡四郎は雪駄《せった》を脱ぎ、足先を地に食いこませるように固定する。

一放流は、富田《とだ》流小太刀《こだち》の創始者にして、稀代《きたい》の名人富田越後守《えちごのかみ》の高弟富田一放が編みだしたものだ。

太刀技でありながら小太刀の特徴を受けつぎ、他流にくらべて間合いが近い。人を殺すことが手柄であった戦国に編みだされた一放流は、鎧《よろい》武者を一撃で昏倒《こんとう》させるため、太刀行きの疾《はや》さと重さを身上としていた。

聡四郎は太刀を右肩に担いだ。腰と膝を曲げ、背中を少しそりかえした。腹を突き出すぶかっこうなかたちだが、ここから必殺の一刀が出る。

一放流は柳生新陰流《やぎゅうしんかげりゅう》や一刀《いっとう》流ほど著名ではない。そのうえ、みょうな構えとくれば、あなどられることも多い。

襲い来た五人の顔にもはっきりとわかる嘲笑《ちょうしょう》が浮かんでいた。

「むうう」

他人目をはばかったのか、気合いを口のなかでこもらせて最初の侍が聡四郎に襲いかかった。

「…………」

聡四郎は、その太刀が届かないことを見切った。目の前三寸（約九センチ）をすぎていく切っ先を、まばたきせずに見送った聡四郎は、下に流れた太刀に呆然《ぼうぜん》と目をやった敵に、必殺の一閃をぶつけた。

膝、腰そして背中の力をすべてあわせた太刀は、敵の左首筋から右脇腹までを両断した。

「えっ」

己の身体がどうなったかわかる間もなく、敵の一人が死んだ。

「おのれ、よくも」

続いて若い侍が、太刀を振りかぶってせまった。

「むう」

聡四郎は、こもるような気合いを口のなかで発し、空を裂く勢いの太刀をぐっと腰を落として止めた。

とどまることなく、手首を返すようにして聡四郎は斬りあげた。

大きく振りかぶっただけ若侍の一刀が遅れた。聡四郎の太刀は、左足を踏みだした若侍の股の間に食いこんだ。聡四郎の一撃はそのまま若侍の身体を持ちあげるように、浮かせた。

「ぎゃう」

犬が蹴られたような悲鳴をあげて若侍が、後ろに倒れた。

「おうりゃあ」

若侍の身体に聡四郎の太刀が食いこんだ隙《すき》を狙って、壮年の侍が右から袈裟懸《けさが》けに斬りこんできた。

刃音を起こすほどするどい一閃が、聡四郎の首筋を襲った。

聡四郎は、右足で円を描くように身体をひねった。開いた身体の前を白刃がすぎていった。

若侍の身体から聡四郎の太刀が外れた。

聡四郎は右足を地につけるなり、蹴り出すようにして左足を前に踏みだし、上向いていた刃を戻すこともせず、峰で壮年の侍の脳天を撃った。

「げふっ」

鼻血を噴《ふ》きながら、壮年の侍が絶命した。

聡四郎は、その死にざまを見ることなく身体の向きを変えて、残った敵へと対《たい》峙《じ》した。

三人のあとに続こうと近づいていた二人の侍が、驚愕《きようがく》の声を発して足を止めた。

「……馬鹿な」

「なにっ」

「これほど遣えるとは聞いておらぬぞ」

二人の侍が顔を見あわせた。

「なにを話している」

血刀をさげたまま聡四郎が間合いを詰めた。

「拙者を勘定吟味役水城聡四郎と知っての所行《しよぎよう》であろうな」

聡四郎の名のりを聞いた二人の顔色が夜目にもわかるほど変わった。

「勘定吟味役だと……」

「人違いではないか」

侍たちが、あわてた。

聡四郎は、二人の会話が聞こえぬかのように歩を進めた。

「人違いですむと思っておるのではなかろうな」

聡四郎は太刀をふたたび肩に担いだ。

「刀を抜く。これは武士にとって命のやりとりを申しこんだにひとしい」

身にまとった殺気を聡四郎は放出した。

「ま、待て」

「まちがいはいかようにも詫びる。刀を引いてくれぬか」

二人の侍が、後ずさった。

「ならば名のれ。そして誰とまちがえたのかもな」

聡四郎の求めに顔を見あわせた二人の侍は、小さくうなずくと背中を向けて脱《だっ》兎《と》のごとく逃げだした。

「くっ」

聡四郎は追いかけることを断念した。袴の股立ちをとる暇がなかった。足にまとわりついて、追いつけないと見たのだ。

数歩戻って聡四郎は、倒した侍たちの懐を探った。

「なにもないか」

続いて太刀をあらためたが、銘《めい》のあるものではなかった。

「誰かわからぬな」

聡四郎ははやばやとあきらめた。懐から鹿革を取りだして、血塗れた刃を拭く。

血がついたまま鞘《さや》に入れれば、刀がさびついて使い物にならなくなるのだ。

ゆっくりとていねいに拭いをかけて、聡四郎は太刀を納めた。

聡四郎は帰邸して着替えだけをすませると、ふたたび屋敷を出た。

太刀も替えていた。血脂《ちあぶら》は拭ったぐらいでは完全にとることはできないので研ぎに出さなければならないのだ。かつての経験から差しかえの太刀が必須だと痛感した聡四郎は、何本か無銘ながら筋のいい太刀を購入していた。

聡四郎は下駒込《しもこまごめ》村を目指した。下駒込村の中央に横たわる豊前《ぶぜん》小倉《こくら》藩主小笠原《おがさわら》左京大夫《さきょうだいぶ》の抱え屋敷を過ぎた小さな社の隣に、一放流入江道場があった。

聡四郎の師入江無手斎は、富田一放の継承者入江一無《いちむ》の孫にあたる。すでに老境に入っているが、江戸の剣術界で隠れた名人として知られていた。

とはいえ、名の知れていない道場の宿命である。入江道場の弟子は少なく、束脩《そくしゅう》だけでは食べていくことが難しい。入江無手斎は広い裏庭を利用して田畑を作っていた。

聡四郎が訪れたとき、入江無手斎は畑でとったばかりの菜を塩茹でしていた。

「御免くださりませ」

聡四郎は、百姓家を改造した道場の台所口から声をかけた。

「おう、聡四郎か。あがって待っておれ」

入江無手斎は食事の用意を続けた。

「どうだ。城中は」

しばらくして、塩茄でした菜と具なしのみそ汁を膳にのせた入江無手斎が、聡四郎の前に座った。

「なにやら、火が消えたようでございまする」

聡四郎が答えた。

「そうか。お亡くなりになった家宣公は、なかなかによい政をなさろうとしておられたからの。ご人気であったし、皆も嘱望《しょくぼう》していただろうよ」

世俗にあまり興味をもたない入江無手斎でさえ、家宣には期待していた。

「なんと言われたかの、お世継ぎさまは」

「鍋松君と申されまする」

「そうそう。鍋松君はまだがんぜない幼子だと聞いたが、聡四郎、そなたお目通りしたことはあるのか」

入江無手斎が、麦四分米六分の飯を箸でつまみながら問うた。

「いえ。まだでございまする」

聡四郎は首を振った。

家宣の遺言伝達の場にも鍋松は出座していなかった。幕府の役人で鍋松の顔を知っているのは、大奥にたずさわる御広敷の者をのぞけば、老中の一部と間部越前守だけである。

「家宣さまのご素質を受けつがれておられるだろうが、あまりに年若であられすぎるの。よほど側近くにお仕えする者たちが腹を据えてかからぬと、政が乱れることになりかねぬ」

入江無手斎の危惧は、誰もがもつものであった。

「…………」

だが、聡四郎は同意できなかった。幕府に仕える旗本が、将軍の素質うんぬんを口にできるはずもなかった。

「できるようになったの」

入江無手斎が、笑った。

「ちっとは、聡四郎もご奉公する者の心構えがわかったようだな」

「お戯《たわむ》れはご勘弁くださいませ」

聡四郎も笑った。

「で、今宵はどうした」

夕餉《ゆうげ》を終えた入江無手斎が訊いた。

「音曲停止中じゃ。稽古を願いに来たのではなかろう」

将軍とその家族の喪中は、撃ち合い稽古の音も遠慮しなければならなかった。

「はい。さきほど下城途中に……」

聡四郎は、語った。

「おもしろいの。人違いだとぬかしたか」

入江無手斎が、首をかしげた。

「聡四郎が、お城を出たのが七つ（午後四時ごろ）過ぎ。いかに冬初めとはいえ、日はまだ明るいの。ならば、顔ぐらい見分けられたはずだが」

「その場を取りつくろったようではございませんでしたが」

聡四郎の腕を見た二人の侍の驚きようは芝居とは思えなかった。

「ならば、聡四郎に似ているか、もしくは日暮れになりかけたあたりからつけ始めたか、あるいは」

「襲うべき相手の顔を知らなかったか」

入江無手斎の後を聡四郎が受けた。

「殺すべき敵の顔を知らぬ場合、聡四郎、おぬしならなにを目印にする」

「家紋でございましょうか」

入江無手斎の問いかけに、聡四郎は即答した。

「よな。聡四郎、そなたの家の紋はなんじゃ」

首肯した入江無手斎が、続けて尋ねた。

「菅原《すがわら》氏の出でございますれば、梅鉢《うめばち》の紋を使用いたしておりまする」

聡四郎の言う菅原氏とは、平安時代の貴族菅原道真《みちざね》のことである。五摂《せっ》家《け》の祖藤原《ふじわら》氏との政争に敗れ、九州大宰府《だざいふ》に左遷されて客死《かくし》した。その直後から京に異変が多くなったことで、祟《たた》り神になったとされ、災いをおそれた朝廷より神格を与えられて天満宮にまつられた。

「梅鉢か。さらに向かっていたのが本郷とならば、一つしかないの。そなたがまちがわれた相手は……」

入江無手斎が聡四郎の顔を見つめた。

「加賀百万石前田家でございまするか」

聡四郎は、思いついた相手の名前に驚愕した。加賀の前田家の紋も梅鉢であった。

外様《とざま》大名最大の百万石を誇る前田家は、戦国大名でさえなかった。

前田家の初代とされる利家《としいえ》は、織田信長《おだのぶなが》の武将として戦国の世を駆けた一人であった。

前田利家の運を開いたのは、織田家に仕えたばかりの木下藤吉郎《きのしたとうきちろう》、のちの太閤《たいこう》豊臣秀吉と知りあったことに始まった。

信長から与えられた屋敷が近かったこともあって、胸襟《きょうきん》を開く仲となった利家と秀吉は、ともに辛苦《しんく》のときをのりこえ、絆《きずな》を太くつむいでいった。

その利家と秀吉に訪れた大きな試練が、明智光秀《あけちみつひで》による信長襲殺、世にいう本《ほん》能寺《のうじ》の変であった。

天下まであと少しとなっていた織田信長の死は、一丸となっていた家臣団に大きなひびを入れた。そのなかで一人ぬきんでたのが、備中《びっちゅう》で毛利《もうり》家と対峙していた秀吉であった。秀吉は毛利家とただちに講和を結ぶと京へとって返し、山崎《やまざき》で明智光秀の軍勢と戦い勝利した。

秀吉の功績は、代々の老臣である柴田勝家《しばたかついえ》らをおさえた。だが、信長家臣団で新参であった秀吉への反発は強く、ついに柴田勝家と対立した。

当時、柴田勝家の与力《よりき》に組みこまれていた前田利家は、戦うことなく撤退しただけではなく、追撃してきた秀吉を居城府中《ふちゅう》にむかえ、味方した。

やがて前田利家は、豊臣政権での地位を確立し、五大老の中心として徳川家康を牽制《けんせい》した。

そのまま豊臣の世が続けば、前田家は代々大老を出す特別な家柄として君臨できたであろうが、不幸なことに秀吉の死の翌年利家も他界した。

利家の息子利長《としなが》では、老獪《ろうかい》な徳川家康に抗すだけの力もなく、前田家は徳川家に膝を屈した。それが功となって関《せき》が原《はら》の合戦、大坂の陣ののちも寸土《すんど》も削られることなく、百万石をこえる大大名として生き残った。

その加賀家の家紋も梅鉢であり、上屋敷も聡四郎の屋敷とおなじく本郷にあった。

「ですが、前田家の梅鉢は加賀梅鉢と称して、少し違いまする」

聡四郎が言った。

「あほう。そんなもの、遠くから見て気がつくものか」

入江無手斎が、あきれた。

「それはわかりまするが」

聡四郎は、まだ納得していなかった。

「おぬしの考えていることなど、簡単に読めるわ」

入江無手斎が笑った。

「藩主一族が、一人で町をうろつくことなどないと言いたいのであろうが」

「はあ」

見抜かれて聡四郎は、苦笑した。

「梅鉢の紋を使うのは、藩主だけとはかぎるまい。一門や家臣のなかにも少なからずいるはずじゃ。加賀藩の老臣や一門となれば、そこらの大名並みの家禄をもらっておろうが、殿さまでございとそっくりかえっておれるのは国元のみ。江戸に出てくれば、ただの陪臣《ばいしん》にすぎぬ。ぎょうぎょうしく供を連れて出歩くことはできまい」

入江無手斎が、述べた。

江戸は将軍の城下町である。大名といえども肩身を狭くして生活しなければならないのだ。いかに大藩の重臣や藩主一門であろうが、江戸では直臣《じきしん》である旗本、御家人《ごけにん》に遠慮しなければならなかった。

「一門衆と誤認されたということでございましょうか」

「さあな。まだ、他のわけもありうるがの。聡四郎と姿が似ている者かも知れぬしな。まあ、人違いならば、もうおぬしが襲われることもあるまい」

そこで一度言葉をきった入江無手斎が、表情を引き締めた。

「油断ぞ、聡四郎。役目がらおぬしの命を狙う者がおることは承知であろう。かよいなれた道とは申せ、一人で歩くなど言語道断。なんのために玄馬を雇ったのか考えよ」

入江無手斎が、怒った。

「申しわけもございませぬ」

聡四郎は、入江無手斎の心遣いに詫びるしかなかった。

「しばらく道場で座禅を組んでいけ」

入江無手斎に命じられて、聡四郎は灯りのない道場で一刻《いっとき》（約二時間）ほど端座した。

一放流の座禅は鼻から吸った息を背筋にそって腰まで降ろし、そこからへそを通って口から出す。そのつもりで呼吸を整えていき、精神を落ちつかせていくことを目的としていた。

心を鎮《しず》めるためにおこなうのだ。呼吸の回数もしだいに減り、気が落ちつけば普段の半分以下になる。

そのとき、心気がとぎすまされ、聡四郎の五感はいつもならわからないような、小さな変化にも気がつくようになる。

聡四郎は、先ほどの刺客たちのことを思い浮かべていた。座禅を組むときには心を無にするというが、一放流ではそれをとっていなかった。なにかを思案しながらしてもかまわないが、その代わり一つのことにこだわれと教えていた。

聡四郎は、頭のなかでもう一度さきほどの戦いを思いだした。太刀を振るう己の姿を俯瞰《ふかん》してみているうちに、敵の太刀筋がわかった。

みょうな癖のついていない、三人ともおなじように思える太刀さばきに聡四郎は思いあたった。

「一刀流か」

聡四郎は、かっと目を見開いた。

四

十月二十日、家宣の霊柩は江戸城を酉《とり》の刻（午後六時ごろ）に出た。大老井伊掃部頭をはじめ、つきしたがう者は数百におよんだ。

北桔橋《きたはねばし》門を出た霊柩は、江戸城本丸を巡るように進んで半蔵《はんぞう》門で曲輪《くるわ》内に別れを告げ、お堀端を通って新《あたら》シ橋、愛宕《あたご》山下宇田川町《うだがわちょう》、浜松町《はままつちょう》を経て増上寺に着いた。

読経《どきょう》の声にむかえられた霊柩は増上寺本堂で葬儀の日まで安置される。

四日前、間部越前守らによって検定された墓地では、昼夜を問わず普請がおこなわれていたが、さすがにまだ完成していなかった。

供行列の後方、本堂の片隅に座した新井白石は、じっと霊柩そばに控えている間部越前守を見ていた。

彼我《ひが》の距離はおよそ十間《けん》（約一八メートル）ほどだったが、新井白石にはこえられぬ山のように感じられた。

次代の権をになうのは、先代の葬儀をとりおこなった者と決まっていた。織田信長の葬儀を大徳寺《だいとくじ》で催した豊臣秀吉がいい例である。葬儀の場でもっともめだった者が、衆目《しゅうもく》を集め、頭角をあらわしていくのだ。

霊柩そばで頭《こうべ》をたれている間部越前守にこの座の意識が集中していた。凡百《ぼんぴゃく》の者どもに埋もれている己にくらべて、新井白石は激しい嫉妬を覚えた。

霊柩のすぐそばで、間部越前守は有頂天であった。本来、間部越前守の身分では上座にいることはかなわないが、江戸城に残った鍋松君の代理として最前列にいることが許されていた。

間部越前守の後ろには、御三家尾張徳川吉通、水戸徳川綱条がいた。在国中の紀州徳川吉宗の代理として分家西条松平《さいじょうまつだいら》の当主が出席している。葬儀に間にあうように急出府するという徳川吉宗を、それにはおよばずと間部越前守が止めた結果であった。

若い徳川吉通、すでに老境にさしかかった綱条では、間部越前守に互することもできず、能役者あがりの背中を黙って見つめるしかなかった。

意外なことに老中たちは諾々《だくだく》として間部越前守にしたがっていた。間部越前守が七代将軍となる鍋松君を手中にしていることがわかっているからである。間部越前守の機嫌を損ねることは、そのまま御用部屋からの追放を意味していた。

朗々たる僧侶たちの声が和する本堂のなかで、すでにあらたな政争が始まっていた。

聡四郎は、増上寺の山門外で漏れてくるお経を聞いていた。増上寺の周囲は御《お》先手組《さきてぐみ》が警衛していた。さらに不埒《ふらち》な者を取り締まるために目付《めつけ》、徒目付《かち》も出ていた。供を許された者以外、増上寺の境内に入ることはできなかった。

それでも家宣との別れを惜しむ旗本、御家人はあとを絶たず、ただ呆然と立ちすくむ者、地に伏して号泣する者が、翌朝まで増上寺を囲んだ。

さすがに声をあげて泣きはしなかったが、じっと直立して聡四郎は瞑目《めいもく》していた。

そんな聡四郎を徒目付永渕啓輔《ながぶちけいすけ》が見つめていた。

翌朝、登城した聡四郎を新井白石が呼びだした。

「襖を開けておけ」

新井白石は、下部屋で待っていた。

盗み聞きを警戒した新井白石に命じられて、一緒に来た太田彦左衛門が襖を閉じずに廊下際に座った。

「上様のこと、無念でございまする」

聡四郎はまず悔やみを口にした。

「まことである。儒教の思想を根底においた正しき政をなさる希有《けう》なお方であったが、天命と申すのであろうか。悔やんでも悔やみきれぬ」

新井白石が、涙を浮かべた。

「ところで、水城」

今の激情を忘れたかのように新井白石が聡四郎に冷静な声をかけた。

「なにか」

人をはばかる話をすると感じた聡四郎は声をひそめた。

「このたびのご葬儀であるが、増上寺に決まったいきさつを知りおるか」

新井白石が小声で訊いた。

「いえ。われらのもとにはなにも来ておりませぬ」

聡四郎は首を振った。

家宣から執政に準ずるあつかいを受けていた新井白石が、聡四郎に問うたのにはわけがあった。

勘定吟味役は、幕府の金の出入りいっさいを監督することが任であったからだ。それが将軍家のお手元金であろうが、台所役人が炭を買う金であろうが、勘定吟味役の墨書がなければ、金《かね》奉行は蔵の扉をけっして開けなかった。

将軍家の墓所を決めるとなれば、造作《ぞうさく》や普請《ふしん》、寺院への寄進などかなりの金額が動くことになる。勘定吟味役が知らないはずはなかった。

「他の勘定吟味役の手をとおったということはないか」

重ねて新井白石が問うた。

「さて、わたくしは気づきませんでしたが、太田どのはいかがでござる」

聡四郎は太田彦左衛門に、問うた。

「少なくとも内座にては、そのようなことはございませなんだが……そういえば、一人ずっと内座にお見えにならぬお方がおられました」

太田彦左衛門が思いだした。

「誰だ」

新井白石が勢いこんだ。

「正岡竹乃丞《まさおかたけのじょう》さまで」

太田彦左衛門が名前をあげた。

正岡竹乃丞は、勘定方一筋に勤めあげ、荻原近江守によって廃止されていた勘定吟味役が復活したとき、聡四郎とともに選ばれて就任した。すでに不惑をこえた熟練の役人である。

「勘定筋の生き方に染まっている者だということか」

新井白石が、太田彦左衛門の口調からそこまで読みとった。

太田彦左衛門は、無言で首肯した。

「どういうことなのでございましょう」

話についていけない聡四郎が尋ねた。

「金でございまする。すさまじいまでの金が動くので」

太田彦左衛門が、聡四郎の問いに答えた。

「葬儀に金がかかることぐらいわたくしも存じておりますが」

聡四郎もつい半年ほど前に長兄を送ったばかりであった。

「けたが違いまする」

太田彦左衛門が苦笑を浮かべた。

「それよりも大きいのは、寺領のことよ」

新井白石が口を出してきた。

「寺領でございまするか」

「おう。将軍家がお一方お眠りになられるだけで、数百石の寺領が墓地の維持として下げ渡される。よいか、葬儀のときに支払う金は確かに数万両になるが、一回かぎり。だが寺領は、未来永劫《えいごう》寺に渡されることになる。たとえ百石でも一年で五十両、百年となれば五千両になる」

新井白石が例をあげて説明した。

「それに、百石ということはございませぬ。数百石から千石の寺領が与えられまする」

太田彦左衛門が、補足した。

「なるほど。永続的な収入か」

聡四郎がうなずいた。

「となりますると、賄《まいない》があったと」

聡四郎は、核心に触れた。

「おそらくの。なによりも、将軍家がお亡くなりになったあと、墓地が決まるのが早すぎた。ご遺言謹聴の場で名前があがったのは異例すぎる」

新井白石が、告げた。

「そこを調べよと申されまするか」

聡四郎は新井白石の顔を見た。

「そうじゃ。急ぎ裏のからくりを調べあげよ」

「見つけだしましたあとは、どのようにいたしましょうや」

聡四郎は事後のことまで問うた。吉原のときのように、戦場にうってでた後、城門を閉じられるようなまねは遠慮したかった。

「儂《わし》に報せよ。あとのことは、そのおりに考える」

もう行けとばかりに、新井白石が手を振った。

聡四郎と太田彦左衛門が去ったあと、新井白石の表情が激変した。

「越前守よ、鍋松君を手中にして、やりたい放題のつもりであろうが、そうはさせぬ。上様のご最期にただ一人立ちあったきさまが読みあげたご遺言など信用できるものか。上様は十日も前からお動きになることさえできなかったのだ。ご聡明な上様が、その前にご遺言をおしたためになられなかったはずはない。ふん。他の者はたばかれても、儂はだまされぬ。かならず見つけだしてくれようぞ、上様の花押《かおう》が記された本物のご遺言をな」

新井白石の目が狂気にいろどられた。


内座に戻った聡四郎と太田彦左衛門は、密談に入った。

「どこを探ればよろしかろう」

聡四郎が尋ねた。勘定方としての経験が浅い聡四郎は、太田彦左衛門に教えを請《こ》うた。

「寺領をくだしおかれるとなれば……伺《うかが》い方《かた》でございますな」

太田彦左衛門が、言った。

勘定奉行の下役である勘定衆は、いくつかの方に分かれていた。

各役所からの諸経費請求の決済などを担当した御殿詰《ごてんづめ》、金座《きんざ》銀座を監督し御家人への給米をおこなった勝手方《かってかた》、年貢の徴収と天領の支配を担った取箇方《とりかかた》、五街道の補修などを任とした道中方《どうちゅうかた》、そして運上金、御用林管理、将軍家にかかわる寺社や行事ごとなどをあつかう伺い方である。

なかでも勝手方と伺い方は優秀な人材が選ばれ、勤めあげれば遠国《おんごく》奉行や郡代《ぐんだい》に転じていく出世の足場であった。なかには、一足飛びに勘定奉行に就任した者もいた。

「伺い方でござるか」

聡四郎は苦い顔をした。

太田彦左衛門も難しい表情を崩さなかった。

「吉原の運上で敵にまわしたところでございますからなあ」

太田彦左衛門がため息をついた。

「今回も外から探るしかございませぬか」

聡四郎は小さく首を振った。

「では、明日より動くことにいたしまする」

「承知いたしましてございまする。わたくしは、なんとか城中で話を集めてみましょうほどに」

聡四郎と太田彦左衛門はそれぞれの役目を確認した。

幕府の金蔵が空になりかねないことを懸念した五代将軍綱吉によって設けられた勘定吟味役は、幕府の金の出納《すいとう》すべてを監査監督する権をもつ。金にまつわることであれば、御用部屋はおろか大奥にさえ探索の手を入れることができた。

任が任だけに、連日勤めの勘定方にあって、勝手気ままに動くことが許され、届けさえ出しておけば、登城せずとも咎められない。また調べていることについて老中や勘定奉行、さらに同役に報告する必要もなかった。

聡四郎は太田彦左衛門と別れて下城する途中、相模屋伝兵衛宅に立ち寄った。

「御免、相模屋伝兵衛どのはご在宅か」

障子戸を開けた聡四郎をむかえたのは、機嫌の悪そうな紅の顔であった。

「ご無沙汰でございました」

紅が、深々と頭をさげた。

「さようでござるな」

聡四郎は、首肯するしかなかった。

ことが終われば迎えにと言われていたことを忘れたわけではないが、つづいて起こった家宣の死去という大事の前につい後回しにしていたつけが、聡四郎の目の前にいた。

「父に御用でございますか。奥におりますのでどうぞ」

紅がていねいな言葉遣いをするのは、怒っているときである。聡四郎は、そそくさと奥へと逃げた。

「申しわけございませぬ」

居間で待っていた相模屋伝兵衛が頭をさげた。

「しつけがいきとどきませず」

「いや。悪いのは拙者でござれば」

聡四郎は相模屋伝兵衛に手を振った。

「あれも事情はわかっておるのでございまするが。一人娘と甘やかしてしまったことが悔やまれまする」

相模屋伝兵衛が、重ねて詫びた。

「もう言ってくださるな。こちらが恥じいりまする」

聡四郎は止めた。

「そうおっしゃってくださいますか」

相模屋伝兵衛が、頬をゆるめた。

「で、本日はどうなされました」

表情を引き締めた相模屋伝兵衛が問うた。

「増上寺のご霊廟《れいびょう》普請を請けおわれましたか」

聡四郎は訊いた。

「請けおうたのはわたくしではございませぬ。あくまでも相模屋は人入れ稼業でございまする」

相模屋伝兵衛が首を振った。

「人足はお出しになった」

「はい。増上寺さまにもお出入りを許されておりますれば」

相模屋伝兵衛が首肯した。

「下世話なことをおうかがいするが、家宣さまのご霊廟《れいびょう》にはいかほどの金がかかりましょう」

聡四郎が尋ねた。

「さようでございまするな。材木の値や朱《しゅ》や漆《うるし》の費用で変わってまいりまするが……」

相模屋伝兵衛が考えこんだ。

「おそらく、おそらくでございまするが、数万両をこえるのはたしかかと」

「数万両でござるか」

聡四郎は相模屋伝兵衛の口にした金額の多さに目を見開いた。

「これは、霊廟の普請代金のみでございまする。ご葬儀にかかわるお金は別としておりまする」

相模屋伝兵衛が続けた。

「普請の内容については、すでにわたくしどもにも報されておりまする。東照宮を模した豪華な勅額《ちょくがく》門と透塀《すきべい》をとのことでございまする。さらに、霊廟前には銅《あかがね》門を設け一般の参拝はそこで止めるようにせよとのお達しも出ておりますれば、費用《ついえ》はさらに増えましょう」

「ううむ」

聡四郎はうなった。

「お旗本として口に出されにくうございましょうが、五代将軍さまが無体《むたい》をなさった後始末に倹約をと苦心された六代将軍さまの総仕舞いとしては、ちと矛盾しておるのではございませぬか」

相模屋伝兵衛が聡四郎の気持ちを代弁した。

「かと申して、もっと質素になどと上申することはできませぬ」

聡四郎は苦い顔をした。勘定吟味役は金の使いようを指弾することができるが、将軍の墓に使う金を無駄だと言うことはさすがにできなかった。

「当然でございましょう。このことについては、水城さまは沈黙を守られるべきでございまする」

相模屋伝兵衛が年長者としての注意を与えた。

「……承知しておりまする」

聡四郎はうなずいた。

「それを調べろと新井白石さまがおおせになられましたか」

相模屋伝兵衛は、聡四郎と新井白石の関係を知っている。

「いえ。金の多寡《たか》ではございませぬ。増上寺と決まるのが早すぎると言われまして」

聡四郎もすなおに答えた。

「なるほど。四代さま、五代さまと続けて東叡山寛永寺に墓所を定められました。

なのに六代さまが増上寺に変わるのはみょうだと、新井白石さまはお考えになられたのでございますな」

相模屋伝兵衛が首肯した。

「寛永寺は、三代家光さまがご葬儀をなされたところ。家光さまのお血筋である家綱さま、綱吉さまがあとを追われるのは当然。ならば、家光さまの孫にあたられる家宣さまも寛永寺でなければおかしい」

「そのように申されておりました」

相模屋伝兵衛の言葉を聡四郎は肯定した。

「裏で金が動いたと」

「はい」

聡四郎もそう考えていた。

「たしかに将軍家のご葬儀となれば、寺に支払われる金だけでも万両をこえましょう。そのあとも命日だの忌日だのとお供養のたびに幕府からお布施がでますゆえ」

さすがに相模屋伝兵衛は、世間を知っている。

「それだけではございませぬぞ。増上寺にしてみれば、格のこともありましょう。

徳川の菩提寺といわれながら二代将軍さまだけしかお祀《まつ》りしていないとなれば、やはり寛永寺より一歩退かねばなりませぬ」

「難しいものでございまするな」

聡四郎は、ため息をついた。いままでのように金のことだけを考えているだけではすまないと悟った。

「あいかわらず、新井さまは、楽をさせてはくださいませぬな」

相模屋伝兵衛が、聡四郎をねぎらった。

そこへ、障子の向こうから声がかかった。

「父上さま、水城さまにお茶を持ってまいりました」

紋切り型の口調で、紅が襖を開けて入ってきた。きっちりと襖際で正座し、三つ指を突いた旗本格の娘にふさわしい所作《しょさ》であった。

「いい加減にしなさい」

相模屋伝兵衛が、紅を叱った。

「いつまでも子供のようにすねているのではないぞ」

「すねてなどおりませぬ」

父の言葉を紅が否定した。

「………」

聡四郎は無言であった。うかつな口出しが、ろくな結果を生まないことを身にしみて知っていた。

「なにか申されることはございませぬか」

そんな聡四郎に紅が冷たい目を向けた。

「いや、拙者が悪い……」

そこまで言った聡四郎をさえぎるように、紅が叫んだ。

「刀が替わっている。あんた、またなんかやらかしたわね」

聡四郎が普段帯びている太刀は、相模屋伝兵衛から贈られた備前《びぜん》ものであった。

無銘ながら古造りで肉厚な太刀である。拵《こしら》えも華美《かび》になることなく、黒漆の鞘に南蛮鉄の鍔《つば》、鮫《さめ》皮の柄《つか》と質実剛健《しつじつごうけん》を絵にしたようなものだ。

ぎゃくに今聡四郎が手にある太刀は、拵えこそ変わらないが、長さも一寸（約三センチ）ほど短く、厚みもわずかに薄い。

「よく気づいたな」

聡四郎は、紅の眼力に驚いた。

「なにかございましたか」

相模屋伝兵衛もきびしい表情になった。

「たいしたことではございませぬ。このたびはわたくしが狙われたわけではございませぬので」

聡四郎は人違いの一件を話した。

「あんたはやっぱり馬鹿」

紅があきれたようにため息をついた。

「人違いでもなんでも、あんたが狙われたことに違いはないでしょうが」

「そのとおりで。そうでなくとも水城さまには、敵が多いのでございますから」

親娘《おやこ》に責められて、聡四郎は憮然《ぶぜん》とした。

「それはそうでござるが、今回のことはまったくのまちがいであって……」

聡四郎が不満げに口答えをした。

「そいつが、あんたよりも強かったらどうするの」

紅が低い声を出した。

「人違いで殺されたかもしれないのよ」

「ううむ」

聡四郎はうなった。入江無手斎からもおなじことを言われていた。剣の戦いは、つまるところ強い者が勝ち、弱い者が死ぬのだ。

「今後は気をつけましょう」

聡四郎は、そう応じるしかなかった。

「しかし、人違いとはいえ、命を狙う輩《やから》がおるというのは物騒《ぶっそう》なことでございますな」

まだふくれた顔をしている紅をよそに、相模屋伝兵衛が懸念を口にした。

「師によると、紋がおなじである加賀前田家中と誤認されたのではないかとのことでございましたが」

聡四郎は告げた。

「刺客ともあろう者が、それだけで動きましょうか」

相模屋伝兵衛が、首をかしげた。

「少なくとも、襲う前に確かめると思うのでございますが」

「さようでございますな……」

聡四郎もうなずいた。

「調べたうえでの人違いということも」

紅が口を出した。

「どういうことだ」

相模屋伝兵衛が質問した。

「頼んだ奴が、聡四郎さまの身元を別人と伝えて、襲わせたとしたら」

「つまりは、拙者の名前と身分をわざと違《たが》えて、刺客に狙わせたと」

聡四郎が確認した。

「ううむ。ありえる話でございますな。水城さまが幕府勘定吟味役ならば襲えずとも、藩士ならば遠慮なくできるという輩」

相模屋伝兵衛が、うなった。

「いえ、もっとひどい話かも。誰かの身代わりに聡四郎さまの身形《みなり》を教えたとしたら」

紅がさらに口にした。

「うまくいけば、己が腹は痛めずに、水城さまを排除できる。棚からぼた餅を求めた」

相模屋伝兵衛が、聡四郎を見た。

「あやつか」

そのような姑息《こそく》な手段を考える敵は一人しか思いつかなかった。

「紀伊国屋《きのくに》文左衛門《ぶんざえもん》」

聡四郎は、一人の商人を思いだした。

第二章　戦陣再来

一

寛文《かんぶん》九年（一六六九）生まれ、今年で四十四歳になる紀伊国屋文左衛門は、紀州から江戸に出て、材木の売り買いで巨万の富を築いた。

吉原の大三浦屋《おおみうら》を一晩買いきってみたり、深川《ふかがわ》芸者すべてを集めて川遊びしてみたりと、江戸中の噂を独り占めにした紀伊国屋文左衛門だったが、少し前、聡四郎との戦いに敗れ、浅草の貧乏長屋に隠棲《いんせい》していた。

もちろん表向きであって、そのじつ紀伊国屋文左衛門は変わることなく江戸の経済に君臨していた。

今朝も八丁堀《はっちょうぼり》の本店から大番頭が、商売の報告をしに浅草までやってきていた。

「増上寺のご霊廟普請のことでございますが、中井大和守《なかいやまとのかみ》さまから、柾目檜《まさめひのき》の柱と板をご注文いただきましてございまする」

初老の大番頭が告げた。

中井大和守は、もともと朝廷に仕える大工であった。豊臣秀吉に請われて大坂城を設計、その腕を見こまれて家康に招かれた。江戸城の建設を指揮し、代々徳川家の普請に深くかかわってきた。

「そうかい、けっこうなことだが、ちゃんと隠しただろうね」

紀伊国屋文左衛門が、確認した。

「へい。伊勢《いせ》屋をつうじてのお話としておりますれば、旦那さまのお名前が表に出ることは、けっして」

大番頭が断言した。

商売をするうえで名前を出したくないときのために、紀伊国屋文左衛門は名前の違う店をいくつかもっていた。伊勢屋もその一つであった。

「どれくらい儲かりそうだい」

紀伊国屋文左衛門が、問うた。

「檜は、寛永寺御修復に用意した材木のあまりでほとんどまかなえましょう。くわしくは算盤《そろばん》をはじいてみないとなんでございますが、およそ二万両ほどは残るかと」

大番頭がとてつもない金額をさらりと言った。

「意外と少ないね。三万両はいくと思ったのだけど」

紀伊国屋文左衛門が不満を口にした。

「荻原近江守さまが、お役を退かれましてからは、御上もなにかと細《こま》こうございまして」

大番頭が頭を下げた。

「勘定奉行、普請奉行にはたんまりわたしてあるはずだけどねえ。役にたたないなら無駄金になるじゃないか。減らしなさい。半分でいいよ」

紀伊国屋文左衛門が命じた。

「承知いたしました」

大番頭が受けた。

「ところで、旦那さま。尾張の方々は、今ひとつでございましたようで」

いっそう声をひそめて大番頭が言った。

「侍も落ちたものだね。人を殺すことでのしあがってきたくせに、幕府ができて世のなかが泰平になると、たちまち役たたずになってしまった。戦いを忘れた侍なぞ、百害あって一利なしだということに気づいてさえいない」

紀伊国屋文左衛門が侮蔑《ぶべつ》の言葉を吐いた。

「悔しいけれど、水城は侍だ。あまり賢くはないようだけどね。でも、お侍の十人に一人が水城のようだったら、この国でもう少し夢をと思うのだけれど」

「はあ」

大番頭が、紀伊国屋文左衛門の言葉に生返事をした。

「惜しいが、敵と決まればじゃまなだけ。さっさと排してしまわないといけないが、もうわたしの手持ちで、あやつにかなう者はいないからねえ。御三家筆頭の尾張家なら遣える者を抱えているだろうと思ったのだけれど。事態を正しく読んで、十分な手配をする。これさえできないんじゃねえ。家康さまから特に選ばれて付けられた家老だとか、譜代《ふだい》大名と同格の陪臣だとか、口だけで中身がともなわないようじゃ、先祖も浮かばれないよ」

紀伊国屋文左衛門が嘆息した。

「敵の実力が知れない初陣にあのていどの者しか出さないようでは、底が知れている。新しい上様になにかあっても尾張から将軍は出ないだろうよ」

「では、尾張さまから紀伊国屋は手を引くと」

大番頭が問うた。

「餌は撒《ま》いたからねえ。元手ぐらいの回収はしないとな。べつに尾張から将軍を出さなくてもいいからね。なんとか水城の足を引っ張るくらいの役は果たしてもらわないと」

紀伊国屋文左衛門が冷たい声で述べた。

「では、こちらも人の手配を続けまする」

大番頭が、去っていった。


十月二十六日、家宣の霊廟に石棺が据えられた。このなかに柩を安置し、その隙間を朱で埋めるのだ。石棺脇では墓碑となる宝塔《ほうとう》の制作が大急ぎでおこなわれていた。

霊廟工事に専任すべしと命じられた秋元但馬守《あきもとたじまのかみ》を除いた万石以上の大名たちが、老中の私邸に集められた。大老をふくめたところで執政は数名しかいないことから、会合は午前と午後に分けられることになったが、集まった数十名を前にして、老中から命令が出た。

「新しき上様に対し、異心なきの誓詞《せいし》をさしだすように」

老中たちは、そういって那智熊野権現社《なちくまのごんげんしゃ》から取り寄せた紙に、大名たちの署名を求めた。

続いて三十日には、葬儀にかんする令が出された。

「ご先代さまご葬儀に参する者の衣服は以下のとおりとなす。侍従《じじゅう》以上の者は直垂《ひたたれ》、四品諸大夫《しほんしょだいぶ》は狩衣《かりぎぬ》、五位の布衣《ほい》その規定の服、それ以下は長袴《ながばかま》、あるいは半袴を着すべし」

直垂、狩衣、半袴はそのまま屋敷を出ることができるだけまだよかった。だが、長袴と規定された者たちは大あわてであった。

ただちに屋敷から留守居《るすい》役あるいは用人など気のきいた家臣が増上寺に走った。

「ご葬儀当日、我が主に着替えの間をお貸しいただきたい」

役僧にそう頼む家臣たちの手にはいちように重い菓子折が提げられていた。

僧三千を擁する大伽藍《だいがらん》、増上寺といえども数百をこえる大名旗本たちに着替えの僧坊を割りあてることはできなかった。

つまるところ、つきあいの深さ、金額の多寡、申しこみの早かった順に一坊を割りあてる大名たちを決めた。それでもたりないぶんは、僧坊の一室を屏風《びょうぶ》でしきることで増上寺は事態を収拾した。

増上寺の沸きたつようなありさまを、苦々しい顔で見ている者が二人いた。

一人は、寛永寺の僧侶であった。

「思いあがるのもいい加減にしておくがいい。わが東叡山《とうえいざん》寛永寺は、門跡貫首《もんぜきかんじゅ》である。徳川の求めをもって京より宮がお下りになられるところ。三代家光どのが徳川の葬儀をおこなう寺と任じたことを知っての手出し、許すまじく。いずれ格の違いを思い知らせてくれる」

別当《べっとう》と呼ばれる寛永寺の貫首代行が、呪詛《じゅそ》の言葉をはいた。

もう一人は、葬儀の供を許された新井白石であった。

世俗にうとい新井白石は、着替えの場を増上寺に提供してくれるようにと頼むのが遅れ、屏風一つのしきりさえ用意できなかったのだ。

「申しわけございませぬ」

深く頭を下げて詫びる用人を去らせ、新井白石は自らの足で間部越前守を訪ねた。

「まことに申しあげにくいことでござるが、着替えの場をともに使わせてはもらえぬだろうか」

新井白石の頼みを、間部越前守はすぐに引き受けた。

「よろしゅうございましょう。着替えの場として頼んだわけではございませぬが、坊を一つ借りておりますれば」

「お着替えをなさらぬと」

新井白石が首をかしげた。若年寄間部越前守は五位の諸大夫でも下位である。身形は、新井白石とおなじく肩衣に長袴のはずであった。

「ああ、お報せいたしておりませなんだか。これは申しわけございませぬ。わたくし、ご先代さまより老中格をちょうだいいたしております」

間部越前守が、あっさりと告げた。

「それは……おめでとうございまする」

新井白石は一瞬絶句した後、祝いの言葉を口にした。

老中は、その権威に敬意を表し、家柄と出自に関係なく従四位下《じゅしいのげ》侍従あつかいを受けるのが慣例であった。

うれしそうな間部越前守の前を、新井白石は平静を装ってさがるのが精一杯であった。

聡四郎は、葬儀に出ることはできなかった。無位無冠の者で葬儀に列することが許されたのは、小姓組、書院番、御広敷番頭など家宣の側近くに仕えた者だけであった。

十一月二日、家宣葬儀の朝、いつものように登城した聡四郎は、江戸城の変わりように唖然《あぜん》とした。

老中を始め、役付きの長たるものが全員増上寺に出むいてしまい、残っているのは不測の事態への対応ができない小者ばかりだった。

聡四郎は苦笑しながら、太田彦左衛門に言った。

「何かあったら、終わりでございますな」

「一応、営中警衛の頭としてお留守居さまがお一人、お残りだそうでございますが」

太田彦左衛門が、語った。

江戸城における留守居とは、諸藩の留守居役と違って、将軍家が江戸城を離れたときに代わってすべてを差配する重要で権威のある役目であった。老中支配で五千石高、旗本最高の出世とされていた。

大番頭《おおばんがしら》や大目付《おおめつけ》などを歴任した初老の旗本が選ばれるもので、隠居前の褒賞《ほうしょう》をかねた名誉職であった。

「それでも、今日は仕事にならぬな」

聡四郎は、内座を見わたして嘆息した。いつもなら朝から動きまわっている勘定吟味役たちが、所在なげに座っていた。

「ならば、ちょうどよろしいではございませぬか。新井さまの下部屋をお借りして、少しお話を」

太田彦左衛門が誘った。

「わかりもうした」

聡四郎も立ちあがった。

内座を出たところに老中、若年寄、側用人たち重職の休憩と着替えのための部屋が並んでいた。下部屋と総称されるそれは、老中、若年寄は一人一部屋、側用人、側役には数人で一部屋が与えられていた。新井白石は側衆格兼若年寄格として、特別に家宣から一室があてがわれていた。

この下部屋を、勘定方を敵にまわして孤軍奮闘している聡四郎と太田彦左衛門が、密談をする場所として使用することを新井白石から許されていた。

聡四郎と太田彦左衛門は、下部屋のなかに入った。

「御蔵入高並御物成元払積書のことをどういたしましょうか」

太田彦左衛門が懐からていねいに油紙でつつんだ書付を出した。

「五代さまの御世《みよ》、貞享元年（一六八四）から、一気に幕府の年貢高が増えておることを新井白石さまに申しあげるかどうか」

貞享元年は、徳川綱吉の恩人大老堀田《ほった》筑前守正俊《ちくぜんのかみまさとし》が、若年寄稲葉《いなば》石見守正休《いわみのかみまさやす》によって殿中で刺殺された年であった。

「難しいところでございまするな」

太田彦左衛門の話に、聡四郎は腕を組んだ。

今の新井白石に余裕がないことぐらい、人の心の機微にうとい聡四郎でさえわかる。

「生き残りに必死になっておられますから」

太田彦左衛門が小さく首を振った。

深い寵愛をそそいでくれていた将軍家宣が亡くなったことで、新井白石の幕府内での立場が危うくなっていた。

新井白石の弱いところは、正式なお役目についていなかったことにあった。どこにでも口をはさめるように、いかなることにでもかかわることができるようにと、家宣が決めたのか、新井白石が求めたのかはわからないが、新井白石は無役の寄合旗本のままであった。側衆格兼若年寄格とされてはいたが、格はあくまでも準ずるとの意味でしかなく、きびしいことを言えば、新井白石の居場所は江戸城内にはなかった。

「われらもいまさら勘定筋の者でございますと、膝を屈することはできませぬ」

太田彦左衛門が決意を見せた。

「荻原近江守が復権はあるとお考えか」

聡四郎は問うた。家宣の遺言で、荻原近江守が策した元禄《げんろく》の小判改鋳《かいちゅう》は否定されていた。

「ないと申せぬところが、幕府の弱いところでございまする」

太田彦左衛門は、懐からもう一枚の書付を出した。

「これをご覧くだされ」

書付は正式なものではなかった。担当の勘定方の名前も入っていないところから、走り書きか下書きのようであった。

「荻原近江守が、佐渡《さど》奉行を兼務していたときの運上金でございまするか」

聡四郎が書付に目を落とした。

荻原近江守は勘定奉行に就任したあと、元禄三年（一六九〇）から佐渡奉行をも兼ねていた。それも、二人いた佐渡奉行を一人にし、己が金山管理を独占したのだ。

「灰吹き銀六百九貫目《かんめ》（約二二八三キロ）、六千九百十二両（約一一四キロ）」

聡四郎は、驚いた。この一両は小判一枚という意味ではなく重さを表していた。元禄小判にあてはめると、およそ一万二千両になる。銀六十匁《もんめ》が小判一両の相場にしたがえば、銀の総量は小判一万百五十両余りとなり、合計するとじつに二万二千百五十両余りもの金額になった。

「一年でございますか」

聡四郎が訊いた。

「はい。一年でございますが……水城さま、これは佐渡のあがり全部ではございませぬ。荻原近江守が佐渡を管するようになって増えたぶんだけで」

太田彦左衛門に聞かされて、聡四郎は声も出なかった。

「それが、荻原近江守どのがその職を追われたこの九月の十一日、まだ一月《ひとつき》半ほどしか経っておりませんが、その一月半ほどで激減したと、佐渡支配組頭から伺い方に報告してきたそうでございまする」

太田彦左衛門が、書付のもとが佐渡支配組頭だと告げた。

「そのようなことが」

聡四郎には、奉行が代わっただけで金山の取れ高が変化するなど、理解できなかった。

「荻原近江守は、家臣を代官代わりに佐渡に派遣し、きびしい取りたてをおこなっていたのでございまする。それが、御役御免《おやくごめん》によってなくなったので、急激な減収につながったのではないかと」

太田彦左衛門が推測を口にした。

「これを見て、金がないことに連日頭を抱えておりまする勘定方が、どのように思うかは、語らずともおわかりかと」

「………」

太田彦左衛門の話に聡四郎は無言でうなずいた。

「荻原近江守の復帰を待望している者たちにとって、新井白石さまを排除するよい機会が訪れたと」

「さようでございまする」

太田彦左衛門が首肯した。

「そのさなかに、この御蔵入高並御物成元払積書のことなどを持ち出して、執政の方々まで敵にまわすようなまねを新井白石さまがお認めになられるかどうか……」

太田彦左衛門が、語尾をにごした。

「下手をすれば、わたくしと太田どのを捨て石にしかねないと言われるわけでございまするな」

聡四郎は、太田彦左衛門の懸念を見抜いた。

「はい」

「ならば、このことはわたくしたちだけでゆっくりと進めるといたしましょう」

「さようでございまするな。あるていど深いところまでつかんでおけば、それが強みとなることもございましょう」

太田彦左衛門も首肯した。

「では、今は命じられた増上寺の一件を調べるといたしましょうか」

聡四郎は、腰をあげた。

家宣の柩が石棺におさめられ、その上から朱が足された。朱があふれたところで石板の蓋《ふた》がかぶせられ、家宣は地下の人となった。

朱は水銀の精製物である。重い朱で満たされた石棺は、人の手で持ちあげることはかなわなくなった。

あとは土をかぶせた石棺の上に宝塔を置き、周囲を壁で囲えば霊廟は完成する。葬儀がおこなわれている間はさすがに人足たちの姿はないが、翌日からふたたび槌音《つちおと》がひびくことになる。

鍋松を抱いてそのようすを見ていた間部越前守の瞳から涙がこぼれた。他にも泣いている者が多いなかで、新井白石は乾いた目で儀式を見ていた。

おおやけの儀式は、早々と終わった。鍋松が体調をくずすことをおそれたお喜世の方から早い帰城をと間部越前守が命じられていたからであった。

鍋松を膝に抱いて間部越前守が、駕籠《かご》で増上寺を去っていった。書院番を駕籠脇に、大番組がその周りを警衛する姿は、すでに将軍としての体をなしていた。

鍋松が江戸城に戻っても、葬儀は延々と続いていた。家宣の墓の前に最後の別れを告げる者たちの行列ができた。

老中、若年寄ら執政たちは一人ずつで、それ以下は身分に応じて二人、数人と横に並んでぬかずいていくのだが、大人数のため、なかなか終わらなかった。

新井白石の順は、ほとんど最後尾であった。

まさにひとからげであった。新井白石は、残っていた従六位《じゅろくい》の者たち全部と一緒にさせられた。新井白石と家宣のかかわりから考えると、ありえていいあつかいではなかった。

「上様……お別れを申しあげまする」

新井白石は、平伏しながら一言だけつぶやいた。

この日から新井白石は、いっそう狷介になった。

二

間部越前守にかかえられて鍋松が帰ってきたのと入れ替わりに、聡四郎は江戸城を出た。今日が家宣の葬儀だと知っている江戸の町人たちのほとんどが、店を閉じ、仕事を休んでいるために、城下町は閑散としていた。

「旦那さま」

一歩下がって、供をしていた大宮玄馬が声をかけた。聡四郎が襲われたことを知った大宮玄馬は、あれから毎日迎えに来ている。

「なんだ」

聡四郎は、後ろを振り向いた。

「将軍家が代わられることでどのようになるのでしょうか」

大宮玄馬が心配そうな顔で訊いた。

「そうよなあ。普段ならば、執政衆をふくめ、小姓組、御小納戸《おこなんど》たちは、ほとんど交代することになるのだが。このたびは新しい上様がお若いこともあるゆえ、あまり大きな変化はないと思うぞ」

聡四郎は、苦笑しながら答えた。

大宮玄馬が気にしているのは、聡四郎が御役御免になるかどうかである。荻原近江守を追い落としたことで五十石の加増を受けた聡四郎は、荻原近江守がお役に戻ったとき、最初に排除されることになる。そのとき、加増分はおろか、本禄まで減らされることはまちがいなかった。

減知《げんち》された旗本が最初にすることは、家臣の放逐と決まっていた。

「心配するな。水城家が潰れたときはあきらめてもらうが、たとえ百石に減らされようとも、玄馬を手放すようなまねはせぬ」

聡四郎は、宣した。

「かたじけないお言葉でございまする」

大宮玄馬が頭をさげた。

「ここらあたりでございましたか」

大宮玄馬がまわりに目をやった。

聡四郎が先日襲われた昌平坂を登りきったところに来ていた。

「ああ。ここだ。あの昌平橋をこえたところで、背後の気配がはっきりした」

聡四郎は立ち止まって橋を指した。

「それにいたしましても、人違いというのは、あまりにみっともないことではございませぬか」

大宮玄馬がいきどおった。

刺客は、確実に狙った相手を倒すことを任としていた。それが、人違いをしたうえに、負けて帰ったのでは、話にならなかった。

「刺客を生業《なりわい》としている者ではなかったからであろう」

聡四郎は、歩きはじめた。

刺客という職業があるわけではなかった。相模屋伝兵衛に頼んだところで用意できるものでもないが、食いっぱぐれた浪人者や、つぶれかけた剣道場の主などは、金しだいで簡単に刺客に変じた。

「こぎれいな、そこその禄をとる藩士のようだった」

聡四郎は、あの日のことを思いだしていた。

「旦那さま」

大宮玄馬が、小さな声で聡四郎を呼んだ。

「気づいておるさ」

聡四郎は首肯した。

さきほどから背筋に触る気配を聡四郎は感じていた。

振り返るようなまねをせず、聡四郎と大宮玄馬は歩き続けた。

「屋敷まで連れていくのも、面倒だ」

「はい」

前を向いたまま告げた聡四郎に、大宮玄馬がうなずいた。

「玄馬、おぬし次の角で曲がり、大回りして背後に出よ」

「挟《はさ》み撃ちにいたしますか」

「うむ。今度は逃がさぬ」

聡四郎は決意を見せた。

「では」

大宮玄馬が立ち止まり、小腰をかがめて旗本内藤外記《ないとうげき》の屋敷塀に沿うように、路地へと入っていった。主に用を言いつけられた家臣が別行動をとったかたちにしたのだ。

聡四郎は、ほんの少しの間大宮玄馬の背中を見送った。これは、大宮玄馬のあとをつけられないようにとの用心であった。

大宮玄馬の姿が、路地の奥に消えたところで、聡四郎は歩み始めた。

昌平黌を過ぎて本郷にはいると最初は町屋が続いた。本郷竹町《たけちょう》から本郷一丁目である。聡四郎の屋敷は、その先本郷二丁目の角を左に曲がればすぐであった。

聡四郎は、本郷二丁目をそのまままっすぐ進んだ。

本郷二丁目の角を過ぎると右手に大きな屋敷が見えてくる。加賀百万石前田家の上屋敷であった。

十万坪をこえる壮大な敷地に、御三家を凌《りょう》駕《が》するみごとな御殿を持つ江戸でもっとも豪勢な屋敷だが、家宣の葬儀に遠慮して、表門は閉じられ、ひっそりとしていた。

屋敷の南角から一丁《ちょう》（約一〇九メートル）ほどは、塀の前に本郷四丁目、五丁目の町屋が続き、その角を東に折れると、加賀家の大御門にあたる。表門より一回り小さな大御門は、勝手口として前田家の奥に仕える者、身分の軽い者たちの出入りに使われていた。

聡四郎は、その角を曲がるなり走った。二十間（約三六メートル）ほど駆けて本郷五丁目角を右にとった。

「いないぞ」

しばらくして声が聞こえた。

「門内に入ったか」

「やはり前田家の者だったのか」

西日を浴びて影が伸びた。聡四郎は路地の隅からうかがった。

「いや、勘定吟味役だと申したぞ」

「うむ。あやつに違いなかった。あの顔を忘れることはない」

後から続いた声に聡四郎は聞き覚えがあった。

「やはり、先日の輩か」

聡四郎は、ゆっくりと角から姿をあらわした。

「いたっ」

「あやつだ」

先日の二人が聡四郎を指さした。

聡四郎は、ふたたび角の向こうに隠れた。

「逃がすな」

乱れた足音が近づいてきた。

聡四郎は、十間（約一八メートル）ほど進んで、振り向いた。

「うわっと」

聡四郎が路地の中央に立っているのに気づいた先頭の侍が、たたらを踏んだ。

「待ち伏せしていたというのか」

あとを追ってきた連中が動揺した。

「拙者に御用のようだが、人違いではござるまいな。二度も同じ失敗をなさるようなことはないと思いたいが、人の命のやりとりを確認することなくするていどのお方だ。本日も二人ほど倒したところで、まちがいだと逃げられるつもりではなかろうな」

聡四郎は嘲笑を浴びせた。

剣の修行は心の鍛錬によるところが大きい。いかに天性のものがあろうが、技が優れていようとも心が練れていなければ、まさに宝の持ち腐れであった。

白刃を前にしても平常心を持ちつづけていられなければ、身体の筋によぶんな力が入り、足の踏みこみが甘くなる。思うように剣先が伸びなくなるのだ。

それは、頭に血がのぼってもおなじであった。怒りで平常心を失った剣士は気を周囲に配ることを忘れ、ただ目の前の敵だけに襲いかかる。瞳に映る者だけにとらわれてしまえば、予想外のことへの対処ができなくなってしまう。

聡四郎は、それを狙った。

戦いというのは数が多いほうが有利なのは当然であった。聡四郎の前にいる敵の影は七つを数えたが、あせればその力は半減する。

「この間よりは、たくさん連れてきたということか。数があっても烏合《うごう》の衆では、意味はございませんぞ」

聡四郎は、あおった。

「黙れ。先日と一緒だと思うな」

「いつまでその減らず口をたたけるか、見ていてやるわ」

すぐにのったのは、先日の生き残りの二人であった。さすがに残りの五人は、あらためて選ばれただけに、平静を保っていた。

「人違いであったはずだが、二度も拙者に何用か」

聡四郎は、いきりたつ二人を無視して、さりげなく両手をさげて身体の力を抜いている中年の侍に問いかけた。

「用というほどではないが、見られたことがちとまずいのでな。口を閉じてもらうことになったのだ」

中年の侍が口を開いた。

「ほう。そのようなことで、御上のお役をうけたまわっている拙者を襲うか。きさまらの正体が知れれば、主も無事ではすまぬぞ」

聡四郎は、軽い驚きを覚えた。

「正体が漏れることはない。きさまの命を奪うだけだからの。それほどのときは必要ないわ」

中年の侍が太刀を抜いた。

聡四郎が入りこんだ路地は、右手を前田家の高い塀に、左を町屋の壁でふさがれたまったく人気のないところであった。

とくに屋敷のなかへ食いこむようにして引いている大御門からは見えなかった。

「やるぞ」

中年の侍に続いて、六人も太刀を抜いた。

聡四郎は、男たちの背後に声をかけた。

「玄馬、遠慮はいらぬ」

「承知つかまつった」

角から大宮玄馬が飛びだし、太刀を抜きはなって駆けよってきた。

「さきほどの家来か」

隊列の最後にいた先日の二人があわてて振り返ったが、大宮玄馬の太刀行きの疾さにはかなわなかった。

「げっ」

「ぐえっ」

一人は喉を斬り裂かれて絶息《ぜっそく》し、残りの一人は右肘《ひじ》から先を斬り落とされて崩れた。

「……………」

残った五人の腕を警戒した大宮玄馬が、そこで動きを止めて、太刀を構えなおした。

「役にたたぬな」

仲間が倒されたにもかかわらず、中年の侍の声に怒気やあせりは含まれていなかった。

「いたしかたございますまい。こやつらは、町道場で竹刀を振っておったていど。稽古といえども生死をかけておこなう我らとは、根本からして違いまする」

若い侍が、冷たい目で肘を押さえてうめいている仲間を見た。

「では、その腕を拝見しよう」

聡四郎は一放流基本の型ではなく、太刀を青眼《せいがん》に構えた。

青眼の構えは、どの流派もが採用する基本のかたちである。身体の中央に太刀をおき、防御を念頭にしながら、いつでも攻撃に転じることができた。流派を知られたくないときに、聡四郎は青眼を用いた。

「少し剣先が高いか」

中年の侍が、つぶやいた。

「柄も身体より拳一つ離れておるようでございまする」

若い侍が、続けた。

「…………」

聡四郎が無駄話をしている二人を笑った。

剣を抜いて対峙しているのだ。道場での稽古とは別であった。

一放流道場では、仕合《しあ》っている者どうしの私語は厳禁とされていた。要らぬ口は身体から息を吐かせ、力を抜いてしまう。弛緩《しかん》、その一瞬が命取りになることに気づいていないことに聡四郎はあきれていた。

「…………」

見れば、大宮玄馬も蔑《さげす》みを目に浮かべていた。

聡四郎は、沈黙を保ったままゆっくりと間合いを詰めた。大宮玄馬に倒された連中よりできることはわかったが、真剣を抜いての殺しあいの経験がなければ敵ではなかった。

「いくぞ、小村《こむら》」

間合いが五間（約九メートル）になったところで、中年の侍が若い侍に声をかけた。

「はい。三野《みの》さま」

若い侍が応じたとき、聡四郎が一気に奔《はし》った。

「なにっ」

「うわあ」

聡四郎の急変に、三野が驚き、小村が悲鳴をあげた。

小村が上段に太刀をあげた。

不動心を身につけていない剣士は、不意をつかれると太刀を振りあげることが多い。それは最初に剣をならったときに教えこまれる上段の構えが身についているともいえるが、無意識に身体が慣れてしまったかたちをとろうとしていることでもあった。

小村の胴ががらあきになった。

「馬鹿者、腕をさげよ」

三野の忠告は一拍遅かった。

太刀を抜いたかぎり、剣士は戦うのが当然であり、勝負の責任はすべて己が負わなければならない。

真剣での立ちあいで、敗れた者はその命を代償として差し出さねばならなかった。

「えっ、あっ」

小村があわてて青眼に戻ろうとしたが、間にあわなかった。

聡四郎の太刀は右袈裟からぞんぶんに小村の胸と腹を裂いた。

「い、痛い」

そう言い残して、小村が白目を剝《む》いた。

切っ先を聡四郎に向けながら、三野が叫んだ。

「小村、しっかりしろ」

聡四郎は倒れていく小村から三野へと顔を動かした。

「きさまああ」

三野が憤怒《ふんぬ》の声をあげた。

「…………」

対して聡四郎は、水のように静かであった。

「許さぬぞ」

三野が太刀を右脇へと引きつけた。

脇構えと呼ばれるそれは、袈裟よりも太刀先を立てる。右半身を踏みだすと同時に太刀をまっすぐに落としてくるのだ。右肩を前に突きだすようにすることで、正対する面積は減り、剣先は片手薙《な》ぎほどではないが伸びる。攻勢にむいた構えであった。

聡四郎は気にすることなく歩くようにして近づいた。

「ふざけおって」

平然としている聡四郎に、三野が表情をゆがめた。

「あの世で小村に詫びてこい」

間合いが二間（約三・六メートル）をきったところで、三野が大きく右足を踏みだした。あわせるように太刀が送られた。

聡四郎には、三野の太刀が完全に見えていた。

雷光《らいこう》とも雷閃《らいせん》とも称される師匠入江無手斎の一撃に慣れた目には、三野の太刀など舞《まい》のようにゆっくりであった。

聡四郎は太刀をあわせようとはしなかった。

神工鬼作《しんこうきさく》と讃《たた》えられる太刀といえども、撃ちあえば刃先が欠ける。場合によっては曲がったり折れることもあった。

何度とくりかえした戦いのなかでそのことを聡四郎は学んでいた。

聡四郎は、一歩退くことで三野の一閃に空《くう》を斬らせた。

「なんの」

渾身《こんしん》の力をこめた一撃をかわされたとわかった瞬間に、流れていく太刀先を止めたのはなかなかみごとであったが、すでに動き始めていた聡四郎の一刀を防ぐことはできなかった。

小村を葬り去った残心《ざんしん》、下段にあった聡四郎の太刀が跳ねた。

「くっ」

身体をひねってかわそうとした三野の右脇腹に聡四郎の太刀が食いこみ、肝臓を両断した。

「………」

肝臓は人体の急所の一つである。三野は大量の血をまき散らして死んだ。

すばやく太刀を手元に引きつけて、聡四郎は次の敵に備えた。

聡四郎の瞳に光が入った。考えることなく聡四郎は身体を右へと倒した。風切り音を残して、聡四郎の三寸（約九センチ）先を切っ先が過ぎた。

「ちっ」

三野を斬った直後の聡四郎を狙った男が舌打ちをした。

剣でも槍でもそうだが、一人をしとめた後に隙ができやすい。倒したという安心感もあるが、なにより大きく動いたことで体勢が変わる。そこを襲うのは、刺客として的確だった。

だが、かわされれば立場が逆転することになりかねなかった。

男があわてて間合いを空けた。

聡四郎も剣を青眼に戻し、構えをたてなおした。

「人を斬ったことがあるな」

聡四郎は、襲い来た男に言った。

「おぬしもかなりあるようだな」

男も返した。

人というのは、恐怖に弱い。いかに剣の修行を積んでいようとも、目の前で仲間が斬り殺されたのを見て冷静でいられる者はなかなかいない。

できる者は、過去に人の斬り殺されるのを目《ま》のあたりにしたか、己が斬ったかのどちらかであった。

聡四郎と男は三間（約五・五メートル）の間合いで対峙《たいじ》した。

青眼の聡四郎と下段の男は、互いの息づかいをはかった。

言葉を出すのとおなじで、息を吐くとき人の身体は力を抜く。その刹那《せつな》を見逃さないのが戦いの基本であった。

聡四郎は、息を細くして気取《けど》られないようにしながら、大宮玄馬を目の隅でとらえていた。

一放流道場で麒麟児《きりんじ》ともてはやされ、聡四郎よりも二歳若く目録《もくろく》に達した大宮玄馬だったが、その身体の軽さがわざわいして一放流では免許皆伝にいたれなかった。いっとき、むごく落ちこんだ大宮玄馬だったが、入江無手斎から軽さを生かす富田流小太刀をならうことで、その才能を開花させていた。

「……………」

気合い声を出すこともない大宮玄馬の戦いは、能を見ているようであった。ゆっくりとした所作でありながら、ひとつひとつの動きが要所要所で締まっていた。

「あひいっ」

大宮玄馬に左手首の内側を斬られた男が、刀を取り落とした。

一撃必殺とはいかないが、大宮玄馬の一撃は確実に急所をとらえていた。

富田流小太刀はもともと戦場で組み討ちになったときに、どのようにして敵を倒すかを考えて生みだされた。鎧兜《よろいかぶと》で身を固めている敵に太刀をぶつけたところで、傷一つつけることはできない。そこで富田越後守が考えたのが、鎧はずれを狙うことであった。鎧兜といえども全身を隙間なくおおってはいない。喉元、脇の下、手首や膝の裏、股間などは、動きやすさを考えて防護されていなかった。

その鎧はずれを的確に斬るためには、長い太刀よりも小太刀のほうが遣いやすいことに富田越後守は気づき、小太刀の技を編みだした。

大宮玄馬はその技をよく会得していた。

手首には大きな血脈がある。すばやく血止めをすれば助かるが、戦いの最中に手当てができるわけもなく、斬り殺されるか血を失って死ぬかのどちらかになる。

男はどちらも選ばずに、逃げだした。

「逃げるな」

大宮玄馬に立ちむかっていたもう一人が、ひきとめようとしたが、左手首を右手で押さえた男は、後ろも見ずに走っていった。

「玄馬、見届けろ」

聡四郎が命じた。

「承ってござる」

大宮玄馬が一歩踏みだして、残った一人に牽制の一刀を送った。

「おのれ」

大きく後ろに跳びのいた男をおいて、大宮玄馬が逃げた男の後を追った。

「安崎《あんざき》、行かせるな」

聡四郎と対峙していた男が、命じた。

「わかった」

安崎が続いて走りだそうとするのに、聡四郎は小柄《こづか》を投げつけた。

小柄は太刀の鞘にはめこまれている小刀で、懐紙や糸などちょっとしたものを切るためのものである。刃よりも柄が重く、手裏剣代わりに使うことは難しい。

聡四郎が投げた小柄は、突きささらなかったが、身体に当たり、安崎の出鼻をくじくことはできた。

「あたっ」

安崎が立ち止まって、身体の無事を確認している間に大宮玄馬が角を曲がった。

「馬鹿が」

聡四郎と対峙している男が、動いた。小柄を投げるために聡四郎の手が、太刀の柄から離れたのを見て斬りつけてきた。

「………」

聡四郎は左手だけで太刀を水平に振った。

片手薙ぎは太刀先が伸びるが、手の内が締まっていないと刀についた勢いに負けて、太刀を落としてしまうことがあった。

聡四郎は、しっかりと左手の小指に力を入れた。

「ふん」

両手で摑《つか》んでいる太刀をぶつければ、その衝撃で刀をとり落とすか、少なくとも手の内が弛《ゆる》んで次の一撃に遅れが出ると読んだ男は、聡四郎の片手薙ぎを防ごうとした。

一放流の疾さを男は知らなかった。受け止める体勢が整う前に聡四郎の横薙ぎが届いた。

「くっ」

なんとか致命傷をまぬがれた男だったが、聡四郎の太刀は一寸（約三センチ）男の身体に食いこんでいた。

「ええい」

間合いが近づきすぎて、鍔迫《つばぜ》り合いになっていた。聡四郎は両手で柄を握りなおし、太刀に加わる力を鍔を使って流した。男の太刀の刃が鍔に滑って嫌な音をたてた。

「おのれ」

男が、聡四郎を蹴りに来た。

聡四郎の太刀によって裂かれた腹から、血がこぼれていた。聡四郎は男の恐怖が手に取るようにわかった。

傷口から流れだしていくのは血だけではなかった。気迫も力も穴の開いた桶から漏れる水のように失われていく。

「このお」

昂奮《こうふん》しているときは、身体の痛みを感じないことが多い。男はまさにそうだった。傷を負った腹をひねるようにして膝で蹴りあげた。

聡四郎は太刀ごと前に出た。

「……つっ」

聡四郎によって重心を狂わされた男が、蹴り足を地におろして身体を支えようとした。

名人上手でも鍔迫り合いは避けるという。それだけ対応が難しいのだ。拮抗《きっこう》している力の天秤をかたむけるためには、かなり大きな力をだすか、あるいは相手の力をうまく逃がすかのどちらかしかなく、対処をまちがえれば、体勢を大きく崩し、敵の一刀を避けることができなくなる。だからじっと敵が動くのを待つのが常套《じょうとう》であった。

我慢くらべである鍔迫り合いでうかつに動くことは、自ら負けを呼びよせるにひとしかった。

聡四郎に押されて、ぐらついた男は、太刀にかかった圧力を受けきれなかった。男の太刀が聡四郎の太刀からはずれた。

「ひっ」

それに気づいた男が悲鳴をあげかけたが、聡四郎はその暇も与えなかった。聡四郎の太刀が男の血脈を刎《は》ねた。

すきま風のような音をたてて、男の首から血が一筋噴いた。

「なぜだ。我らは江戸屋敷道場で、免許皆伝を受けたのだぞ」

最後に残った安崎が、震える声で言った。

「それが一人にやられるなど……」

安崎が太刀を大きく振った。一歩も近づけまいと必死で振り回した。

子供のときから必死に学んだであろう技を安崎は忘れていた。

聡四郎は、慎重に近づいた。

理も法もない太刀の動きであるが、必死なだけにあなどれない力をだしている。うかつに近づけば、怪我をしかねなかった。

聡四郎は、二間の間合いで立ち止まった。

「わうああ。わあ」

安崎の目がおかしな光を放っていた。

このまま安崎が疲れるまで待ってもよかったが、大宮玄馬のことも気になるうえに、誰かが通りかかって巻きこまれてもまずい。聡四郎は覚悟を決めた。

聡四郎は太刀を右肩に担いだ。一放流必殺のかたちであった。

「…………」

じっと安崎を見つめていた聡四郎が、息を止めた。

「ぬん」

ぐっと口のなかで気合いをつぶし、全身の筋の力を太刀に送った。

濡れ手ぬぐいで壁を叩いたような音がして、安崎の顔が二つに分かれた。

「あひゅうう」

意味のない声を最後に安崎が死んだ。

聡四郎は、周囲に目をやった。

町人が一人路地の片隅で震えていた。

「騒がせたな」

聡四郎は、詫びた。

「ひっ、ひいいいい」

固まっていた町人が大声をあげて逃げていった。

聡四郎は苦笑しながら、町人の背中を見送って、きびすを返した。

三

屋敷に戻った聡四郎は、喜久《きく》のきびしい叱責にあった。喜久は聡四郎が赤子のころから水城家に仕えていた。早くに母を亡くした聡四郎を育ててくれただけに、頭のあがらない存在であった。

「四郎さま。あなたさまは、水城家の当主でいらっしゃるということをお忘れでございますか」

喜久の怒りは、聡四郎の着物に返り血がついていたことから始まっていた。

「水城のお血筋を絶やされる気でございまするか」

「いや、そのような……」

聡四郎の言い訳を喜久は最後まで言わせてくれなかった。

「四郎さまは、ご家督をお継ぎになって一年たらずではございまするが、いまだに独り身。奥方さまもお世継ぎさまもおられないのでございますよ。そのうえで四郎さまに万一のことがございましたら、水城の家はどうなるかおわかりでございましょう」

「すまぬ」

聡四郎は、頭をさげるしかなかった。

「いいえ。今夜は許しませぬ。今から相模屋に使いをだして、紅さまにもお見えいただきますゆえ」

「今夜は勘弁してくれ」

聡四郎は、紅を呼ぶことに賛成しなかった。

「まさか、またお出かけになられるおつもりでございますか」

喜久の顔つきがさらにきびしくなった。

「ご奉公である」

聡四郎が断じた。

「四郎さま……」

喜久が、つらそうな表情で聡四郎の名前を口にした。

「勘定筋とはいえ、水城の家は神君家康公が江戸に幕府を開かれる前からお仕えした家柄である。長年のご恩に報いるは、譜代《ふだい》の義務。算盤であれ、剣であれ、ご奉公は命をかけてなすもの」

聡四郎が、喜久をさとした。

「着替えを頼む」

「はい」

喜久は一言だけ応えると、黙々と準備を始めた。

聡四郎が着慣れた小袖に着替え、湯漬けを二杯かたづけたところへ、大宮玄馬が戻ってきた。

「旦那さま」

急いで帰ってきたのか、大宮玄馬は荒い息をついていた。

「落ちつけ。まずは、湯漬けでも喰え」

聡四郎は喜久を呼んで、大宮玄馬の膳を用意するようにと頼んだ。

「あわてるな。一休みしてから報告しろ。整理のつかぬまま話をしたのでは、せっかく見聞したことが欠け落ちてしまうかも知れぬ」

聡四郎もゆっくりと白湯《さゆ》を喫した。

水城の家は、祖父が勘定組頭まで出世したこともあって、比較的裕福であった。千石をこえる旗本でさえ、滅多に飲むことのない茶を買うこともできた。隠居した父功之進は、朝晩に茶を楽しんでいたが、聡四郎は茶よりも白湯を好んだ。

大宮玄馬が、漬け物と湯漬けだけの簡素な夕餉《ゆうげ》をすませた。

「では、聞こうか」

聡四郎は、湯吞みをおいた。

大宮玄馬が背筋を伸ばした。

「わたくしが手首を斬ったあの男は……」

そこで大宮玄馬が、唾を飲んだ。

「牛込《うしごめ》の尾張徳川さま抱え屋敷に入りましてございまする」

大宮玄馬が告げた。

抱え屋敷とは、大名が幕府から与えられた土地以外を購入して、そこに建てた屋敷のことである。おもに百姓地が選ばれたが、紀州家のように御三家の威光を振りかざして、伊賀者《いがもの》給地を取りこんだり、代官支配地を屋敷のなかに囲いこんだりしたものもあった。

尾張藩の抱え屋敷も、もとは五千坪ほどの百姓地であった。

「御三家の尾張徳川家か」

聡四郎は驚愕した。ここまで大きな名前が出てくるとは思っていなかった。

家康の九男義直《よしなお》を初代とする尾張徳川家は御三家筆頭と称されていた。

慶長五年（一六〇一）に生まれた義直は、わずか四歳で甲府《こうふ》二十五万石、八歳で尾張四十七万石余、二十歳で美濃《みの》の一部を加えられ六十一万石を領した。

徳川の名前を冠した御三家の長として、従二位下《じゅにいのげ》権大納言にまでのぼれる家格を誇る名門中の名門大名である。

現在の当主徳川吉通は義直の曾孫《ひまご》にあたった。元禄二年（一六八九）の生まれで、今年二十四歳の若い藩主であった。

「動きがあるかと存じ、半刻ほど見張っておりましたが、潜《くぐ》り戸が開くことさえございませなんだ」

大宮玄馬の報告は終わった。

「そうか。見捨てられたか、詰め腹を切らされたな」

聡四郎は手の血脈を斬られた男の末路を思い浮かべて苦い顔をした。藩主やその家族のいる上屋敷、中屋敷ならば医者が常駐しているが、抱え屋敷にはまずいない。

男が逃げこんだ抱え屋敷の潜り戸が開かなかった。これは医者を呼ばなかったことを意味していた。

「しかし、抱え屋敷とは、判断に困るところよな」

聡四郎は、首をかしげた。

「上屋敷、せめて中屋敷ならば、尾張藩として襲い来たと考えられるが、抱え屋敷となると……」

藩の公邸である上屋敷はもちろん、藩主の家族が住まいする中屋敷でことが起こった場合、当家には関係ございませぬとしらをきることは難しいが、抱え屋敷となるといくらでも知らぬ顔ができるのだ。藩の屋敷として『武鑑《ぶかん》』にのせないことも、いざとなればなかったことにさえできた。

「出向かれましょうか」

大宮玄馬が、問うた。

「いや、今夜はもうやめておこう。すでに日も落ちてしまった。暗くなってから地の理にくわしくないところに行くのはまずい。あちらも一人帰ってきたことで警戒しているだろう。明朝、明るくなってからにする」

聡四郎は、下がって休めと大宮玄馬をねぎらった。

翌朝、朝餉をすませた聡四郎は本日登城しないと若党佐之介《わかとうさのすけ》をつうじて、太田彦左衛門に伝えた。

聡四郎は大宮玄馬に案内されて、牛込に来ていた。

「あそこでございまする」

大宮玄馬が指し示す抱え屋敷を見て、聡四郎は驚いた。

「上屋敷の目の前ではないか」

尾張家の上屋敷は市谷《いちがや》御門前にある。その上屋敷から牛込の抱え屋敷は寺院などにじゃまされて見えはしないが、二丁（約二一八メートル）も離れていなかった。

聡四郎と大宮玄馬は、抱え屋敷と背中をあわせている月桂寺《げっけいじ》の門前に立った。

「左には尾張家抱え屋敷、右の辻突きあたりが上屋敷」

「ほとんど一つでございますな」

聡四郎のつぶやきに大宮玄馬が首肯した。

尾張徳川家の抱え屋敷は、周囲を寺院と大名の下屋敷に囲まれていた。江戸城に至近なだけに少し離れても町屋はなく、旗本屋敷が連なっていた。

「人通りがあまりないな」

「すでに登城時刻も過ぎておりまするし」

武家町が静かなのは、物売りさえ来ないからであった。

大名屋敷、旗本屋敷にかかわらず出入りの商人というのは決まっていた。魚は誰、八百屋は誰と、認められた者しか門をくぐることが許されていなかった。

組屋敷に住む貧しい御家人たちは別だが、門構えを持つ屋敷は出入りにうるさい。となれば物売りが来ることもあまりなく、登城する旗本や出仕する藩士たちの流れが終われば、あとは下城時刻になるまで閑散となった。

聡四郎は、ふと耳をすました。

「聞こえるか」

「…………」

聡四郎の問いかけに大宮玄馬もうなずいた。

「稽古の声でございまする」

大宮玄馬が告げた。

「ああ。袋竹刀を撃ちあう音と気合い声、まちがいない」

聡四郎もうなずいた。

袋竹刀は割竹《わりだけ》を馬革の長い袋に入れて両端をくくった剣術の稽古道具である。木刀と違い当たっても打ち身になるていどですむ。軟弱な道具として忌避《きひ》する流派も多かったが、思いきって撃ちこむことができ、実戦に即した間合いを学ぶには適していた。

音の方向を確認するように頭を動かしていた聡四郎と大宮玄馬が顔を見あわせた。

「尾張家の抱え屋敷からだ」

「そのようで」

稽古の音は抱え屋敷から漏れていた。

「なんとかなかを見たいものだが」

聡四郎は抱え屋敷の前まで行った。だが、門も潜り戸もしっかりと閉じられて、なかをうかがい知ることはできなかった。

「山門から見おろすことはできませぬか」

「頼んでみよう」

大宮玄馬の提案に聡四郎はのった。

すぐに月桂寺の納所《なっしょ》へ申しこんだ。

「お勘定吟味役さまが、山門に……」

納所にいた僧侶は驚いたが、なにも訊かずに山門の二階に通じる階段の場所を教えてくれた。

山門の二階に上がった聡四郎は大宮玄馬に木窓を開けさせた。望楼《ぼうろう》状になった山門から隣の尾張徳川家抱え屋敷は手にとるように見えた。

抱え屋敷はちょっとした大名の下屋敷なみの大きさがあった。

「母屋の手前、あれが道場のようでございまする」

大宮玄馬が言った。

「のようだな。雨戸を開けてはいるようだが、ここからでは道場内を見ることはかなわぬな」

聡四郎が残念だと応えた。

抱え屋敷にある道場は田舎の百姓家のような造りであった。藁葺《わらぶ》きの屋根に飛び火よけの銅板を張り、全周に縁側を巡らせていた。

しばらく見ていると、稽古を終えた藩士たちが、道場から出て井戸端で身体をぬぐって母屋へと入って行く姿が目についた。

「数えただけで八人おりました。まだ道場のなかには多くの藩士たちがいるようでございまする」

大宮玄馬が報告した。

「わかった。今日のところはこれで戻ろう」

聡四郎は、それ以上得るものはないと判断した。

「師匠のところへ参るぞ」

「はい」

聡四郎は、入江無手斎に相談することにした。

ほとんどの道場では、他流試合は禁じられていた。同門の者同士が争っても遺《い》恨《こん》が残るのが剣の試合である。まして他流となると試合ではなく喧嘩になること
も多く、ひどいときは命にかかわることもあった。

一放流入江無手斎道場も他流試合を許してはいなかった。

「ふうむ。こういう弊害が出てくるとは思わなかったわ」

聡四郎と大宮玄馬を迎えて、入江無手斎が嘆息した。

「はあ、弊害でございますか」

聡四郎は入江無手斎に問うた。

「この泰平の世じゃ、誰も真剣での戦いを想定しておらぬからの。教えるほうも

教わるほうもな。なればこそ他流試合を禁じたが、それは世間を狭くしただけだったか」

入江無手斎が後悔していた。

「申されておられることがわかりかねまする」

大宮玄馬も困惑していた。

「他流試合をさせなかったことで、おまえたちが敵の遣う技からその流派を知ることをできなくしてしまった。まことに遺憾《いかん》であるな」

入江無手斎が、あまり悔しそうではない口調で言った。

「…………」

弟子二人は師匠の言葉に賛意を漏らすわけにもいかず、沈黙した。

そんな弟子二人に師匠が不満を口にした。

「それでも情けないの。空鈍《くうどん》流や夕雲《せきうん》流のような今では伝える者さえすくない流派ならいざ知らず、柳生新陰流や一刀流などは見ただけで気づくようにならぬか。先達《せんだつ》の残した記録を読むだけですむというに」

「申しわけございませぬ」

「心得が足りておりませなんだ」

聡四郎と大宮玄馬が頭をさげた。

「で、もう言わずともわかっておるのだろう」

入江無手斎が訊いた。

「はい。あれは、柳生新陰流でございまする」

聡四郎が答えた。

四

新井白石の計画どおり、一度西の丸に入った鍋松が本丸御休息の間に入ったのは、京から弔問の公家《くげ》が下向《げこう》して十日目の十一月十九日であった。

「こちらが、文昭院《ぶんしょういん》さまがお使いになられた文机《ふづくえ》でございまする」

初めて入る将軍家御座所御休息の間を珍しそうに見る鍋松に間部越前守が説明をした。

文昭院とは、家宣が朝廷から賜った諡号《しごう》であった。弔問使として来た久我前《こがさきの》内大臣《ないだいじん》をつうじて、朝廷は家宣に正一位《しょういちい》太政大臣《だじょうだいじん》の位を追贈していた。

家宣の諡号が決まったことにあわせて、鍋松の母お喜世の方と家宣の御台所《みだいどころ》近衛《このえ》氏の姫は落髪《らくはつ》し、それぞれ月光院《げっこういん》、天英院《てんえいいん》と称した。

また、家宣の愛妾《あいしょう》で子をなした側室たちは、本来なら江戸城を出て御用屋敷で余生を送るのだが、鍋松を始め子供たちが幼いとの理由で、そのまま大奥に住まい続けることが認められた。

そこに一つの問題が持ちあがった。

下向してきた公家たちや、代替わりの祝賀として慣例になった琉球《りゅうきゅう》王尚《しょう》氏の使節たちと会うためだけに御休息の間に入った鍋松の大奥戻りに、待ったがかかった。

「服喪中は、大奥へのお出入りはご遠慮なさるのが慣例」

老中大久保加賀守忠増《おおくぼかがのかみただます》が、間部越前守に言った。

たしかに徳川将軍家は、先祖の命日と服喪の期間は女と接しないことになっていた。四歳の幼児が女を抱くはずもないのだが、因習に固まった幕府の礼式では、大奥への出入りも許されていなかった。

「馬鹿なことを。和子《わこ》さまが母君さまのもとへお戻りあそばすになんのさわりがあると申されるか」

間部越前守があきれたが、御用部屋は首を縦に振らなかった。

「しばしのご辛抱を」

間部越前守は、御休息の間で生まれて初めて独り寝をする鍋松をなぐさめた。

「越前は、ついていてくれるのか」

鍋松の言葉に間部越前守が首肯した。

「はい。越前はずっと和子さまのお側におりまする」

「ならば、よい」

鍋松が目を閉じた。

御用部屋と新しい将軍の側近間部越前守との軋轢《あつれき》は、その日のうちに前の大老格柳沢吉保《やなぎさわよしやす》のもとへもたらされた。

報告に来た小姓組頭が帰るのを待っていたかのように、紀伊国屋文左衛門が姿を見せた。

「ご大老さま、なにかございましたので」

紀伊国屋文左衛門が、小姓組頭の後ろ姿に目をやりながら訊いた。

「なに、どうでもいいことよ」

柳沢吉保がいきさつを語った。

「それはそれは」

紀伊国屋文左衛門が頬をゆるめた。

「まだ、母君の乳房が恋しい幼子に、なまぐさごとを禁止とは、老中さまも無茶なことを申されますな」

紀伊国屋文左衛門が、下卑《げび》た笑いを浮かべた。

「月光院どのの乳房がほしいのは、越前のほうだろうがな」

柳沢吉保も笑った。

「やはりそうでございましたか」

紀伊国屋文左衛門がうなずいた。

「知っていたか」

「巷《ちまた》の噂というやつでございます。文昭院さまが大奥へお入りにならなくなって、代わりに間部越前守さまがお出入りになった。下々にはそれだけで十分なのでございますよ」

柳沢吉保の問いかけに紀伊国屋文左衛門が答えた。

「そうか。なかなか庶民の噂というのもあなどれぬの」

柳沢吉保が茶を点《た》て、紀伊国屋文左衛門にふるまった。

「結構なお点前《てまえ》で」

作法どおりに喫して、紀伊国屋文左衛門が頭をさげた。

「ところで、今宵はどうした」

柳沢吉保が、あらためて訊いた。

「いえ、水城聡四郎のことを報せにやってまいったのでございますよ。ご大老さまも、あの者にはご興味をお持ちでございましょうほどに」

紀伊国屋文左衛門が、柳沢吉保の表情をうかがった。

「なにかあったのか」

柳沢吉保は紀伊国屋文左衛門を見ずに、己のための茶を点て始めた。

「尾張さまをちょいとけしかけてみたのでございますが……」

「ほう、吉通どのをか」

柳沢吉保が、茶碗を持ちあげた。

大老と老中には、大名を呼び捨てにする権威が与えられていた。御三家であっても「さま」ではなく「どの」ですんだ。長く大老格の席にあった柳沢吉保は、隠居してからもその癖を残していた。

「話になりませんな。たちまち八人を失われてしまいました」

紀伊国屋文左衛門が、首を振った。

「当然であろう。いまどきの藩士など真剣を抜いたことさえないような者ばかり。いかに剣術を家風として家臣たちに励起《れいき》しているいる尾張徳川家といえどもおなじであろう」

柳沢吉保が、茶を飲み干した。

尾張徳川家が剣術を奨励していたのは、将軍家への反発からであった。

初代の義直は、将軍になることを夢見ていた。

二代将軍を継いだ兄秀忠が死んだとき、義直は尾張から早馬をかって江戸に向かった。三代将軍と決められていた家光は、大奥育ちでひ弱である。家光が将軍にふさわしい人物に育つまで、御三家筆頭でもあり叔父でもある儂が後見《こうけん》するのが天下泰平を守る唯一の手段、と公言したのであった。

「不要」

品川《しながわ》まで来た義直を止めたのは、家光の側近松平伊豆守信綱《まつだいらいずのかみのぶつな》であった。

「お届けなしでの急出府は御法度《ごはっと》でござる。事情が事情ゆえ、ここでお戻りくだされば、なかったことにいたしましょうほどに」

ここで無理押しをするなら、尾張徳川家を取り潰すとの意思をこめた松平伊豆守に義直は折れた。秀忠の死に顔を見ることもできず、義直は下ったばかりの東海道を上るはめになった。

義直の面目丸つぶれであった。

「おのれ、家光」

恨みは松平伊豆守ではなく、家光に向かった。家光の寵童《ちようどう》あがりである松平伊豆守を相手にすることは、義直の気概が許さなかった。

初代藩主の怒りは藩士たちのものでもあった。もとはおなじ家康の家臣であった旗本と尾張藩士だったのが、今は直臣と陪臣の壁に隔てられて、なににつけても遠慮しなければならなくなった。

尾張徳川家は藩をあげて、江戸への反感をもつにいたった。

そのなかでとくに剣術は、江戸と尾張で対立していた。

将軍家御家流柳生新陰流の分裂が原因である。

剣聖上泉伊勢守秀綱《かみいずみいせのかみひでつな》から教えを受けて柳生新陰流を創始した柳生石舟斎《せきしゆうさい》は、その奥義《おうぎ》を家康に仕えた五男柳生宗矩《むねのり》ではなく、浪人であった孫の利厳《としとし》に譲った。

柳生宗矩が利厳に劣るとの証明に等しい。

その利厳を尾張徳川家は剣術指南役として招いた。江戸への嫌がらせであった。

柳生新陰流ではこちらが本家と、尾張藩士たちは旗本たちに負けるものかの意気で稽古した。この気風が数十年経ったいまも続いていた。

「お侍さまもご本分をお忘れになられた方のほうが多いようで」

紀伊国屋文左衛門が柳沢吉保の顔色をうかがった。

「そうよな。まあ、侍がなまることは世の泰平の証《あかし》ゆえ、喜ぶべきなのであろうがの」

柳沢吉保が、茶碗を愛でながら言った。

「よろしいのでございますか。海の向こうでは、いまだにこの国を狙っているとの噂もございますが」

紀伊国屋文左衛門が、話を変えた。

「ふん。海を渡って攻めてくることはなかなかできることではないわ。いかに千石積みの船といえども乗せられる兵士は、千もいまい。百隻連ねてきたところで十万。紀伊国屋文左衛門、我が国に何人の侍がおると思う」

「存じあげませぬが」

柳沢吉保の問いに紀伊国屋文左衛門が首を振った。

「ざっと八十万よ」

「八十万でございますか」

紀伊国屋文左衛門が驚いた。

「それも諸藩の足軽《あしがる》や小者《こもの》をのぞいての数じゃ。それらをあわせると百万は下るまい。とても攻めきれるものではないぞ」

柳沢吉保が茶碗をおいた。

「おおせのとおりでございまするな。なにより、戦は兵だけでおこなうものではございませぬし」

紀伊国屋文左衛門が続けた。

「さすがは商人だの。侍が見落としそうなところを逃さぬな」

柳沢吉保が感嘆した。

「おほめいただくほどのことでは。兵といえども人。人は飯を食わずば生きていけませせぬ」

紀伊国屋文左衛門が、苦笑した。

「ところで紀伊国屋」

柳沢吉保が、表情を変えた。

「尾張になにを吹きこんだ」

鋭い目つきで柳沢吉保が、紀伊国屋文左衛門を尋問した。

「いえ、たいしたことではございませぬ。ちと八代さまは南のほうから出そうなと噂をお聞かせしただけで」

紀伊国屋文左衛門が、笑った。

「噂を作ったのは、紀伊国屋、おまえであろうが」

柳沢吉保が、にやりと笑った。

「どのような話をしたのか、聞かせて欲しいものじゃ」

「お聞かせするほどのことではございませぬが、お伽《とぎ》がわりに申しあげましょう」

紀伊国屋文左衛門が語り始めた。

「水戸家のご当主綱条さまが将軍家をお継ぎになることがおできにならぬことは、ご大老さまもご存じのとおりでございまする」

紀伊国屋文左衛門の言葉に柳沢吉保がうなずいた。

水戸家が将軍になれない理由は、その複雑な系譜にあった。水戸徳川家初代頼《より》房《ふさ》は、徳川家康の十一男として、すぐ上の兄紀州徳川家初代頼宣《よりのぶ》とおなじ母親から生まれた。同母の男子は長幼の差をあらわにし、格を決める。家康は、明らかに水戸徳川家を一段低い地位においた。御三家尾張徳川家が六十一万石、紀州徳川家が五十五万石であるのに水戸家は三十五万石、それも当初は二十五万石、二家の半分でしかなかった。また、尾張徳川、紀州徳川の当主は権大納言まで昇官できるが、水戸徳川家は二段低い権中納言までしかあがれないなど、御三家と称されていながら明らかな差別を受けていた。

それも一つの原因であったが、さらに水戸徳川家は分家とややこしい血のやりとりをしたことが大きな障害となった。初代頼房の跡を継いだ三男光圀《みつくに》が、兄の血筋に本家を返すと高松《たかまつ》松平家から養子を取ったのだ。その養子が綱条であった。

光圀の兄、高松松平家初代松平頼重《よりしげ》は、終生父頼房から認知されることがなかった。あやうく預けられた藩士の家で朽《く》ち果てるところを哀れんだ家光によって高松に封《ほう》じられたが、水戸徳川家の血と認められたわけではなかった。

つまり、綱条は御三家とは関係のない血筋から養子に入ったとされたのである。これで水戸徳川の血筋が将軍家を継ぐことは永遠になくなったのであった。

「水戸が敵でなければ、残るは紀州家だけ」

「尾張と紀伊《きい》の仲が悪いのは、三歳の子供でも知っていることだ」

柳沢吉保が、周知のことだと言い捨てた。

「ご大老さま、身も蓋《ふた》もないことを」

紀伊国屋文左衛門が苦笑した。

柳沢吉保が言うように、尾張徳川家と紀州徳川家は仇敵《きゆうてき》の関係であった。ことの起こりは徳川家康にあった。

家督を秀忠に譲って駿河に隠居した家康は、なぜか頼宣を溺愛した。二歳で常陸国水戸二十万石を与えられるが、頼宣は一度も領国にはいることなく、家康の側で成長した。そして八歳で家康の隠居領駿河五十万石を譲られた。

家康の頼宣への溺愛ぶりは度をこしていた。付け家老からして違った。

付け家老とは、家康が分家した息子たちの助けにと選んだ家臣のことだ。

水戸徳川に一人、尾張徳川と紀伊徳川に二人ずつ付け家老はいるが、頼宣に付けられた二人は格が違った。

一人しか付かなかった水戸徳川家は論外として、尾張徳川家の付け家老二家のうち、竹腰《たけのこし》家初代山城守正信《やましろのかみまさのぶ》は尾張徳川義直の異父兄である。義直の母お亀《かめ》の方は竹腰正信の父定右衛門《さだえもん》と死別してから家康の手がついた。竹腰家は、そのお陰で三万石の大名格付け家老になることができた。いわば尾張徳川家の身内であった。

もう一つの付け家老成瀬《なるせ》家は、家康が三河《みかわ》の領主であったころから側に仕え、多くの合戦で手柄をたてた生え抜きの譜代であったが、紀州の二家にくらべると弱かった。

紀州家に付けられた二家がそれだけ凄かったのである。

田辺《たなべ》城主安藤帯刀直次《あんどうたてわきなおつぐ》、新宮《しんぐう》城主水野対馬守重仲《みずのつしまのかみしげなか》の経歴はともに譜代大名のなかでもかがやいていた。

安藤帯刀も水野対馬守も老中や若年寄を輩出する安藤水野両譜代大名家の本家筋にあたった。とくに家康に仕えた安藤帯刀は、大御所と称した家康の老臣として、江戸の老中たちを抑えて、幕政を担ったほどの人物だった。

また水野家は、なんと徳川家康の母於大《おだい》の方の実家であった。ともに幕府において重きをなす人物であったにもかかわらず、家康は惜しげもなく直臣の地位から格をさげてまで頼宣に付けた。

柳沢吉保が二服目の茶を点てた。

「神君家康公は、頼宣どのを跡継ぎになされたかったのだろう。もちろん将軍職を譲られたのは秀忠さまで、そのあと家光さまを三代将軍にと裁定までなされているゆえ、頼宣どのを将軍にとは思われてはいなかったようだがな」

紀伊国屋文左衛門に二服目の茶は供されず、柳沢吉保が飲んだ。

家康が三代将軍の裁定に口出ししたのは、かの春日局《かすがのつぼね》の一件であった。嫡男の家光ではなく、三男の忠長《ただなが》を跡継ぎにとの動きを見せた二代将軍秀忠に危惧した家光の乳母《めのと》春日局が、駿河に密行し家康に強訴《ごうそ》した。これを認めた家康により、三代将軍は家光と決まった。当時、家康は頼宣と駿河で生活していたのだ。頼宣に将軍を譲るつもりなら、そのときになんらかの言動を見せなければならなかったが、家康はまったく頼宣のことに触れなかった。

「家康さまの跡継ぎとは将軍職のことではございませんので」

紀伊国屋文左衛門はさすがにそのあたりのことを知らなかった。

「おそらくだがな。家康さまは将軍ではないご自身のすべてを頼宣さまに残されたかったのではないかと思う」

柳沢吉保が言った。

「本当のところは将軍職も頼宣さまにと思われていたであろうが、世がまだ治まりきっていなかった。豊臣家を大坂に滅ぼしたとはいえ、仙台には伊達《だて》、金沢に前田、上田に真田《さなだ》、和歌山に浅野《あさの》、広島に福島《ふくしま》、萩《はぎ》に毛利、熊本に加藤《かとう》、そして鹿児島に島津《しまづ》と徳川と一戦交えるだけの力を持った外様大名たちがいた。将軍継嗣《けいし》のことで徳川がもめていれば、それに便乗してこないともかぎらない。こやつらが力を合わせればさすがに幕府といえどもつらいことになる。家康さまは我慢なされたのだ」

「なるほど」

紀伊国屋文左衛門が首肯した。

「なればこそ、家康さまは頼宣さまに己のすべてを譲った。駿河の国と城、金蔵の金、そして仕える家臣たち」

「金は、どれほどございましたので」

紀伊国屋文左衛門が身をのりだして訊いた。

「記録によると二百万両をこえたそうだ」

柳沢吉保があっさりと口にした。

「二百万両」

紀伊国屋文左衛門が驚きの声をあげた。

「それも慶長のころの古金よ。いまの小判になおせば、おそらく三百万両にはなろうな」

とほうもない金額を柳沢吉保は告げた。

「人と金。その両方があれば、どれほどのことでもなしえましょう」

紀伊国屋文左衛門がうちふるえていた。

「いかに石高で六万石まさっていたとしても、尾張さまが紀伊さまを妬《ねた》まれるのもいたしかたないことのようで」

紀伊国屋文左衛門が納得した。

「それだけではないのだ。まあ、これ以上話をしても意味がないゆえ、やめておくがな」

柳沢吉保が口を閉じた。

事実は、家康の死後、秀忠によって、頼宣は駿河の地と城を奪われ紀州へと追いやられた。

「はい」

紀伊国屋文左衛門がそれを認めたのは、柳沢吉保が決めたことを変えることなどないと知っているからであった。

「同族ほど、ひびが入れば憎みあうという。そこにそなたはつけこんだのだな」

柳沢吉保が紀伊国屋文左衛門に続きを言えと催促した。

「そのとおりで」

紀伊国屋文左衛門が笑った。

生いたちから紀州家は優遇されていた。そのていどのことだけなら、尾張徳川家は、いくら江戸一の金満家《きんまんか》紀伊国屋文左衛門の言葉でも動かなかった。

紀州家には前科があった。それもついこの間のことだ。

「五代将軍綱吉さまがなされたことを利用したか」

柳沢吉保が、苦い顔をした。柳沢吉保にとって綱吉は特別であった。館林家《たてばやしけ》の家臣、それも食禄百六十石廩米《りんまい》三百七十俵の小姓から、十五万石甲府城主に引きあげてくれた綱吉を、柳沢吉保は敬慕《けいぼ》していた。

その綱吉が紀州徳川家にしたこととは、一人娘を嫁がせたことであった。

「鶴《つる》姫さまのご婚礼が、紀州を特別な家にしたのは確かだ」

柳沢吉保が感情をこめずに言った。

兄四代将軍家綱に世継ぎがなかったことで、綱吉に将軍位がまわってきた。綱吉にとってまさに棚からぼた餅であったが、喜んでばかりはいられなかった。将軍となった綱吉にも男の子がいなかった。

綱吉は生涯で二人の子供をさずかっていた。第一子が長女である鶴姫であり、もう一人は男の子だった。

まだ綱吉が館林藩主だったときに生まれた男の子は、徳松《とくまつ》と名づけられた。

徳松は、綱吉が将軍となるにあわせて西の丸に移ったが、その三年後わずか五歳で早世《そうせい》した。その後、綱吉には子供ができなかった。

己が兄に子がないことで将軍家を継げた。それは、言いかえれば綱吉に跡継ぎがなければ、御三家あるいは甲府宰相徳川家宣の誰かが将軍として江戸城に君臨することを意味していた。

持てる富と名声をわが子に譲りたいと思うのは親としてあたりまえである。綱吉はそれこそ神仏に頼ってまで男児出生を夢見た。その行きついた先が生類憐《しょうるいあわれ》みの令であったが、それでも望みはかなわなかった。

子をもうけることをあきらめた綱吉は、男児がいないのならば血を分けた娘の子に継がせればいいと考えた。

綱吉は、長女鶴姫をおなじ家康の血を引く紀州徳川綱教《つなのり》に嫁がせた。

だが、それだけで孫を将軍にできるほど幕府の体制が甘くはないことを綱吉は知っていた。綱吉は決定的な手に訴えようとした。

娘婿である徳川綱教を養子にして西の丸に迎えようとしたのだ。西の丸に入るということは、次の将軍を約束されたことになる。紀州徳川家は大いにわいたが、反対するものが多かった。

柳沢吉保も反対した一人であった。

鶴姫が婚姻したとき綱吉はまだ四十一歳であった。

「このあとお子さまが生まれないと決まったわけではございませぬ。綱教どのを西の丸にお迎えになったあと、和子さまがご誕生なされたとしたら、どうなされますするか」

柳沢吉保は御家騒動になるぞと忠告した。

けっきょく、このことが決め手となって徳川綱教の西の丸入りは延ばされた。あと少し、あと少し待てば子供ができるかも知れない。綱吉の期待が綱教の将軍就任をなくした。

鶴姫が死んだのである。

江戸藩邸で綱教とともに茶を飲み、菓子を食した直後に鶴姫は悶死《もんし》した。二十八歳の若さであった。鶴姫と綱教の間に子供はいなかった。

鶴姫の死去で綱教のことを綱吉はあきらめたが、紀州徳川家から将軍が出かかったという事実は残った。

「なによりも尾張さまがお弱いのは吉通さまが、家康さまから見れば四代目にあたられることでございます。そこをお話しするだけで、尾張のご家中は顔色をお変えになりまする」

紀伊国屋文左衛門が鼻先で笑った。

徳川吉通が四代目であることにたいし、紀州徳川吉宗は三代目であった。たった一代とはいえ、この差は大きかった。

「尾張には不利な条件ばかりよな」

「はい」

「人というのは、己が上に立っていても、いつ寝首を掻《か》かれるかと不安になるもの。それが最初から下だとわかれば、あがきたくなるのも道理か」

柳沢吉保が、風炉《ふろ》から湯を茶碗にそそいで、そのまま飲んだ。


執政たちの反発を受けた間部越前守は、幼児の服喪にかんしてまず林大学頭に質問した。

「七歳未満の人、父母の服喪なしと、かく定められておりまする。礼節に七歳以下を無服の殤《しょう》となすとございまするが、それは親が幼き子の喪に服さずともかまわぬとのことで、七歳未満の子が親の喪に服さずともよいとの意ではございませぬ。まして鍋松君は尋常のお方ではなく、大統《たいとう》を受けつがれる武家の統領《とうりょう》。

いかに普通の幼児たちとくらべますことができましょうか」

林大学頭は、間部越前守の求める答えを出さなかった。

「さようでございまするか」

間部越前守は、林大学頭に礼さえ述べず、続いて新井白石を訪ねた。

新井白石は、下部屋で目を閉じ、沈思《ちんし》していた。その前には元禄に出された幕府令集がおかれていた。

「先生、お知恵をお借りしたい」

間部越前守が、最初から下手に出た。

「幼君服喪の儀でござるな」

新井白石が目を開いた。

「いかにも。なんとかなりませぬか」

間部越前守が、新井白石に問いかけた。

「鍋松君がお休みになれぬとぐずられるのでござる」

「無理もございませぬな。いかに将軍になられるとは申せ、いまだ元服もなされておられぬ。まだ母の御許でおすごしあるが、当然でござる」

新井白石が首肯《しゅこう》した。

「申されるとおりじゃ。なにかよい知恵はございませぬか」

間部越前守がすがるように訊いた。

新井白石が令集を間部越前守の前に押し出した。

「これは、五代さまのときの……」

間部越前守が一度書付に落とした目を新井白石に戻した。

「ここにお求めのものがござる」

新井白石がゆっくりと口を開いた。

「五代将軍綱吉さまが、なにを思われたか和漢古今喪服の制どもを問われたことがござったそうで。そのときに学者どもがまとめたのがこれでござる」

新井白石が、間部越前守の手から書付を取りあげた。

「これによりまするると、服喪の令は父子君臣より始めておよそ人倫の道を整えるがためなりとござる。君のために家臣は一年の服喪をなすと本朝《ほんちょう》の古き令にございますれども、綱吉さまはそれをあえて変えられました。臣たる者の君に服する制を除かれたのでござる。なればこそ、御家人どもは綱吉さまの服喪につかなかったとか。そしてこの令にはさらに記述がござって、大統を継ぐ者、他に大事あるをもって服喪あるべからずとございまする」

新井白石が書付の内容をかいつまんで説明した。

「まことでござるか」

間部越前守が身をのりだした。

「いつわるはずなどございませぬ」

新井白石が強くうなずいた。

「かたじけのうござった。鍋松君もいたくお喜びになられることと存ずる。ご期待あってお待ちあれ」

間部越前守が急いで新井白石の下部屋を出ていった。

「いつわってはおらぬが……」

新井白石が間部越前守の出ていった襖を見た。

「この令には続きがござってな。身にはその服喪なきといえども、心にその服喪を保つこと。上をはじめ御家人にも服喪なきことはこれに定めるが、せめて服喪あらんと思う日のかぎりは、令にてさえぎることにあらずとな」

新井白石が苦々しい顔をした。

「越前よ、そなたの求める答えを儂は出した。次は、そなたが儂の求める答えを返す番じゃ」

新井白石が、書付を引き裂いた。

間部越前守が新たに持ち出してきた令は、御用部屋を少し退かせた。

「では、鍋松君は、朝五つ（午前八時ごろ）御休息の間にお出ましになられ、暮《くれ》六つ（午後六時ごろ）大奥へお戻りあそばす。これでよろしいか」

大久保加賀守が、妥協案を提示した。

「けっこうでござる。あと、鍋松君のお食事でござるが、朝と夕餉は大奥にておとりになれまする。その旨、御広敷《おひろしき》にお伝えくださいますように」

間部越前守は、御用部屋でそう言うと、急いで御休息の間で待つ鍋松のもとへと戻った。

御休息の間では、鍋松が一人寂しそうに座っていた。

「鍋松君」

間部越前守が、声をかけた。

「越前、どこへ行っておった」

鍋松が泣きそうな顔をした。

「お喜びくださいませ。今宵から母君さまのお隣でお休みになれますぞ」

間部越前守が、伝えた。

「本当か。母さまのところへ帰れるのか」

喜色を満面に浮かべて鍋松が腰を浮かせた。

「この越前が鍋松君をお騙しもうしたことがございましたか」

間部越前守の問いかけに鍋松が大きく首を振った。

「でございましょう。どうぞ、ご安心くださいますように。ただ、鍋松君もおわかりのとおり、かたづけねばならぬことが毎日出て参りまする。おそれいりますが、鍋松君には朝、中奥へ御出座たまわりますようにお願い申しあげまする」

間部越前守が平伏した。

「うん。越前の言うとおりにいたす」

鍋松が精一杯の威厳を見せてうなずいた。

「では、もう少しご辛抱くださいませ。越前は御用を果たして参りまする」

「早う戻れ」

不安そうな鍋松を後にして、間部越前守はふたたび御用部屋へと向かった。

第三章　遺臣たちの功罪

一

家宣の葬儀を終えて、ようやく江戸城は日常をとりもどした。

たまった仕事を早く処理したい役人たちが、老中の決裁を求めに御用部屋前で行列していた。

そのなかに太田彦左衛門もいた。太田彦左衛門は、行列に並んでいるふりをしながら、御用部屋周囲を注視していた。

御用部屋は将軍家が居間としている御休息の間にほど近い。普段ならば、用のない者が立ち止まることは許されていなかったが、今日のように多くの役人が集まってしまうと、将軍家の身辺を警固《けいご》している書院番の番士たちとてどうすることもできなかった。

太田彦左衛門は、御用部屋のなかをうかがい知ることはできなかったが、入《い》り側《がわ》と呼ばれる畳廊下や七曲がり廊下、御成《おな》り廊下、小姓組詰め所などの位置をしっかりと脳裏に刻んだ。

「貴公の番でござるぞ」

太田彦左衛門に声がかかった。老中面談の順番が来たにもかかわらず、取り次ぎの御用部屋坊主に名前も用件も伝えようとしない太田彦左衛門に、後ろにいた普請方の役人が業《ごう》を煮やしたのだ。

「えっ。ああ、これはいかぬ。肝腎の書付を一枚忘れてきたようでござる。どうぞ、お先に」

一礼して太田彦左衛門は、行列から出て内座へと戻っていった。

「これほどではないにせよ、人の多い、また上様の御座所に近いところで、よくもまあ刃傷《にんじょう》などを起こせたものだ」

太田彦左衛門が感心していた。

御座所近くでの刃傷とは、貞享《じょうきょう》元年（一六八四）、下総古河《しもうさこが》城主堀田筑前守正俊が、稲葉石見守正休によって刺し殺された一件であった。

堀田筑前守が大老、稲葉石見守が若年寄という、執政同士の刃傷は、ときの幕府を大いに揺るがした。

入り側に呼びだした堀田筑前守を刺し殺した稲葉石見守も、その場で他の執政たちに斬りつけられて即死したため、刃傷の原因はいまだに不詳であった。

また、堀田筑前守の父と稲葉石見守が従兄弟で非常に親しい仲であったということも、刃傷の謎を深くしていた。

「刃傷と御上の年貢高の急上昇。同じ年にあったことが偶然とは思えぬ」

太田彦左衛門は、独りごちながら廊下を急いだ。

聡四郎は新井白石に捕まっていた。

「おまえはなにをしていたのだ」

内座前で待ちかまえていた新井白石によって、聡四郎は下部屋に連れこまれていた。

「増上寺のことを相模屋伝兵衛に問いただしておりました。あと、わたくしを襲った者がおりましたので、その正体をつきとめるべく動いておりました」

聡四郎は隠さなかった。

「ほう、また襲われたか」

新井白石が興味を示した。

「いつのことだ」

新井白石の質問に、聡四郎は刺客が尾張徳川家の藩士であろうということもふくめて語った。

「ふうむ。尾張さまがの。なるほど、鍋松君のあとを見てのことか」

新井白石が腕を組んだ。

「鍋松君の後とは、あまりに不遜《ふそん》ではございませぬか」

四歳の幼児が死ぬことを前提とした話に、聡四郎はいきどおった。

「たてまえはそのとおりだがな、本音は皆次のことを考えておる。儂とてそうだ。鍋松君に誠心誠意お仕えはする。だが、鍋松君に万一のことがあるかもしれぬ。そのときどうするかは考えてある」

新井白石の言葉に聡四郎は驚いた。

家宣至上でその子鍋松を傅育することに命をかけている新井白石の口から出た言葉とは思えなかった。それだけではない、そのことを新井白石が聡四郎に話したという事実が、大きな衝撃であった。他人に知られれば、鍋松の世に新井白石の居場所はなくなる。

「新井さま……」

「驚いたか」

新井白石が自嘲するように笑った。

「儂とて人の子じゃ。己の心配もする。妻も子もいる。娘にもやっと縁談が来るようになった。ようやく手にした旗本の地位を失うわけにはいかぬ。捨てきれぬものがたくさんできてしまったのだ」

「……はい」

聡四郎は、初めて新井白石に親近感を覚えた。

「このようなことを申すもはばかりあることながら、鍋松君に万一のことがあったとして、どなたさまが大統をお継ぎになられるのでございましょうか」

聡四郎は訊いた。

「御三家のご当主しかおられまい。同じような状況であった四代将軍家綱さまの御末期のころとは違う。あのときは家綱さまのご兄弟である綱吉さまがおられた。将軍位は、大筋として家康さまから続く直系、次にその直系から分かれたばかりのお血筋、そして御三家の順で就任される」

新井白石が簡単に説明した。

「尾張徳川吉通さま、紀州徳川吉宗さま、水戸徳川綱条さま。このお三方だと」

「いや、尾張と紀州のどちらかじゃ。水戸の綱条さまはお歳を召されすぎておる」

新井白石の言うとおり、明暦《めいれき》二年（一六五六）生まれの水戸徳川綱条は今年で五十七歳になる。元禄二年（一六八九）生まれの尾張徳川吉通が二十四歳、貞享元年（一六八四）生まれの紀州徳川吉宗が二十九歳であることにくらべると親子ほども違った。

「将軍になられたとたんにご逝去では困ろう」

新井白石がはっきりと言った。

家宣よりも六歳上である水戸徳川綱条は、将軍継嗣《けいし》からはずされて当然であった。

「綱条さまのお子さまは」

聡四郎は口にしてからありえないとさとった。綱条の子供となると、さらに一代家康から遠くなるのだ。

「わかっておろう」

新井白石が、突き放すように言った。

「尾張徳川吉通さまか、紀州徳川吉宗さまのどちらか」

「そうじゃ。年齢も変わらない。家格からいけば尾張が勝つが、血筋から言えば紀州が神君家康さまに近い」

「五分の争いだと申されまするか」

聡四郎が尋ねた。

「いや、どちらも不足と申すべきだな」

新井白石が首を振った。

「はあ」

聡四郎は啞然とした。新井白石がなにを求めているのかがわからなかった。

「四代家綱さまの御世《みよ》なら、誰が将軍になろうとも周囲が支えればなんとかなった。だが、今はそれではやっていけぬ。幕府が根太《ねだ》がゆるんでしまっておる。これをもう一度たてなおすためには、家宣さまに迫るだけの学識と人徳がなければならぬ」

「新井さまやご老中方がお助けになれば……」

「馬鹿め」

言いかけた聡四郎を新井白石がさえぎった。

「あの者どもが、なんの役にたつものか。かえって足手まとい、いや足を引っ張りおるだけじゃ。四書五経さえ読んだことのないような輩に政がなせるわけなどない。いままで幕政をになってきた執政どもに能力と気概があれば、生類憐みの令など出ようはずもなかろう。いや、無能どころかあやつらは、幕府を喰い荒す害獣でしかないわ」

新井白石が執政たちを口汚くののしった。

「ならば人物を選べば」

「できればな」

新井白石が薄く笑った。

「この国にできる者がおらぬわけではない。だが、幕府はあまりに慣例に縛られておるのだ。どれほどの人物であれ外様大名ならば、決してお役につくことはない。また御目見得以下でもおなじだ。神君家康さまの御世に作りあげられた決まりは、南蛮鉄よりも固い。将軍家が傑物《けつぶつ》であれば、これでいいのだ。世のなかでこえることのできない身分差というものを思い知らせることができるからな。されどそうでないとき、これは弊害でしかない。その弊害に肩、いや首まで浸《つ》かっている幕府を救うにはどうしても将軍に人を求めるしかないのだ」

新井白石が語り終わった。

「尾張さま、紀州さまではご不足」

「そうじゃ。吉通は妾《めかけ》にうつつを抜かしておるという。表御殿にまで連れ出し、執務の最中も側から離さぬという。色狂いならまだしも、一人の女に固執《こしつ》するようでは、話にならん。けじめのつけられぬ者に天下の大事を任せることはできぬ」

新井白石は冷たく論じた。

「紀州さまは」

聡四郎が質問した。

「吉宗は家康さまの再来だと言われておるそうだ」

新井白石が感情を見せぬ顔で口にした。

「ならば……」

聡四郎が意気ごむのに、新井白石が冷水をかけた。

「吉宗には仁《じん》がない」

「仁でございますか」

為政者《いせいしゃ》になにが要るかと問われれば、百人が百人第一にあげるのが仁であった。

「どういうことでございまするか」

聡四郎の問いかけを新井白石は拒絶した。

「口にするのも汚らわしいわ。知りたければ、己で調べろ。この部屋にある書物のどれを見てもよい」

そう言い残して新井白石は下部屋を出ていった。

執務を終えた聡四郎と太田彦左衛門は、久しぶりに日本橋小網町《にほんばしこあみちよう》の煮売り屋に来ていた。

音曲停止は解かれていなかったが、庶民の生活にかかわる店の営業は、家宣の葬儀終了とともに再開していた。

煮売り屋はにぎわっていた。庶民にとって将軍の生き死になど明日の糧《かて》よりも軽い。

聡四郎と太田彦左衛門は、なんとか煮売り屋の奥に腰を下ろすことができた。

「煮染《にし》めと飯を二つ」

幕臣としてまだ服喪中である。聡四郎は酒を頼まなかった。

すぐにどんぶりに入った白飯とよく煮こまれて茶色くなった煮染めが目の前に

置かれた。

その日暮らしの人足たちが立ち寄るていどの煮売り屋でも白米が出される。これも天下の城下町との矜持《きょうじ》であった。

「いかがでしたか」

煮染めを箸でつまみながら聡四郎が訊いた。

「わたくしの身分では足を止めることさえ許されない御用部屋をじっくりと拝見できて、いろいろなことがわかり申した」

太田彦左衛門が答えた。

「堀田筑前守さまの刃傷でございまするが、あの場所でなければならなかったわけは、いったいなんでございましょうか」

太田彦左衛門が疑問を口にした。

「今日のような状況でなかったことは理解しておりまするが、それでも御用部屋付近は絶えず人目がございまする」

「はい」

御用部屋まで呼び出された経験のある聡四郎もそれはわかった。

江戸城、いや、この国全部の中心が御用部屋である。ここですべての政が決められていくだけに、集まる人の数も桁違いであった。

御用部屋は二つに分かれていた。上《かみ》の御用部屋と下《しも》の御用部屋である。上と下は壁一つで隔てられ、行き来するためには一度入り側を通らなければならない構造になっていた。

上の御用部屋は老中、下の御用部屋は若年寄と区別してあったのは、所管する用件が違うからである。老中は国全体の政をおこない、若年寄は主として徳川家の範疇《はんちゆう》にたずさわる。

徳川家と幕府は一体である。ものによっては若年寄の判断では決定できないことも生まれる。そのとき若年寄は下の御用部屋を出て所管の老中に面談を申しこむのだが、いかに若年寄とはいえ、上の御用部屋に立ち入ることは許されていなかった。

老中部屋とも称される上の御用部屋に入ることができるのは、奥右筆《おくゆうひつ》と御用部屋坊主だけであった。

奥右筆は、老中たちにあげられてくる書付の管理と御用部屋で決せられた法度の清書下達《かたつ》を任とし、御用部屋坊主は老中の身のまわりの世話や、説明を要する役人の呼び出し、面会を求める者たちの取り次ぎを役目としていた。

これ以外は、職責で調べる勘定吟味役を除き、たとえ老中から呼び出された役人でも、御用部屋に入ることはできない決まりであった。それだけに御用部屋周囲にはいつも誰かがいた。

「乱心したとも思えませぬ」

太田彦左衛門が首を小さく振った。

「手証《てしょう》が少なすぎまするな」

聡四郎は、この話をもう少し調べてからにしようと打ちきった。

「で、新井さまのお話は」

太田彦左衛門は聡四郎が新井白石に捕まっていたことを知っていた。

「文昭院さまのご葬儀のあいだ、怠けていたのではないかとお怒りでござった」

聡四郎が苦笑した。

「それはあまりに」

太田彦左衛門もあきれた。

誰もが知っていることだが、家宣の死後、もっとも呆然としていたのは新井白石であった。

「ですが、そうお叱りになったとなると……」

太田彦左衛門が茶碗を置いた。

「ああ。新井さまは、まだまだ退かれる気はない」

聡四郎は言った。

「どころか、攻勢に出られるおつもりのようだ」

聡四郎は、新井白石の瞳にこもる光を思い出した。

「越前守さまとも、やりあわれる気だと……」

太田彦左衛門が目を見開いた。

「でなければ、増上寺のことを調べよなどと申されることはありますまい」

聡四郎は、残った飯に煮染めの汁をかけた。


尾張徳川家抱え屋敷に、付け家老竹腰山城守がやってきていた。

「紀伊国屋のことゆえ、まちがいはないと思うが、前田家のこと、調べはついたのか」

竹腰山城守が、いらだちを隠さずに問うた。

「申しわけございませぬ」

抱え屋敷用人兼お旗持ち組組頭井坂《いさか》大炊《おおい》が、頭を下げた。

「なにをしている」

竹腰山城守が、怒鳴った。

「きさまの職務はなんだ。この汚い建物を磨くことではなかろうが」

「…………」

竹腰山城守の怒りを井坂大炊は無言で受けた。

「かつて藩祖義直さまが、松平伊豆守から着せられた謀反《むほん》の濡れ衣。あのようなことが二度と起こらぬようにとここ牛込に土地を買ったのは、藩士の稽古場を建てるためではない。上屋敷におるよりも動きやすいであろうと考えて、きさまたち旗持ちを移すためぞ。まさか、旗持ちの役目を忘れはてたと申すのではなかろうな」

竹腰山城守が、井坂大炊をにらみつけた。

「承知しておりまする」

井坂大炊が応えた。

「いや、そうは思えぬ。ならば、なぜ動かぬ。旗持ちは藩主の耳目ぞ。このまま紀州の玉込めたちの後塵《こうじん》を拝するつもりか」

竹腰山城守がそう口にしたとたん、井坂大炊の顔色が変わった。

「今のお言葉、いかにお付きのご家老さまといえども聞き捨てなりませぬ。紀州の玉込めごとき忍あがりと我ら旗持ち衆を同列となされるなど」

井坂大炊が言葉を返した。

「旗持ちは、戦のときに藩主の側に控える布衣衆《ほいしゅう》の出、名誉あるお役目だと言いたいのか。たわけが」

竹腰山城守が蔑みの目で井坂大炊を見た。

「槍をあわせ刀を撃ちあう戦が終わってどれほどになる。いや、そなたたちの誰か一人でも戦場で働いた者がおるのか。おらぬであろう。戦場で藩主の命を先陣や後備えたちに伝える布衣衆、泰平の世にその価値がどれほどのものだと申すのか。それこそ、殿の御駕籠を持つ陸尺《ろくしゃく》のほうがよほど役にたっておるわ」

「くっ……」

竹腰山城守の言いぶんに井坂大炊は反論できなかった。

「先祖がどうだなどのくだらぬ誇りは捨てよ。きさまらの任は、尾張家当主を将軍にすることぞ。そのためには手段を選ぶことも、己の命を惜しむなど論外。一日無駄にすごすならば、寸刻命をかけよ。よいか、余裕はないのだ。ここで紀州に後れを取るようなことになれば、尾張家から二度と将軍は出ぬ。それだけではすまぬ。紀州の吉宗が将軍となったとき、尾張家はつぶされるかもしれぬのだぞ」

「まさか、神君家康公がお作りになった御三家筆頭を」

井坂大炊が馬鹿なことをと首を振った。

「甘いわ。それが許されるだけの力が将軍にはあるのだ。それにつぶされずとも、僻地《へきち》へ転封《てんぽう》されることは十分にありえる。紀州徳川がもとは駿河にあったことぐらい、そなたでも知っておろう」

竹腰山城守が冷たく言った。

兄秀忠によって頼宣は駿河から、江戸から遠い紀州へと追いやられた。

「尾張から熊本や盛岡に移されても文句は言えぬのだ。将軍とそれ以外の家にはそれだけの差がある」

「……はっ」

井坂大炊が渋い顔で首肯した。

「なんとしてでも前田家を紀州に近づけてはならぬ」

「そこまで申されるわけをお聞かせ願えませぬか。前田家は百万石をこえる石高を誇る大藩でございますが、外様にすぎませぬ。将軍家を選ぶことにかかわれるはずなどございません」

竹腰山城守の命に井坂大炊が問いかけた。

「わからぬのか。情けないことよな。前田家は外様よ。だがの、その縁戚がどれほど幕府の中枢におるか気づいておらぬのか。外様の大藩は、つぶされぬようにと御上との縁をたいせつにする。前田家の三代利常《としつね》と二代将軍秀忠公の姫とが婚しているのをはじめ、今の藩主五代綱紀《つなのり》の前妻は保科正之《ほしなまさゆき》どの、そう二代秀忠さまがご落胤《らくいん》で会津《あいづ》藩祖の姫であった。さらに綱紀の叔母が、保科正之どのが子息、正経《まさつね》どのがもとへ嫁にいってておる。ほかにも綱紀の養女が徳川四天王の一つ酒井《さかい》家にはいっているなど、どれほどだと思うか」

「それほどに……」

井坂大炊が竹腰山城守の話に驚いた。

「それだけではない。前田家は外様大名組の肝煎《きもいり》でもある。前田家の意向は、外様大名たちすべてのものになりうるのだ。けっして無視できるものではない」

外様大名組とは、その名のとおり外様大名たちの集まりである。といったところでなにをするというものではないが、幕府に問い合わせるまでもない用件などを組内で処理したり、幕府に咎められる前に組内の大名に注意を喚起したりする。

幕府の命でつくられたもので、肝煎は老中たちの合議によって指名され、前田家か薩摩島津《さつましまづ》家が襲《ひだ》していた。

「お旗持ち組の意気を見せてみよ。一月の間になにも成果があがらねば、御土居《おどい》下組《したぐみ》を城下から呼びよせることになろう。そのときは、お旗持ち組はなくなると思え」

竹腰山城守は言いたいことを言い終えると、控え屋敷を出て行った。

井坂大炊は、お旗持ち組が待つ道場控えの間に急いだ。

「御土居下組を使うというのか」

井坂大炊の報告を聞いたお旗持ち組は騒然となった。

「忍づれに我らの代わりなどできようはずもない」

尾張城の北、総曲輪《くるわ》外御土居下に組屋敷を与えられたことからこう呼ばれた御土居下組は、尾張藩の忍であった。

幕府の伊賀組や甲賀《こうが》組のように探索を主とはせず、尾張城が陥落《かんらく》間近となったとき、藩主の脱出をはかることを任としていた。

「ためには、我らが力を見せつけてやらねばならぬ」

井坂大炊が口を開いた。

「そうじゃ。紀州家と前田家の橋渡しをしている前田の一門を誅殺《ちゅうさつ》せねばならぬ」

お旗持ち組の一人が言った。

「それだけではない。組衆を害し、我らのことを知った勘定吟味役もだ」

別の誰かが叫んだ。

「うむ。二つともかならずなしとげて見せよ。さもなくば子々孫々まで笑われることになろう」

井坂大炊も首肯した。

「大坂の陣で功をあげた布衣衆の名、今一度藩内にとどろかせてくれようぞ」

井坂大炊の宣に一同が声をそろえた。

二

聡四郎は増上寺に来た。増上寺では家宣の墓所建設がおこなわれている。東に向いて開かれた大門を普請にかかわる人足や大工左官たちが出入りしていた。

家宣の墓所は本堂の真北、路地を一つ挟んだだけのところに決められ、総奉行秋元但馬守の監督のもと大急ぎで造作が進められている。

聡四郎が、増上寺の本堂奥、墓所近くまで足を運んだのは初めてだった。

「こちらには文昭院さまの墓所しかないのか」

聡四郎の目に造作中の墓所以外は見えなかった。

「反対側でさ」

聡四郎の背中に聞き慣れた声がかけられた。

「袖吉か」

振り向いた聡四郎の前に、相模屋伝兵衛の右腕、職人頭の袖吉が立っていた。

袖吉は股引半纏《ももひきはんてん》の上から白の紙子《かみこ》を着こんでいた。

「みょうでやしょう」

「お仕着せか」

聡四郎は問うた。

「ご霊所に立ち入るので、いちようにこの紙子を着せられているんでさ」

紙子の袖を引っ張って、袖吉が笑った。

「袖吉が来てくれていたとは助かった」

聡四郎は、喜んだ。

「またぞろ危ないことにかかわっておられやすねえ。はあ。お嬢さんの気が休まることはござんせんね」

袖吉が大仰にため息をついた。

「お役目だからな。しかたないことだ」

聡四郎は、そう言うしかなかった。

袖吉が、あきれた顔で口にした。

「そのうちに、お参りするほうじゃなくて、されるほうになってしまいやすぜ」

「気をつけよう。ところで、台徳院さまの御墓所はどこにあるのか」

聡四郎は話を変えた。

「ご本堂を挟んで、向こう側でさ」

袖吉が指さした。

「そうか」

歩きはじめた聡四郎に袖吉が声をかけた。

「惣《そう》御門は閉じられてやすから、なかには入れやせん」

「わかった。とりあえず見てくる。今晩、相模屋へ寄らせてもらう」

「へい。お待ちしてやす」

袖吉に見送られて聡四郎は歩きだした。

増上寺は、徳川家康が菩提寺として選定しただけに、広大な敷地と格式を誇っていた。反対側へまわりたいので、ちょっと本堂のなかを通り抜けさせていただきます、とはいかない。一度、山門まで戻らなければならなかった。

三丁(約三二七メートル)ほど歩いて、ようやく聡四郎は二代将軍秀忠、法名台徳院殿の墓所への入り口、惣御門の前に着いた。

惣御門は、堀に囲まれた立派なものであった。しっかりと閉じられた門からは、奥をいっさいうかがうことはできなかったが、聡四郎は満足した。

「これほどのものを、もう一つ造るというのか。どれほどの金がかかることか」

聡四郎は、苦笑した。すぐに金におきかえる癖がついていた。

増上寺の構造は、東叡山寛永寺とも伝通院《でんずういん》とも違っていた。

中央の本堂を挟むように左手に東照宮、右手に熊野権現が配されている。本坊にいたっては、寺域の北隅に建てられていた。

「僧三千、寺領一万石か」

聡四郎は独りごちた。

寺領一万石は、破格であった。一万石の領地を幕府から与えられている増上寺の年収は米だけでおよそ五千両、他にも幕府から出る合力金《ごうりき》や供養料などをあわせると一万両をこえた。ちょっとした譜代大名なみであった。

「文昭院さまのご霊廟造作でもかなりの金が動く」

聡四郎は増上寺の境内を大門に向かって進みながら思案した。

将軍家の墓地となることは、かなり大きな影響があった。

まず、その将軍の妻も死後葬られることになる。それだけではない。その将軍の子供で成人する前に亡くなった者たちも引き受けることになるのだ。そのたびに葬儀費用が入り、毎年のように供養料が納められる。

聡四郎は、参詣に来る者を圧するような大きな門を潜りながら、新井白石の求めているものがなんであるかを理解した。

増上寺を出た聡四郎は、足を延ばして寛永寺を訪れた。勘定吟味役になってから寛永寺を訪れるのは二度目であった。

一度目は、勘定吟味役になったばかりでなにをしていいかわからなかった聡四郎が、とりあえず幕府の金でおこなわれた普請と造作を見てまわったときのことだった。

寛永寺根本中堂《こんぽんちゅうどう》の修復に使われた材木の残りで両国橋をかけたという話が、

ときの勘定奉行荻原近江守と豪商紀伊国屋文左衛門の悪事をあばくとっかかりになった。

大きさからいえば寛永寺が増上寺をしのいでいた。敷地は倍近い規模を持ち、学寮が多い増上寺よりも末寺の数ではまさっていた。

「静かだな」

聡四郎はつぶやいた。

境内に足を踏みいれた聡四郎は、根本中堂まで歩んだ。

修復されてまだ数年の根本中堂は、檜《ひのき》の柾目《まさめ》も鮮やかにたたずんでいた。

寛永寺にある四代将軍家綱、五代将軍綱吉の墓は、根本中堂をこえて表御門前を左に折れ、本坊の角を右に曲がった突きあたりにあった。

「誰か」

五代綱吉霊廟の手前で、聡四郎は誰何《すいか》された。

「勘定吟味役水城聡四郎でござる」

聡四郎は身分を名のった。

「これはご無礼つかまつった」

六尺棒を持った番士がていねいに頭をさげた。

「率爾《そつじ》ながら、貴殿は御廟のご番を」

聡四郎は問うた。

「いかにも」

番士がうなずいた。

「不埒《ふらち》をなす者が出てはなりませぬゆえ、三交代にてお守り申しあげております る」

番士が説明した。

「ご苦労に存ずる。おじゃまいたした」

聡四郎はきびすを返した。

寛永寺を出た聡四郎はその足で元大坂町の相模屋伝兵衛宅に向かった。

相模屋伝兵衛はいつものように店先の土間で職人や人足たちを指揮していた。

「いいか。明日も増上寺さまでの仕事だ。気を抜くんじゃねえぞ」

「へい」

相模屋伝兵衛の声に人足たちが応じる。

「言わずと知れたことだが、御仏近くだ、なまぐさものを喰うんじゃねえ。それと女は御法度だ。普請が終わるまで辛抱しろ」

「承知してやさ」

職人を代表して袖吉が笑った。

「もし、定めを破るやつがいたら、この袖吉がただじゃおきやせん」

「そうか。うちで一番の女好きが我慢できるなら、大丈夫だろう」

相模屋伝兵衛も頰をゆるめた。

「御神酒《おみき》はゆるすが、明日に残すようなまねはするなよ。おい、作兵衛《さくひょうえ》、これで少し飲ましてやってくれ」

相模屋伝兵衛が年嵩《としかさ》の人足に小粒を握らせた。

「こりゃあ、どうも。親方から酒手《さかて》をいただいた。おい、頭をさげな」

人足たちが、口々に礼を言って去っていった。

「お待たせいたしました。今宵は夕餉をともに願えましょうか」

相模屋伝兵衛は、先ほどまでの豪放な態度をがらりと変えて、聡四郎に声をかけた。

「すまぬ。楽しみにして参った。じつは、昼を食べそこなってな、空腹なのだ」

聡四郎は、頭を搔いた。

「それは重畳《ちょうじょう》でございまする。まだ服喪のことと存じ、魚と鳥は遠慮させていただきまするが、いい大根が入りましたので、田楽《でんがく》にしております。では、どうぞ。袖吉も相伴《しょうばん》しな」

相模屋伝兵衛が、聡四郎と袖吉を誘った。

いつもの居間に膳が三つ用意されていた。

「早かったわね」

居間の片隅にお櫃《ひつ》をかかえて紅が座っていた。

「紅」

相模屋伝兵衛が娘の口の利き方を叱るが、本人はいっこうにこたえていない。

言われた聡四郎が気にしていないのだ、怒ったところで紅が態度をあらためるはずはなかった。

「まずは食事にいたしましょう。紅、おつぎしなさい」

あきらめの表情を浮かべて、相模屋伝兵衛が命じた。

品川あたりの料理屋では、大皿に盛った料理を一同でつつくというかたちのものも出ていたが、普通は一人ずつ膳にのせて供される。

聡四郎の膳には、木の芽を擂《す》りこんだ味噌を茹でた大根や焼き豆腐につけた田楽と、菜の煮物、麩《ふ》の澄まし汁がのっていた。

女は男とともに食事をしないのが慣習である。紅は三人への給仕に徹していた。

「お代わりは」

聡四郎の茶碗が空になるのを待ちかねたように、紅が奪いとった。

「もらおう」

聡四郎も遠慮なく頼んだ。

食事は半刻（約一時間）たらずで終わった。

「紅、あれをな」

「はい。お父さま」

紅の不思議なところは、じつの父親にはていねいな口調で話すところにあった。

一度奥に消えた紅が、盆の上に湯呑みを四つのせてきた。今度は紅も相伴するつもりだった。

「これは……」

聡四郎は湯呑みを受けとって驚いた。なかに入っていたのは茶であった。

茶はかなり高価なものである。極上品ともなれば、一斤《きん》（約六〇〇グラム）が銀三十匁、金になおして二分《ぶ》にもなる。五百五十石の旗本水城家では、なかなか口にすることはできなかった。

「酒というわけには参りますまい。よってお茶を用意いたしました」

相模屋伝兵衛が湯呑みを掌で包むようにしながら言った。

冬の江戸を一日歩きまわった聡四郎の身体はかなり冷えていた。それを気遣ってのことに聡四郎は頭をさげた。

「馳走になりまする」

茶の温もりが聡四郎の身体をほぐした。

「うまい」

少し渋めにいれられた茶が聡四郎の舌にここちよかった。

四人は無言で茶を楽しんだ。

「さて、水城さま。お調べのほうは進んでおられまするか」

湯呑みを置いた相模屋伝兵衛が尋ねた。

「それがまったく」

聡四郎も湯呑みを置いた。

「当たり前でございましょうな。そう簡単に知れることなら、新井白石さまは一人でなしとげられましょう」

「難しいことは覚悟しておりましたが」

聡四郎も首肯した。

「吉原のときはまだしも権を振りかざしてのりこむことができましたが、相手が将軍家菩提寺となると無理押しもできかねまする」

勘定吟味役は幕府の金が動くところなら、御用部屋でも大奥でも立ち入ることを許されていた。もちろん増上寺や寛永寺も例外ではなかった。

だが、吉原や紀伊国屋などと違い、これらに手を入れるときはよほど確証が整っていなければならなかった。

調べましたが、なにも出てきませんでした、ではすまされないのである。御用部屋、大奥、菩提寺、これらは将軍の権威の象徴でもあった。

「だからといって、手をこまねいている気はないんでしょう」

紅が口を出した。

「ああ。それに、できませんでしたを許す新井さまでもないしな」

聡四郎は新井白石の本質を身にしみて知っていた。

新井白石にとってたいせつなのは、家宣とその子鍋松、そして己だけなのだ。

聡四郎は便利な道具でしかない。壊れたり使えなくなれば交換すればいいと新井白石が見ていることは、聡四郎だけではなく、ここにいる全員が理解していた。

「あっしがちょいと忍んでみやしょうか」

黙っていた袖吉が口を開いた。

袖吉は腕のたつ鳶職人である。なまじの忍よりも身が軽い。まだ三十歳をこえたところだが、百人近いといわれる相模屋の職人たちをおさえる頭をつとめるだけの貫禄も持っていた。

「それはだめだ」

聡四郎は首を振った。

「もしばれたら、相模屋伝兵衛は御上御用達の看板を失うことになる」

聡四郎はきっぱりと拒否した。

「では、どうするつもり。また、危ないことを考えているんじゃないでしょうねえ」

紅がじろりと聡四郎をにらんだ。

美人というのは、どんな顔をしても似合う。この似合うというのはさまになるということだ。

締まった顔をしたときは美しく、笑ったときは華やかになるが、怒ったときはまさに般若《はんにゃ》のように変わる。

「…………」

見すかされた聡四郎は、沈黙するしかなかった。

「やっぱり」

紅がため息をついた。

「本当に馬鹿なんだから」

「紅、いい加減にしなさい」

さすがに相模屋伝兵衛が怒鳴った。

勘定吟味役五百五十石の旗本を、いかに旗本格を与えられているとはいえ町人の娘が馬鹿呼ばわりして無事ですむはずはなかった。

「お父さま、お叱りはあとで」

紅がさからった。

「ほう」

袖吉が、目を大きくした。

紅が相模屋伝兵衛に向けていた顔を聡四郎に戻した。

「あんたのまわりには人がいないの。それとも頼るに値しないの」

紅が訊いた。

「そんなことはない」

聡四郎は否定した。

「わかっているなら、頼りなさいよ。玄馬さん、父、袖吉、そしてあたし。みんな、あんたのことをたいせつに思っているの。巻き込みたくないなんて言ったら引っぱたく」

紅の瞳が潤んでいた。

「すまぬ」

聡四郎は頭をさげた。

「申しわけありませぬ」

相模屋伝兵衛が娘の態度を詫びた。

「いや、叱られて当然でござる。かえってすっきりいたしました。これで明日から新たな気持ちで動けまする」

聡四郎は手を振った。

「さて、そろそろ失礼を」

すでに日は落ち、五つ（午後八時ごろ）に近くなっていた。

「ちょっとお待ちを」

立ちあがった聡四郎を相模屋伝兵衛が止めた。

「紅、あれをな」

相模屋伝兵衛に言われて紅が居間を出た。手に小さな箱をのせて戻ってきた。

「まことに少量でございまするが、ご隠居さまに」

相模屋伝兵衛が用意したのは、さきほどの茶であった。

「これは、かたじけない。父も喜びまする」

聡四郎は遠慮せずに受けとった。

「では」

帰る聡四郎を紅が見送った。

「明日から、行くから」

そう言うと、紅は店のなかへと消えた。

三

徒目付永渕啓輔は、じっと相模屋を見張っていた。

「水城のことを見張れ。余計な手出しはするな」

柳沢吉保に呼びだされ、そう命じられたのであった。

永渕啓輔はもと柳沢家の藩士であった。

家臣の屋敷を訪れて歓待されることを好んだ五代将軍綱吉は、行き先で気の利いた藩士を見つけるとすぐに召しだした。

御家人、あるいは旗本にしたのである。陪臣から直臣への引きあげは、歓喜をもって迎えられるばかりではなかった。

長年仕えてきた主君と離れるのを躊躇《ちゆうちよ》した者もいたが、将軍の求めにさかられるわけもなく、あきらめて直臣となった場合も多かった。

永渕啓輔もそうであった。聡明《そうめい》で家臣に優しかった柳沢吉保に心酔していた永渕啓輔は、百俵五人扶持の御家人になって徒目付に任じられてからも忠誠の対象を変えなかった。

いまも永渕啓輔は、柳沢吉保に仕えているといえた。

「出てきたか」

相模屋伝兵衛方の戸障子を開けて出てきた聡四郎を見て、永渕啓輔がつぶやいた。

「ふん、女に見送られていい気なものだ」

永渕啓輔が小さく吐きすてると、かなりの距離を空けて聡四郎のあとをつけた。剣士という者は、人智《じんち》をこえた勘働きを持っていた。背中に向けられた目に気づくなど、当たり前のことである。

永渕啓輔は、一丁（約一〇九メートル）ほど距離を空けた。

銀座前元大坂町から本郷御弓町に帰るには、神田川を昌平橋で渡るのが普通である。聡四郎もその道を選んだ。

夏ならば、暑さで寝苦しい庶民たちがほとんど裸に近い格好で川沿いや橋の上で遅くまで涼む姿が見られたが、冬の江戸は日が落ちると人が一気にいなくなった。

たまにすれ違うのは遊廓あるいは飲み屋帰りの遊客だけで、そんな男たちも女の温もりあるいは酒の気が抜けきる前に家に着きたいのか、足早に過ぎていった。

聡四郎は、昌平橋の中央で足を止めた。

「…………」

真っ暗な川面をのぞく振りをして、聡四郎は気配を探った。

五代将軍綱吉が林大学頭に命じて造らせた幕府官学昌平黌、その高い塀が生みだした闇のなかにあきらかな殺気があった。

「かわりばえのしないことだ」

聡四郎はあきれた。

あからさまに殺気を放出する連中の考えが、聡四郎にはわからなかった。刺客が目立っては、暗殺の成功がおぼつかなくなることぐらい子供でもわかることである。

「数で来たか」

聡四郎は、殺気を数えた。

「多いな」

聡四郎は苦笑すると、背中をむけて橋をぎゃくに渡った。

待ちかまえていたお旗持ち組の連中があわてた。

「逃げたぞ。追え」

ばらばらとお旗持ち組士が聡四郎の後を追い始めた。その数は十人をこえていた。

聡四郎は、後ろを見ずに走った。振り返るだけでもかなり足が遅くなる。逃げると決めたかぎりは躊躇《ためら》わないことが肝要であった。

「背中をむけるのか」

聡四郎は前から声をかけられて、足を止めた。まったくその気配を感じることができなかった。

「誰か」

柄に手をかけながら、聡四郎は問うた。

昌平橋のたもと陰から覆面をした男が現れた。永渕啓輔であった。

「お目にかかったことがござったか」

聡四郎はどことなく見たような雰囲気を感じた。

「いや、初見でござる」

永渕啓輔が答えた。

「だが、拙者は貴殿のことをよく知っておる。水城聡四郎どの、一放流の遣い手」

「……おぬしも」

聡四郎は、背後に気を配りながら半歩下がった。

「今は敵ではござらぬ。今はな」

永渕啓輔がにやりと笑った。

そこへお旗持ち組士が追いついた。

「もう逃げられぬぞ」

聡四郎と永渕啓輔を囲むようにお旗持ち組士が散った。

「観念いたせ」

お旗持ち組士がいっせいに太刀を手にした。

聡四郎も永渕啓輔も鯉口を切った。

「橋の上では逃げようがございませぬな」

永渕啓輔が、淡々と述べた。

昌平橋は川からの高さがかなりある。欄干《らんかん》を跳びこえて川へ逃げこむことは、大怪我を覚悟しなければできなかった。

「戦うしかないと」

聡四郎は、太刀を抜きはなった。

「さよう」

永渕啓輔が首肯した。

「はめられたようでござるな」

聡四郎は青眼に構えながら永渕啓輔に言った。

「ふふふ。間近で見たかっただけでござる。一放流の太刀筋を」

永渕啓輔が頬をゆがめた。

お旗持ち組組頭井坂大炊が、いらついた声を出した。

「なにをしゃべっている。仲間が一人増えたぐらいでは勝てぬと知れ」

井坂大炊が、配下に攻撃を指示した。

「かかれ。二人とも生かして帰すな」

「おう」

さっそく一人がかかってきた。

大きく振りかぶった太刀を聡四郎めがけてたたきつけてきた。

聡四郎は、動くことなく見切った。お旗持ち組士の気合い声がかすれていた。身体が硬くなっている証拠であり、こうなると手が縮んで伸びないとわかっていた。真剣勝負の恐怖であった。

「…………」

目の前五寸（約一五センチ）をはずれていく切っ先を見送ると、聡四郎は一歩踏みだして太刀を突いた。

太刀がお旗持ち組士の首筋をあっさりと裂いた。

「あつっ」

お旗持ち組の男が首筋に右手をあてた。

押さえている手を押しのけるようにして血が溢れた。

「えっ、あっ、ひっ」

お旗持ち組の男が濡れた手を見て怪訝な顔をした。そして驚愕し、絶望した。

「…………」

仲間の死は、お旗持ち組士たちの動きを止めた。

「馬鹿が」

永渕啓輔が一歩踏みこみざまに太刀を振るった。右脇に引きつけられていた太刀が袈裟懸けに奔った。

「がふっ」

胸を裂かれて若いお旗持ち組士が、絶息した。

永渕啓輔は残心をとらずにもとの位置へと戻った。

「ひるむな」

仲間が血を噴いて崩れるのを見て、たたらを踏んだ配下たちを井坂大炊が叱咤《しった》した。

「取り囲め」

井坂大炊の命にお旗持ち組士が動いた。

聡四郎は、嘆息した。

「はあ」

「このようなものでござるよ、藩士というのは」

永渕啓輔もあきれていた。

「いままでもっとも情けなき敵よな」

聡四郎は、過去に戦った吉原の忘八《ぼうはち》衆や紀伊国屋文左衛門の用心棒たちとくらべて、唖然としていた。

聡四郎一人だけなら取り囲む意味もあった。だが、永渕啓輔がいるのだ。少し離れたところに立つ二人を囲むとなると輪は横長になる。また、橋の幅がそれほどないこともあって、包囲網はいびつなかたちにならざるをえなかった。

真円だからこそ、目標と刺客の間合いが均一になる。横長の輪では、近い間合いと遠い間合いができてしまう。間合いに差ができれば遅速が生じ、同時に斬りかかることは不可能であった。

聡四郎は、囲んでいるお旗持ち組士ではなく、ともに戦っている体の覆面侍に注意をはらっていた。

さきほどの一閃で覆面侍の腕がかなりのものだと知れた。道場で戦えば互角、あるいは聡四郎の分が悪いかと思わせた。味方なら大宮玄馬以上に安心して背中を預けられるが、でなければもっとも警戒すべき敵であった。

「おうりゃああ」

囲みから一人のお旗持ち組士が聡四郎の背後に斬りつけた。

「…………」

聡四郎が対処する前に永渕啓輔が動いた。

「かふっ」

喉を貫かれてお旗持ち組士が死んだ。

「かたじけない」

聡四郎は礼を述べた。

「いや、十二分に間にあわれたであろう。礼は要らぬ」

永渕啓輔が応えた。

「いっせいにかかれ」

三人の仲間を失って、井坂大炊が決断した。

乱戦になった。

数を頼みに波状で襲い来るお旗持ち組士を、聡四郎と永渕啓輔は軽くあしらった。

一人を撃ち払ってもすぐに次が現れる状況になりながらも、聡四郎は目の隅にとらえた覆面侍から意識を離してはいなかった。小さな挙動で的確に急所を撃つ動きは、あきらかに斬りなれていた。

「どこを見ている」

聡四郎の目が一人を屠《ほふ》った永渕啓輔に向いた瞬間を、壮年のお旗持ち組士がついてきた。

うなりをたてて振りおろした一撃は手練《てだれ》を感じさせたが、聡四郎にとって脅威にならなかった。

師入江無手斎の本気にくらべれば、児戯《じぎ》にひとしいのだ。身体を半身にすることで、聡四郎はかわした。

「ふん」

かわされた太刀が地面を打つまえに止めたのはなかなかであったが、大きく崩れた体勢は聡四郎に無防備な背中をさらすことになった。

聡四郎は青眼の太刀を静かに擦るようにおろした。

「ぎゃあぁ」

聡四郎の太刀に筋と背骨に沿う神経を斬り裂かれて、壮年のお旗持ち組士が絶叫をあげた。

殺すことを避けたわけではなかった。聡四郎は、深く斬りすぎて太刀が刃こぼれを起こすことを嫌ったのだ。

聡四郎が一人斬る間に、永渕啓輔は二人倒していた。

同時に斬りこんできた二人の中央に足を進め、回すようにして振った永渕啓輔の太刀が、それぞれのお旗持ち組士の首筋を断った。

人体の急所をやられた二人は、上段にした太刀を落とすこともできずに即死した。

たばこを一服吸うほどの間に、お旗持ち組は六人を失った。

「まさか、こんなことが……」

井坂大炊が絶句した。

半数とまではいかないが、戦力が激減したことは確かである。包囲も網目を大きくするしかなく、すでに穴だらけであった。

だが、聡四郎は油断していなかった。

多人数でかかってくる連中は、えてして腕の未熟な者、緊張に耐えるだけの心の練れていない者からかかってくる。

あるていど数が減ったあとに残った者こそ、強敵であった。

「うわあああ」

法も技もなく太刀を振って飛びこんできた背の高いお旗持ち組士を聡四郎が両断し、身体ごと突っこんできた若いお旗持ち組士を永渕啓輔が突き殺したところで、組士たちの動きが止まった。

「残り八人か」

聡四郎は、口に出して数えた。敵に戦力の減ったことをあらためて認識させ、動揺を誘ったのだ。

「数をそろえたのだろうが、無駄だったようだな」

永渕啓輔が笑いを含んだ声で嘲《あざけ》った。

「残ったのは、少しはできそうな奴らだ。やられないでもらいたいな。水城聡四郎、おぬしは拙者が倒すと決めたのだ」

永渕啓輔が宣《せん》した。

「…………」

聡四郎は応えなかった。最初から覆面の侍とは相容《あいい》れないことを感じていた。左に気配を感じた聡四郎は、顔をわずかに振った。身体ごと向けてしまうと、今正面にしている敵に大きな隙を見せてしまうことになる。

左の敵が構えを変えていた。体軀《たいく》の大きなお旗持ち組士が青眼から下段におろしていた。刃を下にした奇妙なかたちであった。

下段は通常刃を上に向ける。そのまますくうように斬りあげるからだ。

聡四郎は青眼の太刀をゆっくりと肩に担いだ。一放流雷閃《らいせん》の構えにとった。

雷閃は入江無手斎が得意とする技であった。くるぶし、膝、腰、肩と全身の関節をたわめて筋に力をため、それを一気に解放して敵を撃つ。

南蛮鉄の兜《かぶと》さえたたき割る、必殺の一撃である。

「…………」

永渕啓輔が注視しているのを聡四郎は感じていた。

流派の秘太刀を目の当たりにする機会はそうあるわけではなかった。見せれば対抗策を考えさせることになる。秘太刀を出すときは、敵を殲滅《せんめつ》するときだけが常識であった。それをわざと聡四郎は破った。

「みょうな構えを……」

大柄な体軀《たいく》のお旗持ち組士が、前にかけていた体重をもとに戻した。

「本村《もとむら》、惑わされるな、こけおどしだ」

井坂大炊が叫んだ。

一放流は無名に近かった。よほど剣に興味のある者でなければ、名前さえ知らない。また、名前を知っていても、その太刀筋を見たことなどないはずであった。間合いの狭い一放流は、太刀振りも独特だが、足送りに特徴があった。聡四郎は、右足を半歩ほど退いて、重心を後ろにかけた。

「おう」

道場で出すような気合い声をあげて、本村が聡四郎を牽制した。

稽古ならここで声を返しながら、一歩前に出るか、退がるかするところだが、聡四郎は動かずに待った。

「りゃああ」

本村が踏みこんできた。三間（約五・五メートル）の間合いが一気に二間（約三・六メートル）を割った。

本村の下段は刃先を上に返すことなく、そのまま振りあげられ、へそをこえたところでまっすぐに突きだされた。

胴を狙った突き技であった。

斬り損じはあっても突き損じはないといわれるほど、突き技は確実であった。それも、人体でもっとも大きく、もっとも柔らかい腹部への突きはまさに必殺の一撃であった。

腹部を刺されても、肝臓をやられないかぎりは即死することはまずないが、内臓を傷つけられれば助からなかった。高熱で数日のたうち回って悶死《もんし》することになる。

聡四郎は、本村の太刀が変化する前に動いていた。

わずかに反り返った背中を曲げて、担いでいた太刀の峰を肩で投げるようにして送りだした。

重い手応えのあと、金気《かなけ》の撃ちあう音と火花が散った。

「……はぐう」

本村が絶命した。

聡四郎の雷閃は、本村の左首筋からみぞおちまで断ち割り、その勢いのまま突きだされた太刀さえもはじきとばしていた。

「ば、馬鹿な、逆竜尾《さかさりゅうび》が敗れるなど、あっていいはずない」

呆然とした声を、別のお旗持ち組士があげた。

「すさまじいな」

永渕啓輔も感嘆の声を漏らした。

「……………」

聡四郎は雷閃の後、残心の構えをすぐに崩し、ふたたび太刀を肩に担いだ。

「おのれがあ」

小柄なお旗持ち組士が、憤怒《ふんぬ》の声をあげた。

青眼の構えのまま、するすると近づいてきた。

小柄な剣士は難剣を遣うことが多かった。腕が短いことを補うために、足を複雑に送ったり、すばやい撃をくりかえしたりする。

小柄なお旗持ち組士は、間合いが一間半（約二・七メートル）になるまで迫った。

太刀同士で間合いが二間（約三・六メートル）をきることは異常であった。太刀の長さを二尺五寸（約七六センチ）だとすれば、互いが振り出すだけで斬りつけることができるほどの至近であった。

まさに刃の下に身を置く状態である。咄嗟《とつさ》に対応できる技量があり、よほど腹が据わっていなければなせることではなかった。

ふっと小柄なお旗持ち組士の姿が消えた。

聡四郎は迷わずに上に跳んだ。強く曲げた膝のすぐ下を冷たい刃風が過ぎた。

小柄なお旗持ち組の剣士は屈《かが》んで、水平に太刀を振って聡四郎の足を狙ったのだった。

「…………」

聡四郎は、足を曲げたまま着地して、己の姿勢も低くした。

太刀は腰から下には届きにくい。寝ている敵、あるいは屈みこんでいる敵に立っている者の太刀は脅威にはならなかった。

地に落ちた衝撃を膝で緩和した聡四郎は、かわされて右に流れた太刀を呼び戻そうとしている小柄なお旗持ち組士の脳天へ伸びるようにして斬《ざん》を送った。

「ひいいっ」

聡四郎の太刀に気づいた小柄なお旗持ち組士が、悲鳴をあげたが、もうどうにもならなかった。

頭に当たる寸前に聡四郎は太刀を峰に変えていた。

日本刀は、芯に軟鉄を置き、それを包みこむように固い鉄を配している。こうすると折れにくく曲がりにくい太刀になるのだが、剃刀《かみそり》よりも鋭い刃先は、欠けやすかった。

聡四郎は、それをおそれて峰を遣った。

重い鉄の棒でもある太刀の一撃を受けて、小柄なお旗持ち組士の頭蓋がへこんだ。

「ぐふっ」

木箱を踏みつぶすような音がして、小柄なお旗持ち組士が腰から潰れたように崩れた。

「大西川《おおにしかわ》」

井坂大炊が、悲鳴をあげた。

「殺されるのが嫌なら、出てくるな」

永渕啓輔が嘲笑《あざわら》った。

「腰に刀を帯びる武士の家に生まれたかぎり、いつ死んでもいいように心構えしておくのは当然であろう。それも闇討ちに来たのだ。まさか、死ぬのは敵だけで、己たちは無傷で勝ちどきをあげられるなどと思っていたのではあるまいな」

永渕啓輔の言葉はきびしかった。

「くっ」

井坂大炊が唇を嚙んだ。

戦いというのは、そのほとんどが数で帰趨《きすう》が決まる。だが、気をのまれたとき衆寡《しゅうか》敵せずは真理でなくなった。

怖じ気《おけ》づいたとき、人は二通りの反応を示す。一組目はその原因を消し去ろうとして無謀な戦いに打ってでる。もう一組はそこから逃げようと背をむける。

お旗持ち組士もおなじであった。

残っていたお旗持ち組士のうち三人が、太刀を振りかざして迫ってきた。いかに道場でそれなりの遣い手であっても気がうわずっていれば、太刀先の伸びが出なくなる。

見切るまでもなく、かなり手前で空を斬る敵の太刀を見送った聡四郎は、大きく左足を踏みだすと、肩から一撃を放った。

手に嫌な感触が伝わり、目の前で敵が棒のように倒れた。

永渕啓輔の一閃もみごとに敵を斬っていた。聡四郎の倒した敵とあわせるかのように崩れていった。

死んだお旗持ち組士の身体を受け止めた橋が揺れた。

それが合図になった。生き残っていたお旗持ち組士たちが、蒼白な顔色で逃げだした。

逃げてくれるならあえて戦う意味はなかった。黙って行かせてやろうと見逃した聡四郎は、永渕啓輔がすばやく動いたことに気づいた。

永渕啓輔は、いろいろと組士に命をくだしていた井坂大炊の前に立ちふさがった。

「きさまが逃げては、地に伏した仲間たちに申しわけがなかろう」

永渕啓輔が井坂大炊の前に血塗られた切っ先をあげた。

「くっ」

井坂大炊が後ろに跳んで間合いを空け、右手に提《さ》げていた太刀を青眼に構えた。

「やる気になってくれたか。そうでなくては困る。大根を斬ってみせてもいたしかたないからな」

覆面の下で永渕啓輔が嘲笑した。

「黙れ」

井坂大炊が叫んだ。

「よいのか、大声をだして。こんなところを人に見られたら困るのはそちらであろう。藩の名前が出ることになるぞ」

「ぐっ」

永渕啓輔の言葉に井坂大炊がつまった。

「さて、水城どの。そちらが一放流の技を見せてくださったことへの返礼でござる。ご覧あれ」

永渕啓輔が、太刀を下段、逆袈裟におろした。

「…………」

永渕啓輔の足運びに聡四郎は注目した。左足のつま先がじりじりと砂をするように出ていった。それでいて右足の位置は変わらないとなれば、腰が落ちるしかない。

「居合いか」

聡四郎は、かなり低く腰を落とした永渕啓輔を見てつぶやいた。

しかし、居合いでないことは聡四郎にもわかっていた。居合いの極意は鞘内《さやうち》にて決するとある。すでに太刀を抜いている永渕啓輔の技は居合いではない。

殺気が昌平橋に満ちた。

緊迫に耐えきれなくなったのは、井坂大炊であった。

青眼の太刀を右脇に引きつけると、右足を踏みだしざま、袈裟懸けを撃った。さすがに頭をとるだけあって重さののったみごとな一閃であった。

「………」

無言の気合いを発して、あわせるように永渕啓輔も出た。

聡四郎は息を止めて見まもった。

斬りさげる太刀よりも斬りあげる一刀が早かった。永渕啓輔の太刀が井坂大炊の右袈裟を下からはじき返した。

両手が上に振りあげたようになり、がら空きになった井坂大炊の正面に、斬りあがった永渕啓輔の太刀が、ひるがえって落ちた。

「ぎゃっ」

顔から左肩を割られた井坂大炊が苦鳴《くめい》をあげて絶息した。

「おみごと」

聡四郎は思わず称賛した。

左膝付近に切っ先を止めた残心を取りながら永渕啓輔が告げた。

「一伝《いちでん》流、前腰《まえごし》」

永渕啓輔が、残心を解いた。

「では、いずれ」

永渕啓輔が一礼して去った。

聡四郎もしばらく見送って背中を向けた。

四

翌朝、いつものように中庭で剣を振る聡四郎と大宮玄馬は、久しぶりに明るい声を聞いた。

「おはよう。あいかわらずやっているのね」

襷《たすき》がけをした紅が手ぬぐいを二つ持って近づいてきた。

「早いな」

聡四郎はほほえんだ。

「おはようございまする」

大宮玄馬がていねいに頭をさげた。

「そろそろ朝餉よ」

紅が二人に稽古を終われと言った。

「ああ、では、汗を拭くか」

聡四郎は大宮玄馬を誘って、台所脇にある井戸へと向かった。

書院に用意されているのは、聡四郎一人分の膳であった。なにかないかぎり、女とも家臣とも席をひとしくしないのが慣習であり、それが身分であった。

聡四郎が朝餉を食べている間、書院にいるのは給仕をする紅一人である。少し前までは女中の喜久が紅とともにお櫃《ひつ》ややかんを手に控えていたが、今日から紅一人になっていた。

「来る途中、なにもなかったか」

聡四郎は湯漬けを口にしながら問うた。

「あったわよ」

そう答えながら、紅の目つきが変わった。

「やっぱり、あんたね」

紅の瞳が光った。

「……ああ」

聡四郎は認めた。隠せば紅は調べようとすることがわかっていた。それはかつてのように紅を危難に陥れることになりかねなかった。

「話して」

紅が聡四郎の前の膳を押しのけて、真正面に座った。

聡四郎は、前夜のことを隠さずに述べた。

「そう……」

紅がつらそうに表情をゆがめた。仕方ないこととはいえ、聡四郎は人を殺したのだ。新たな命を創造する性として、それを受けいれられないのは当然だった。

「ゆえに……」

「黙って」

聡四郎の口を紅が封じた。

「あたしをのけ者にしようたってそうはいかないから」

紅には聡四郎の言いたいことがわかっていた。

「知りあわなかったら危ない目にあわさずにすんだ。だからなかったことにしようなんて言ったら、許さないからね」

紅がきびしい声で宣した。

「………………」

「あたしの勘違いから始まったことだけど、でも、聡四郎はあたしをなんども助けてくれた。知りあっていなかったら、あたしはいまごろ甲州《こうしゅう》屋に身を汚《けが》されて、あいつの言いなりになる人形になっていたかも知れない」

紅が身を震わせた。

甲州屋は相模屋伝兵衛とおなじ人入れ稼業であった。紅を手に入れて御上御用達の相模屋を思いのままにしようとしたが、聡四郎に防がれた。

「今まであったことはすべてなかったことにできないの。そして、これからあることから逃げることもね」

聡四郎は紅に諭された。


役付きの旗本の登城時刻はおおむね五つ（午前八時ごろ）と決められていた。そのなかで、多忙をきわめる勘定方だけは、さらに早かった。

ほとんどの勘定方が六つ半（午前七時ごろ）には執務を開始していた。

「佐渡奉行の赴任《ふにん》報告はどこだ」

「回収した古金は、金座の後藤《ごとう》に預けているが、その明細は誰が把握している」

「寛永寺から出された坊の修復願い、普請奉行の印判を先に」

大手門を入ってすぐ、勘定方の執務する下勘定所では、怒号に近い会話がとびかっていた。

「文昭院さまのご葬儀による増上寺へのお手当金、伺い方から勘定吟味役に回せ」

勘定奉行大久保《おおくぼ》大隅守忠形《おおすみのかみただなり》が、誰にともなく命じた。

とたんに騒がしかった下勘定所が水をうったように静まった。

「内座に書付を持っていくのでございまするか」

勘定衆勝手方の一人玉置次郎右衛門《たまきじろうえもん》が、大久保大隅守に確認した。

「……そうであったな」

大久保大隅守が気づいた。

「だが勘定吟味役の花押がないと、ご老中さまのご裁可がおりぬ」

大久保大隅守が、配下たちの無策を責めるように言った。

勘定吟味役の花押印判は、内座でおこなうことが慣例となっている。

あらゆる勘定方の書付は、下勘定所で担当の勘定方、勘定奉行の了承を得たあと、勘定吟味役の許可を経て、ようやく蔵の扉が開かれる。その手順を踏まないかぎり、金の一銭、米の一粒といえども動かすことはできなかった。

「内座をとおさずになんとかできぬか」

大久保大隅守が、問うた。

勘定吟味役の歴史は浅い。幕府の財政の窮迫にあせりを覚えた五代将軍綱吉によって、天和二年（一六八二）に設置され、配下に勘定吟味改役、勘定吟味下役を持ち、会計の監査を目的としたことから、勘定方とは独立して専用の部屋を城中に与えられていた。

勘定方を敵にした聡四郎に、あらゆる書付がまわらないよう下勘定所は手配していたが、内座へ持参すれば、目に留まらないとはかぎらなかった。

「難しゅうございまするな」

玉置が首を振った。

幕府ができてすでに百年になる。武から文へと体制を変えた幕府は、慣習や令に支配されていた。

文官にとって、慣習慣例は金科《きんか》玉条《ぎょくじょう》である。慣習を変えることは、前例を作ることとなり、それは何かあったときの責任を負うことになる。

「ここへ勘定吟味役を呼びつけて」

「それは難しいかと」

大久保大隅守の提案を玉置は否定した。

「この下勘定所には、勘定方の者だけでなく、普請方や御広敷の役人も出入りいたしまする。だけではございませぬ。諸藩の留守居役どもも参ります。皆、勘定方のことに精通した者ばかりでございますれば、ここに勘定吟味役が出入りしただけで目をひきましょう。それはかならず外に持ちだされまする。そして噂に変わり、どう巡るかはわかりませぬが、水城どのの、いえ下手をすれば新井白石さまの耳に入ることになりかねませぬ」

玉置の説明に大久保大隅守はうなった。

ふだんと違う行為は、疑念を大きくするだけであった。

「新井さまのお力もあなどれませぬし」

六代将軍家宣の死を聞いたとき、勘定方のほとんどは新井白石の失脚と荻原近江守の復権を確信した。

しかし、おおかたの思惑とは違って新井白石は、側衆格若年寄並みという中途半端な身分ながら七代将軍の傅育にかかわっていた。

「しばらくようすを見るしかないと申すのか」

「それがよろしいかと存じまする」

玉置が頭をさげた。

大久保大隅守は不満げな顔で、足音も高く下勘定所から出ていった。

「なんだったのだ」

自席に戻った玉置を同僚が迎えた。玉置は大久保大隅守の話を語った。

「それは無茶でござるな」

同僚も首を振った。

「あまり無理をするのは、後々のことを考えれば……」

玉置が声をひそめた。

「さようでござるな」

同僚も周囲をうかがった。

「新井さまは間部越前守さまとよくお会いになっておられるようでござるしな」

同僚がささやいた。

新井白石と間部越前守は表だって顔をあわさないようにしながら、御囲炉裏の間で密会していた。そのことがすでに知られていた。

「いかにも。間部越前守さまは、まちがいなく今の上様のご寵臣。かつての松平《まつだいら》伊豆守《いずのかみ》さまや柳沢美濃守さまのようにご出世されていかれるは必定《ひつじょう》。その間部越前守さまと新井さまが親しくされるとなれば……」

「新井さまも末はご老中」

玉置の言葉のあとを同僚が続けた。

「勘定方として、お味方はせずとも、あえて敵になることはございますまい」

二人は、顔を見あわせて首肯した。

問題の書付は、未決のまま下勘定所で停滞した。

江戸城内の雰囲気を柳沢吉保は的確につかんでいた。永渕啓輔以外にも柳沢吉保の手足となっている者は、たくさんいた。

毎日のように顔を出す紀伊国屋文左衛門に茶を点ててやりながら、柳沢吉保は城中のうわさ話などを聞かせていた。

「間部越前守さまが、大奥にお泊まりになることがあると。それはそれは」

紀伊国屋文左衛門が、おもしろそうに笑った。

「笑える話ではないと思うがな」

紀伊国屋文左衛門を咎めながらも、柳沢吉保の頬もゆるんでいた。

「お世継ぎさまが、お寂しがられるので、間部越前守が畏《おそ》れおおくも添い寝をさせていただいておるというのだがな」

柳沢吉保の言うとおりであった。間部越前守は、鍋松が大奥に戻れるようになって毎晩、おなじ部屋で寝ていた。

「いやいや、ご大老さま。間部越前守さまのなさることは、正しいことでございましょう」

紀伊国屋文左衛門が、差しだされた茶をおしいただいた。

「なにが正しいのだ」

柳沢吉保が訊いた。

「間部越前守さまが、大奥に泊まられる。これが重なりますれば、間部越前守さまが大奥に入られていたことが、あたりまえになって参りまする。将軍家以外男子禁制の大奥に出入りする。これが、どのような意味をもつか、ご大老さまにもおわかりかと存じますが」

紀伊国屋文左衛門が柳沢吉保の表情をうかがった。

「……鍋松さまのご正統が疑われる」

柳沢吉保が、静かに言った。

「うかがったところによりますと……」

紀伊国屋文左衛門が、空になった茶碗を置いた。

「将軍にふさわしくない器のお方が、その職につかれたとき、御三家は共同してその人物を廃することができるとか」

「ああ。神君家康さまの御遺言だそうだ」

柳沢吉保が、答えた。

「なるほどな、そなたの目はそこまで読んでいたわけか」

柳沢吉保が、紀伊国屋文左衛門をじっと見つめた。

「はて。わたくしはしがない材木屋の隠居でございますが」

紀伊国屋文左衛門がとぼけた。

「まあいい。おぬしの望みは知っておる」

柳沢吉保が、新しい湯を茶碗にそそいだ。

茶筅《ちゃせん》を動かす音だけになった。

二服目の茶を柳沢吉保が紀伊国屋文左衛門の前に出した。

「これは……」

紀伊国屋文左衛門が驚いた。いままでこんなことはなかった。

「ちょうだいいたしまする」

紀伊国屋文左衛門が、ゆっくりと茶を喫した。

「けっこうなお点前でございました」

紀伊国屋文左衛門が深く腰を曲げた。

「いや」

柳沢吉保が、作法どおりに受けた。ふたたび茶室を静寂が支配した。

「ところで、ご大老さま」

沈黙に耐えられなくなった紀伊国屋文左衛門が声を出した。

「なんじゃ」

柳沢吉保が、変わらぬ口調で問うた。

「昌平橋でたくさんの侍が殺されていたお話はご存じで」

紀伊国屋文左衛門が尋ねた。

「うむ。物騒な世のなかになったの」

柳沢吉保が感情のこもっていない声で応えた。

「尾張藩士の方々だそうで」

「けしかけた本人がなにを言うか」

柳沢吉保が苦笑した。

「あれが尾張の自慢、お旗持ち組よ」

柳沢吉保が語り始めた。

「戦場で将の命を伝える華やかな布衣衆だとか」

「よく知っておるの。だが、尾張のお旗持ち組が将軍職を取るためのものだとは知るまい」

柳沢吉保が紀伊国屋文左衛門の顔を見た。

「将軍を取るためと申されますか。当然のことでは」

紀伊国屋文左衛門が首をかしげた。

御三家は、すべて将軍の地位を求めるものだと紀伊国屋文左衛門は理解していた。

「尾張はの、将軍位に固執する事情があるのだ」

柳沢吉保が白湯で口を湿らせた。

「随分と古い話になるぞ。ことは慶長二十年（一六一五）にまでさかのぼる」

「慶長二十年……豊臣家が滅びたときでございますか」

あまりの昔話に紀伊国屋文左衛門が驚愕した。

「うむ。その豊臣家を滅ぼす戦い、大坂夏の陣の話だ」

柳沢吉保が語り出した。

豊臣家を滅ぼせば、この国から戦はなくなる。そう確信した徳川家康は、まだ初陣をすませていない子供たちに経験を積ませようと考えた。

家康は駿河から大坂へ向かう軍勢に、頼宣を伴った。そして尾張と水戸にも出陣を命じた。

難攻不落といわれた大坂城も、冬の陣の講和で総堀を埋めたてられ、裸城となっていた。戦いは数日で終わると思われていた。

勝つとわかりきっている戦陣で一つのもめ事が起こった。

徳川家康が息子たちに贈った出征祝いの軍旗がその原因であった。

家康は、跡継ぎ秀忠と頼宣に黒葵の紋を染め抜いた軍旗を七本ずつ、そして尾張徳川義直と水戸徳川頼房に白葵の紋が入った五本の軍旗を与え、差をつけたのだ。

「なぜに、我が息子には五本しかお渡しくだされぬ」

徳川家康に涙ながらに迫ったのは、尾張徳川義直の母、家康の愛妾お亀の方であった。

「二代将軍家秀忠さまに七本の御旗をお渡しになられたのは、わかりまする。なれど駿河の頼宣さまにおなじ数をくだしおかれたことが納得できませぬ。大御所さまは、義直と頼宣さまを区別なされるか」

お亀の方の言葉は悲鳴になっていた。

徳川義直の母お亀の方も徳川頼宣、頼房二人の母お万《まん》の方もともに後家であった。夫を失い寡婦《かふ》となったあと、家康の身の回りの世話をする女中として仕え、手がついて子を産んだ。

ただ、お万の方の寵愛がわずかに上だった。お万の方が家康の側に侍《はべ》るようになって、お亀の方への御用が減ったのはたしかであった。その差は産んだ子供の数にも表れていた。

これも女の嫉妬と言えばそうかもしれない、お亀の方は母として嫉妬した。家康の愛を失ったお亀の方にとって息子義直はすべてであった。義直がどうあつかわれるかで、お亀の方自身をふくめ、前夫との間にできた子供、さらには実家が浮きあがるかどうか決まってしまう。

「義直は頼宣さまの兄でございまする」

お亀の方は対面の場から逃げだそうとした家康の袴裾を摑んで離さなかった。

同じく家康の血を引く子供であるだけでなく、義直が年長なのだ。家康は三代将軍を決めるときに、長幼を重視せよと告げた。

ぎゃくならばよかったのだが、家康は手元で育てた頼宣を可愛がった。それが旗の数にもでた。このまま放置しておけば、義直と頼宣の格差は既定のこととなってしまう。お亀の方は必死の形相《ぎょうそう》で家康に迫った。

「義直と頼宣は、よく秀忠を補佐せよ」

かつて家康が二人の元服に即して述べた言葉が空虚になりかねなかった。

お亀の方の形相にも家康は折れなかった。

「戦陣で、女《おなご》がいらぬ口出しをするな」

家康は、お亀の方を振り払った。

これ以上は、義直に累《るい》がおよぶ。お亀の方は退いたが、怒りはおさまらなかった。母親の血涙は義直に引き継がれた。

「これが、尾張お旗持ち組創設の由縁だ」

柳沢吉保が小さく笑った。

弟に差を付けられた義直が、その恨みをはらすために、いつの日か尾張家から将軍を出し、紀州よりも上に立つことを夢見てお旗持ち組はできた。

「藩祖のねたみのもととなった家康さまよりご拝領の御旗。これを預かった藩士たちの末裔《まつえい》だそうだ。それぞれ、尾張藩では数百石を取るひとかどの武士らしいが、どれほど能力があろうとも組頭、中老《ちゅうろう》などの役職につくことはなく、死ぬまでときの将軍家を呪詛《じゅそ》し、紀州の足を引っ張ることを任とする。無駄な役目よ」

柳沢吉保は嘲笑を隠さなかった。

「百年ごしのお恨みでございますか……深いものでございますな」

紀伊国屋文左衛門の瞳が光ったのを、柳沢吉保は見逃さなかった。


聡四郎は内座で一日大人しくしていた。昌平橋での一件がどのようにあつかわれていくのかを見定めていた。

町奉行は武方に入る。勘定方とはまったく交流がないが、噂は別であった。金を握るものがすべてを仕切るのは、いつの時代も同じであった。

勘定方にかかわることでなければ、同僚の勘定吟味役たちも聡四郎を警戒することなく噂話に興じる。

「恐ろしいことでござるな。昌平橋の上で乱闘があったそうではござらぬか」

勘定吟味下役が口火を切った。

「十人をこえる侍たちが太刀で戦ったと聞きましたぞ。このような騒動、赤穂《あこう》浪士が一件以来でござる」

別の勘定吟味下役が応じた。

「その連中のことは、なにか知れたので」

少し離れたところにいた勘定吟味改役が問うた。

「身元の知れるようなものは何一つ持っておらなかったとか。奉行所では人相書きをつくるそうでござる」

「浪人者ではなかったのでしょうかなあ」

「どこぞの藩士ではないかとの噂でござる。月代も、ていねいに剃ってあったとか」

聡四郎は語られる噂を耳にしながら、尾張が次にどう出てくるかを考えた。

下城の定刻には早いが、聡四郎は入江無手斎の道場へ向かった。

夕暮れの道場で入江無手斎が一人で端座していた。

聡四郎は入江無手斎のじゃまにならぬように、しずかに道場の隅へと腰をおろした。入江無手斎は座禅を組んで精神の鍛錬をしていた。

吐いては吸うをくりかえす。身体のなかで滞留していた古いものを吐き出し、清冽《せいれつ》な空気を取り入れる。心を練るための座禅であった。

聡四郎は師の姿からなにかを学ぼうと、じっと入江無手斎を見つめた。

「どうした」

小半刻《こはんとき》（約三十分）ほどして、入江無手斎の身体から気が霧散した。

「お訊きいたしたいことがございまして」

聡四郎は先夜の黒覆面が見せた剣の技について尋ねた。

「やってみせよ」

入江無手斎に命じられて、聡四郎が道場で永渕啓輔が見せた動きをまねた。

「…………」

見終わっても入江無手斎は声を発しなかった。

聡四郎は、袋竹刀を右脇に置いて道場の床に座った。こういう場合、弟子から師匠に声をかけるのは失礼になる。聡四郎は待った。

月の明かりが、道場の縁側からなかなかまで入ってきた。

「……聡四郎」

ようやく入江無手斎が口を開いた。

「はい」

「そやつは、その太刀をなんと申していたか」

入江無手斎が聞いたこともないほど重い声で尋ねた。

「前腰。一伝流前腰と」

聡四郎が答えたとき、入江無手斎の目がかっと見開かれた。

第四章　幕政の冬

一

江戸に名物の空っ風が吹きはじめた十二月五日、音曲停止が解かれた。待っていたかのように江戸の町が活気を取りもどした。

もっとも、旗本御家人の屋敷うちでの鳴りものは、表だって禁じられてはいなくとも、遠慮するのが慣例であった。

ただ慶事は許され、婚姻、家督相続などがひっそりとおこなわれた。

町のあちこちで三味線の音や酔客の声が聞こえるようになった師走《しわす》、下城した聡四郎は、玄関先まで迎えに出た紅から来客を報された。

「西田《にしだ》屋甚右衛門《じんえもん》さんとお名のりのお方がお待ちよ」

名前を聞かされた聡四郎は、おもわず首をかしげた。

「吉原の惣名主《そうなぬし》がなぜ」

紅《あかね》が聞き逃さなかった。

「吉原ですって……まさか、付け馬じゃないでしょうねえ」

紅の声が低くなった。付け馬とは、吉原で遊んだが金が足らない客のところに集金に来る忘八のことである。

「どこに」

聡四郎は紅の怒りの相手をすることを忘れて問うた。

「客間にお通ししてあるけど……あとでゆっくり話を聞かせてもらうから」

口をとがらす紅に太刀を押しつけるようにして渡すと、聡四郎は客間へと急いだ。

五百五十石ほどになると屋敷もそこそこある。六百坪ほどの敷地に建坪二百ほどの平屋が建てられていた。

玄関を入るとすぐ右手に六畳の供待ちがあり、その隣に八畳の客間があった。

「お待たせいたした」

聡四郎は、障子を開け、詫びながら上座に着いた。

「いえ、こちらのほうこそ、不意に参上いたしまして申しわけないことでございまする」

西田屋甚右衛門が深々と頭をさげた。

吉原惣名主西田屋甚右衛門は、御免色里《ごめんいろざと》吉原の創始者庄司甚内《しょうじじんない》の子孫であった。吉原の闇運上をめぐって聡四郎と出会い、互いに相手を認める仲となっていた。

「今宵は、我が家まで何用でお見えに」

聡四郎はていねいな口調で問うた。人としてあつかわれることのない吉原の住人に対して旗本が取りうる態度ではなかったが、それだけのものを西田屋甚右衛門が持っていることを聡四郎は知っていた。

「じつは……」

西田屋甚右衛門が口を開きかけたとき、客間の襖が開いて紅が入ってきた。

「……………」

紅は無言で聡四郎の前に茶を置き、西田屋甚右衛門の茶碗を取りかえて去っていった。

「お妹さまで」

襖を荒々しく閉めていった紅のほうを見て、西田屋甚右衛門が問うた。

「いや、妹ではござらぬが……」

聡四郎は説明に困った。

「眉も落としておられませぬし、鉄漿《かね》で歯を染められてもおられませぬ。奥方さまでもないとすれば、お女中どのかとも存じましたが、あの小袖はかなり高価なもの。それもお仕立てでございましょう」

西田屋甚右衛門はよく見ていた。古着を着まわすのが江戸では普通であり、よほど裕福な家でないと着物を仕立てることはなかった。

「紅と申す者で。相模屋伝兵衛が一人娘でござる」

聡四郎は紅と相模屋伝兵衛に敬称をつけなかった。

「なるほど。あのお方が相模屋伝兵衛さまの」

西田屋甚右衛門が納得した顔をした。

「ご存じか」

聡四郎は、不思議に思った。吉原と相模屋伝兵衛のつながりが見えなかった。

「はい。わたくしどもの見世《みせ》にお見えくださいます」

西田屋甚右衛門がほほえんだ。

聡四郎は、かつて相模屋伝兵衛から吉原に誘われたことを思いだした。

「なるほど」

「そうでしたか、相模屋伝兵衛さんのお嬢さまと……」

西田屋甚右衛門が、小さく何度もうなずいていた。

「ところで、西田屋どの。お話は」

聡四郎がせかした。

「そうでございましたな。これは、失礼をいたしました。水城さま」

西田屋甚右衛門の表情が引き締まった。

「吉原が再開いたしましてから、みょうに編み笠茶屋が忙しいのでございます る」

西田屋甚右衛門が話した編み笠茶屋とは、吉原の大門《おおもん》前に軒を並べている店のことだ。道からなかをのぞけないように長い暖簾《のれん》と葦簀《よしず》で人目を防いだ造りで、吉原へ遊びに来ていることを知られたくない身分の者たちが使った。

客たちは編み笠茶屋で着替えたり、顔を隠す編み笠を借りたりして吉原へと向かうのである。吉原の大門外にあったが、吉原に寄生しているだけに吉原惣名主西田屋甚右衛門の支配下にあった。

「編み笠茶屋の客が多いと申される。ならば、身分を隠したい者が増えたと」

「はい」

聡四郎の言葉に西田屋甚右衛門が首肯した。

編み笠をかぶるのは吉原で知人と顔をあわせたくない者か、頭を見ただけでその身分が知れる者である。

「僧侶か」

聡四郎がつぶやいた。

「さようで。わたくしどもの見世でも、剃髪《ていはつ》なされたお方がたくさんお見えのようで」

西田屋甚右衛門が憶測のような言い方をしたのは、吉原のしきたりのせいであった。吉原は、そこらの岡場所と違い、見世で妓《おんな》を抱かせなかった。最下層の遊女である端《はした》は別だったが、吉原の看板である太夫《たゆう》と主力である格子《こうし》は、見世ではなく揚屋《あげや》と呼ばれる貸座敷まで呼ぶのが、決まりごとであった。

したがって遊女屋の主は、見世の妓《おんな》にどんな客がついたのか、直接見ることはあまりなかった。

「妓どもに訊きましたところ、皆さまあわせたように、医者だとお名のりにならられるそうでございますが、染みついたお香の匂いはごまかせませぬ」

西田屋甚右衛門が、告げた。江戸の医者は上方《かみがた》と違い、禿頭《とくとう》にするのが慣習であった。

「なぜにそれを拙者にお教えくださるのか」

ふと聡四郎は疑問を抱いた。

「水城さまのお名前が出たそうなので。覚えておられませぬか、先日水城さまのお相手をいたしました遊妓を」

西田屋甚右衛門に言われて、聡四郎は怪我の手当てをしてくれた遊女を思いだした。

「あの者が」

「はい。呼ばれて出向いた揚屋で、宴席の最中にお名前を聞いたそうでございまする」

西田屋甚右衛門が答えた。

揚屋は、ことをなす場所を貸すだけではなく、食事や酒も提供した。欲望を散じさせることだけを目的に来る客は、見世で端を抱いてすませる。揚屋に妓を呼ぶ客は、一日ゆっくりと楽しもうと考えていて、食事や酒を取ることが多かった。

なかにはともに来た仲間たちと合同で宴会をおこなう客もいた。

当然呼ばれた妓も宴席には出た。客ではない、接待をする側としてであった。酒をつぎ、料理を箸で口に運んでやり、ときには懐に手を入れさせて女の実りを触らせたりする。

酒が入り、隣に女がとなると男の多くは饒舌《じょうぜつ》になる。ましてや、おなじ部屋にいるのは吉原から出ることさえできない遊女である。外で口にしてはいけないことでも漏らしてしまうことはめずらしくなかった。

「さようであったか。まことにお気遣いかたじけない」

聡四郎は深く頭をさげた。

「ご勘弁を。お旗本さまに頭をさげていただくなど、畏《おそ》れおおすぎますゆえ」

西田屋甚右衛門が、顔の前で手を振った。

「お礼の一つでございまする。水城さまには吉原を救っていただきました」

西田屋甚右衛門が真剣な表情になった。

「どうぞ、今後ともよろしくお願い申しあげまする」

西田屋甚右衛門が、席を立った。

聡四郎は見送りに立った。玄関先で振り向いた西田屋甚右衛門が、聡四郎に声をかけた。

「今度は、水城さまからお見えくださいますように。あの者ともどもお待ちしております る」


西田屋甚右衛門が、にこやかにあいさつして去っていった。

「奥でお話をお聞かせ願いましょう」

振り返った聡四郎は、ていねいな口調でほほえむ紅に絶句した。

西田屋甚右衛門から聞かされた話は聡四郎に一つの指標を与えた。聡四郎は、大宮玄馬に命じて吉原から帰る客を見張らせた。西田屋甚右衛門の協力を得て編み笠茶屋の一軒に陣取った大宮玄馬は、禿頭の客を見つけてはあとをつけた。


聡四郎と大宮玄馬が新たな動きに忙しい日を送り始めたとき、城中に大きな衝撃が走った。

初めて臣下に謁見《えつけん》を許すために大広間に出てきた鍋松を、間部越前守が抱いて上段に座した。それだけではなかった。大名たちの拝謁《はいえつ》もそのままのかたちで受けたのである。

大名たちは鍋松に平伏しながら、そのじつ間部越前守に頭をさげたようなものであった。

その不満は、すぐに城中にひろまった。

「馬鹿な、能役者風情がなにさまのつもりじゃ」

「先代さまから鍋松君のご傅育を任されたとはいえ、あまりに傲岸《ごうがん》」

間部越前守の僭越《せんえつ》を咎める声が多いのは当然だったが、なかには鍋松のことを心配するものもあった。

「幼くして父君を失われ、なにもわからぬのに天下を背負われることになられるとは、あまりにご不憫《ふびん》な」

間部越前守が支えるのもやむなしという意見も出ているところで、新井白石は唇を噛み破りそうなほど悔しがっていた。

「越前守、おのれはなんと不忠《ふちゆう》なことをしでかしたか」

新井白石は間部越前守の態度に怒り心頭であった。

「四歳になられた鍋松君を膝に抱えもうすなど、許されることではないわ。これでは鍋松君はお一人でお座りにもなれぬひ弱なお方との印象を、諸大名はおろか役人どもに報せたにもひとしい。まもなく将軍の地位を継がれ、天下に号令をなす武家の統領となられる鍋松君のお名前に最初から傷をつけるとは……あまりに不遜《ふそん》ぞ、越前」

与えられた側衆下部屋に籠もりながら、新井白石はじっと大広間に向かって鋭い眼光を放っていた。

「今は、今は、きさまを排するときではない。だが、いずれきさまには江戸城から去ってもらうぞ」

新井白石が、一人呪いの言葉を吐いた。

「増上寺……かならずここが、きさまの瑕瑾《かきん》となる。水城、任せたぞ」

立ちあがった新井白石は、聡四郎を探しに下部屋を出た。


五日間、吉原を見張った大宮玄馬が報告のために聡四郎の居間、書院に顔を出した。

「ご苦労だったな」

聡四郎は大宮玄馬をねぎらった。

「いえ」

大宮玄馬は懐から一枚の紙を出した。

「これが、禿頭の男どもが吉原から帰っていった先の一覧でございまする」

そこには、増上寺を始め寛永寺、回向院《えこういん》、幕府奥医師宅などが記されていた。

「……やはりか」

紙を手にした聡四郎がつぶやいた。

「はい。増上寺に帰るものが、もっとも多ございました」

大宮玄馬がうなずいた。

寺が大きな力を持つようになったのは、奈良飛鳥《あすか》の時代にまでさかのぼる。死の恐怖から逃れたい権力者にとりいった僧侶が、やがて政にも口を出すようになった。

ただそのころの僧侶は、権力者と密接な関係になっただけで、庶民のなかに入りこんではいなかった。それを庶民に浸透させたのが徳川家康であった。

戦国の世に入ってきたキリスト教を徳川家康は嫌った。神のもとに万人は平等であるとの教えは、為政者にとって非常につごうの悪いものだった。

徳川家康は、キリスト教を禁止したが、人の心に鎖をつけることはできず、信者たちは目立たなくなっただけだった。

そこで徳川家康は戸籍にあたる人別《にんべつ》を寺に預けた。ようするにすべての人をどこかの寺の檀家にしてしまったのだ。

引っ越し、旅、婚姻、奉公のどれも、人別がなければできないようになった。となれば寺の力はいやがうえにも高くなる。

こうして寺は権力の強力な援護者となった。天皇家でさえ菩提寺を持ったのである。徳川家も将軍とはいえ、例外ではなかった。もちろん三河には徳川家の先祖の墓を預かる寺があったが、江戸で幕府を開いた徳川家康は、なぜか増上寺を新しい菩提寺とした。

将軍家の菩提寺となった増上寺は、強大な権威を持つはずであった。それを三代家光が崩した。それほどまでに父が嫌いだったのか、家光は二代秀忠の眠る増上寺ではなく、寛永寺に傾倒した。

家光によって建てられ、家綱、綱吉と二代の墓を預かった寛永寺が、二代秀忠一人だけの増上寺をおさえ、幅をきかせるようになった。

もし、六代将軍家宣まで寛永寺に奪われたら、増上寺の徳川家菩提寺が名前だけのものになることは確実であった。

「新井白石さまが、気にされるのも当然だな」

聡四郎は、大宮玄馬にさがっていいと伝えた。

増上寺に金が流れたであろうことはわかったが、すぐに取りかかることはできなかった。

将軍の菩提寺にかかわることを担当する伺い方は、勘定衆のなかでも優秀な人物が選ばれていた。それだけに勘定筋の家柄でも特に堅い人物が多く、慣習を破壊した聡四郎たちにいい感情を持ってはいなかった。

「資料は手に入りませんか」

聡四郎の問いに太田彦左衛門が首肯した。

「新井さまからどうにかしていただくことはできませぬか」

太田彦左衛門の願いに、聡四郎は難しいと首を振った。

「新井白石さまがこの度《たび》の狙いは、勘定方ではなく、間部越前守さまでございますから」

「間部越前守さまを追い落とされるつもりで」

太田彦左衛門が驚愕した。

無理もないことだった。後ろ盾だった六代将軍家宣の死去により没落していくはずだった新井白石を救ったのは、七代将軍となる鍋松の寵臣間部越前守であった。そのことを幕臣の誰もが知っていた。

「なにやらややこしい事情がござるのでしょう。我ら命にしたがうだけの者にはわからないことが」

聡四郎は、そう応えるしかなかった。

家宣の遺言に新井白石がおこなった行為を追認した一文があったが、それは新井白石の今後を保証するものではなかった。

儒教による清廉潔白《せいれんけつぱく》な政、新井白石がめざしたそれは、人々、とくに特権を享受《きようじゆ》していた役人たちに耐えられるものではなかった。

新井白石がおこなったことは正しかったが、たくさんの敵を生み出していた。家宣のいない幕府に新井白石の座る場所はなかった。消えゆく前代の寵臣、それを救ったのが、間部越前守であった。

間部越前守は、家宣によって鍋松の側近として選ばれた。まだ己の意見も口にできない幼児を思うがままにあつかえるのだ。いわば、新しい幕府の最高権力者である。鍋松君の思《おぼ》し召し、その一言で大名を取りつぶすことも、己を百万石の太守《たいしゆ》にすることもできた。

死んだ家宣から先生と呼ばれていた新井白石もすでに敵ではなかった。

権力者は並び立つ者を、その座を狙う者を排除したがる。それは本能に近い行為であった。いままで家宣の奥を預かってきた間部越前守が、表の政まで手中に

「なんとしてでも任を果たさねばならないとの思いにとらわれすぎておられる」

「なるほど。おっしゃるとおりで」

袖吉も同意した。

「ご自身が走狗《そうく》にすぎないとご存じではあるようだが、それでも必死になられる」

「純粋すぎると」

「紅の言うとおり、馬鹿正直なんだよ、水城さまは」

相模屋伝兵衛がため息を漏らした。

「手助けをしてやろうとお思いなんでやしょう」

袖吉が真剣な顔をした。

「娘の泣く顔は見たくないからな」

相模屋伝兵衛が親の顔になった。

「で、あっしはなにをいたしやしょう」

袖吉が助け船を出した。

「力を貸してくれるか」

「親方には、拾っていただいた恩がございやすから」

袖吉が首肯した。

「あのままじゃ、あっしは盗賊《ぬすつと》か、人殺し。一段高い棚の上で晒《さら》されていたか、島流しになってやした。それを親方に拾っていただいたおかげで、人がましい顔をさせていただいてやす。どうぞ、遠慮なくお命じを」

袖吉が頭を下げた。

「すまねえな」

礼を言った相模屋伝兵衛の顔つきが変わった。

「寛永寺に忍んで欲しいんだよ」

「……寛永寺で。増上寺じゃなく」

相模屋伝兵衛の言葉に袖吉が首をかしげた。

「ああ。敵のことを知るは敵に優《まさ》る者なしだからな。寛永寺が家宣公の墓所を増上寺に奪われたまま、黙っているとは思えねえだろ」

相模屋伝兵衛が説明した。

「なるほど」

袖吉が納得した。

「家宣公を奪われたということは、次代の上様のご葬儀も持っていかれたにひとしいからな。このまま黙っているわけはない」

相模屋伝兵衛が断言した。

家光によって狂わされた葬儀の系譜は、家光、家綱、綱吉と三代続いて寛永寺に筋目を作った。これは寛永寺だけではなく、増上寺にもかかわる慣例となった。親子は、同じ寺に葬られる。家光、家宣によって断たれた系譜は、次に切る者が出るまで続くのだ。

すでに寛永寺が次を狙って動いていることは、ちょっとものの見える者には予想ずみのことであった。

「合点《がってん》でさ」

袖吉が、茶碗をおいた。

二

音曲停止が解かれたことで、一放流入江無手斎の道場も再開していた。

黒覆面の見せた太刀を入江無手斎に披露してからずっと、聡四郎は夜稽古にかよわされていた。誰もいなくなった深夜の道場で入江無手斎を相手に袋竹刀を振るう。まるで己のすべてを教えこもうとするかのように、きびしい手を送ってくる入江無手斎相手に、聡四郎はよく耐えた。

「もう一歩踏み込め。間合いを取ろうとするな」

入江無手斎が、聡四郎の袋竹刀を撃ち落とした。

「馬鹿者が。そんな見え見えの待ち太刀にかかるようなやつはおらぬわ」

聡四郎は、入江無手斎に羽目板までとばされた。

「たわけ、技と技のつながりが悪すぎる。それでは、一撃ずつ出しているのとなにも変わらぬではないか」

入江無手斎の叱咤が聡四郎をうった。

「一伝流を倒すことは、いまの聡四郎では無理だ」

入江無手斎の一言が、この状況を生み出していた。

あの夜、一伝流の名前を聞いた入江無手斎の驚愕は、聡四郎の予想をはるかにこえた。

「まことか、まことに一伝流前腰の太刀と申したのだな」

「はい」

入江無手斎の反応に聡四郎はとまどっていた。

「生きていたというのか、あやつが」

入江無手斎がつぶやいた。

「あやつ……でございますか」

聡四郎が聞きとがめた。

「浅山一伝斎《あさやまいちでんさい》よ」

入江無手斎が告げた。

「その御仁は、どのような」

聡四郎が、初めて聞く名前だった。

「浅山は鬼よ」

入江無手斎が、表情を引き締めた。

浅山一伝斎は上野《こうずけ》国の人だと伝わっている。元和元年（一六一五）に軍学師範を生業とする浅山玄蕃《げんば》の三男として生まれた。

浅山玄蕃は、丹波《たんば》の戦国大名波多野《はたの》家の一族赤井景遠《あかいかげとお》の軍師であったが、波多野家が明智光秀によって滅ぼされたのを機に上野まで流れてきた。

一伝斎、幼名三五郎《さんごろう》は利発な子供であった。軍学書を幼いころから読み、七歳で武術の修行を始めた。

を学んだ。
香良山《こうらさん》の山中にあった不動明王のお堂に籠もって剣、棒、柔術、鎖鎌、居合い
十二歳のとき、不動明王の降臨を経験し、ついに武術の極意を会得した。この
のち、一伝斎は、修験者《しゅげんじゃ》となって修行の旅に出た。鉄の錫杖《しゃくじょう》を持っていたが、
腰には脇差《わきざし》を差しただけであった。
「儂と一伝斎が出会ったのは、三十年以上前のことだ。まだ、儂も道場を持たず、
武者修行を重ねていた」
入江無手斎が、思い出すように目を閉じた。
「京の鞍馬山《くらまやま》だった」
鞍馬山は源 義経《みなもとのよしつね》を始めとして、鬼一法眼《きいちほうげん》など武術の名人にかかわる逸話が
多く、武者修行の剣士たちが一度は参籠《さんろう》する場所であった。
「一伝斎と儂は鞍馬山の道場で対峙した。一伝斎は棒を、儂は小太刀を遣った。
もちろん真剣ではないぞ。稽古用の木刀じゃ。一伝斎は六尺（約一・八メート
ル）の棒をまるで箸のように軽々とあつかったが、儂が勝った」
入江無手斎が語った。
「一年後に再戦をと残して、一伝斎は去った。そして一年後、また儂が勝った。

一伝斎も修行を重ねたが、儂とて遊んでいたわけではないからの。一年に一度の試合を何度かおこなったが、儂は勝ち続けた。あれは暑い年だった。やはり儂に敗れた一伝斎が、今度は三年後と言った。儂は了承した。一伝斎の真摯《しんし》な姿を好ましいと感じていたからな。本来武者修行中の剣士に先の約束はない。いつ仕合《しあい》で死ぬかも知れぬのだ。だが、あえて儂は応じた。一年ごとに地力をつけていく一伝斎の三年後が楽しみであった」

入江無手斎の話は続いた。

「三年という月日は長いようだが、武者修行を続けているとあっという間よ。三年目の秋、儂は九州にいた。一伝斎との約定《やくじょう》は、大晦日。十分に間に合う。安芸《あき》の広島、備前《びぜん》岡山、播磨姫路《はりまひめじ》と各地の道場を訪ね、儂が京の鞍馬寺に入ったのは、師走の十五日のことだった。一伝斎はまだ来ていなかった」

入江無手斎が回想した。

「一伝斎は、いつ来たのでしょうか」

「来なかった。一伝斎はついに鞍馬に姿を現すことはなかった。儂は春まで待った。病に倒れたか、怪我でもして遅れているのではないかと思ってな」

聡四郎の問いに入江無手斎が首を振った。

「よくあることだ。武者修行、とくに他流試合や道場破りは命がけよ。負ければ腕をへし折られる、勝てば命を狙われる」

「…………」

聡四郎は、己がけっしておこなうことのできない試練の苛烈《かれつ》さに声も出せなかった。

「武者修行中の身に失うものはないが、挑戦されて負けた側は失うものが多々ある。名前に傷がつくだけではない。道場ならば負けたという評判で弟子はいなくなり、その土地にいることはできなくなる。剣術指南役ならば、まちがいなく御役御免の上、召し放ちだ。いきなり生活《たつき》の道を奪われるのだ、必死になるのが当然。道場で一対一などという生やさしいことはまずない。弟子をいっせいにかからせてきたり、食事をと誘って毒を盛ったり、帰途を闇討ちするなど日常茶飯事である。試合に勝っても奸計《かんけい》に落ちて命を落とす者は山ほどいた。一伝斎がその一人になってもおかしくはなかった」

入江無手斎が、告げた。

「剣客剣士のつきあいというのは、このようなものだ。一伝斎との再会をあきらめた儂はふたたび武者修行の旅に出た」

そこで入江無手斎が言葉をきった。

「九州から京へと上った儂は、この度は、京から紀州熊野へと下った。熊野には剣術の祖の一人、陰流《かげのりゆう》愛洲移香斎《あいすいこうさい》の伝説がある。修験道とも密接なかかわりを持つ陰流の源を、儂はこの目で見たいと思った。それに紀州には、著名な道場もあったからな」

入江無手斎がふたたび話を始めた。

「摂津《せっつ》、河内《かわち》、和泉《いずみ》を経て紀州に入った儂は、そこで嫌な噂を聞いた」

「嫌な噂でございまするか」

聡四郎が訊いた。

「うむ。和歌山城下のとある道場に寄寓《きぐう》していたときのことだ」

武者修行中の剣士は、あらゆる伝手《つて》を頼って道場や寺社に宿を求めた。また、道場でも他流試合を申しこまれるよりはましと、武者修行の剣士を引き受けた。

「紀州田辺《たなべ》城下で、道場がつぎつぎに潰されておるとの噂だった」

「道場が……」

聡四郎が目を見張った。

「道場破りでさえないという。道場破りには作法がある。玄関前で訪《おとな》いを入れ、主の許しを得てから道場にあがり、そこで試合をおこなう。だが、そやつは違った。いきなり玄関から土足のままで道場に侵入すると、声もかけずに斬りつけていくのだ」

「それは剣術の試合でさえございませぬ」

聡四郎がうめいた。

「うむ。剣の戦いが殺しあいでないとは言わぬが、これはただの人殺しよ」

入江無手斎もうなずいた。

「紀州城下の道場は戦々恐々《せんせんきようきよう》となった。もちろん、あの者たちも矜持《きようじ》を持つ武芸者。震えて逃げだすことはない。人を集め、武器を整えて待った。そして七日目の夜、城下はずれの道場が襲われた」

「………」

聡四郎が息をのんだ。

「八人が死んだよ。みごとな一撃ばかりだった。死体を見た儂は、その太刀筋に覚えがあった」

「一伝斎……」

聡四郎が思わず名前をつぶやいた。

「うむ」

入江無手斎の顔がゆがんだ。

「三日後、儂は確認した。儂の滞在している道場へ、撃ちこんできたのだ」

「師……」

聡四郎がつぶやいた。

「油断はしていなかった。初心の弟子たちは帰らせていた。道場に残っていたのは、切《き》り紙《がみ》以上だけ。道場の扉も片方を釘で打ちつけて準備万端だった」

「いかがなりましたので」

思わず聡四郎は身をのりだした。

「二人殺されたが、撃退することができた。いや、逃げられたというのが正しいかも知れぬ。儂と二合《ごう》ほど撃ちあった後、一伝斎は身体をひるがえして逃げた。追うだけの余裕は儂にもなかった。一伝斎は以前とくらべものにならぬほど腕をあげていた」

入江無手斎が、嘆息した。

「そのあと、どうなりましたのでございまするか」

聡四郎が先をうながした。

「その夜から道場を襲う者は出なくなった」

「終わったのでございますか」

「いや」

入江無手斎が否定した。

「十日後、儂あてに果たし状が届いた」

「果たし状……」

「うむ。三日後紀州の山中にて待つとあった。儂は、したがった」

「どうなったのでございますか」

聡四郎が静かに問うた。

「勝った。儂の一刀が刹那《せつな》早かった。後にも先にもあれほど命が削られた仕合はなかった。一伝斎は人ではなくなっておったわ。鬼よ。その一撃はまさに雷光より疾く、岩をもくだいた。一放流の疾さがなければ、儂は死んでいた。渾身の雷閃が一伝斎の右肩を断った。一伝斎はそのまま山を落ちていった。奈落《ならく》の底ではなかったが、探すだけの気力は儂にもなかったのでな、そのまま去ったのだが。生きていたとはな」

入江無手斎が瞑目《めいもく》した。

「生きていたとは限らないのではございませぬか。一伝流を学んだ者が他にいなかったとは思えませぬ」

聡四郎は、一つの案を見せた。

「一伝斎はな、鞍馬で会ったときに申しておった。己が納得するまで弟子は取らぬと」

「…………」

聡四郎はなにも言い返せなかった。

「一伝斎が今も生きているかどうかは知らぬ。だが、一伝斎の技は伝わっている。聡四郎、一伝流は、剣術ではない。今のおまえではとうてい敵《かな》うものではない。逃げよ」

入江無手斎が聡四郎に勧めた。

「それはできませぬ」

聡四郎が首を振った。

「ご奉公か」

「はい」

聡四郎は力強くうなずいた。

「われら旗本は万一に備えて、先祖代々の禄を働くこともなくちょうだいして参りました。お役目にかかわることであるならば、けっして逃げることは許されませぬ」

　こうして聡四郎の稽古漬けの日々が始まった。

「聡四郎、おまえに剣の才はある。それはまちがいないことだ。だが、それを開かせるかどうかは研鑽しだいだ。また、花開いたところで一伝斎が弟子と認めた者に敵うかどうかはわからぬ。たとえ、腕でまさっても仕合となれば話は別よ。地の利、ときの運など人智ではどうしようもないものが、複雑にからみあってくる。しかし、修行をせぬ者に天は微笑んではくれぬ」

「はい」

「では、続けるぞ。足に気を配れ、手は足と腰についてくるものだと思え。よいか、腕だけで太刀を振るうな。足の指先で地を探るのじゃ」

　入江無手斎の叱咤は夜が更けるまで続いた。

　永渕啓輔は、柳沢吉保に呼びだされていた。

「要らぬ手出しをしたな」

柳沢吉保は、中屋敷庭の四阿《あずまや》で、永渕啓輔に冷たい声をかけた。

「儂が気づかぬとでも思うたのか」

「申しわけございませぬ」

永渕啓輔が平伏した。

「我慢できなかったようだの」

柳沢吉保が言った。

「どうもそなたは思い違いをしておるようじゃ」

柳沢吉保が静かな口調で話した。

「そなたは剣術遣いではない。狗《いぬ》だということを認識せねばならぬ」

「…………」

永渕啓輔は無言で頭をたれていた。

「命じられたことだけをすればよい。判断するのは儂。そなたではない。水城を抹消《まっしょう》するときは、儂が告げる。それまでは接触することは許さぬ。二度はない」

「はっ」

柳沢吉保の怒りを永渕啓輔は平伏して受けた。

「で、水城はどうしておる」

「連日、道場に泊まりこんで稽古をいたしておりまする」

柳沢吉保の問いに永渕啓輔が答えた。

「剣術の稽古か……ふうむ。ならば増上寺や金座のあたりをうろついてはおらぬのだな」

「はっ」

柳沢吉保のつぶやきを永渕啓輔が肯定した。

「おもしろいな。そなたの馬鹿も少しは役にたったか。まあよいわ。永渕」

「はっ」

「水城からけっして目を離すな。あやつが動きを逐一、儂に伝えよ」

「承知つかまつりましてございまする」

柳沢吉保の命を永渕啓輔は受諾した。

「まちがえるなよ。そなたと水城では、相手がはるかに上だということをな。戦いは剣だけではない」

「…………」

永渕啓輔は黙って平伏した。

配下を無情に追い返した柳沢吉保を紀伊国屋文左衛門が待っていた。

「おじゃましておりまする」

腰を深く折った紀伊国屋文左衛門に柳沢吉保があきれた。

「暇なようじゃの」

「はい。なにぶん、紀伊国屋文左衛門は隠居しておりますもので」

紀伊国屋文左衛門が笑った。

「隠居同士、茶でも飲んで話でもしようと申すか」

柳沢吉保も頬をゆるめた。

五代将軍綱吉の寵臣として権力を振るった柳沢吉保だったが、六代将軍家宣に代わるなり、幕閣から追われた。

機を見るに敏な柳沢吉保は、宝永六年（一七〇九）六月に藩主の座を息子甲斐守吉里《よしさと》に譲って隠居した。

家宣が将軍宣下してから一ヵ月という早さであった。

綱吉の世におこなわれた悪法すべてにかかわった柳沢吉保は、咎めだてられる前に表舞台から身を退いた。

もちろん隠居したからといって家宣も見逃すつもりはなかったが、それよりも悪法生類憐みの令の廃止をふくめて、手をつけなければならないことが山積していた。

そして家宣は恨み骨髄の片割れ、柳沢吉保に罰を与える暇もなく、他界することになり、柳沢吉保と甲府藩十五万石、預かり地を入れれば二十二万八千七百六十五石の大藩は無事に存続した。

「で、茶飲み話はなんだ」

柳沢吉保が尋ねた。

「本多《ほんだ》さまが、ご先代上様の御遺言お預かり衆になられたそうで」

紀伊国屋文左衛門がにやりと笑った。

本多とは、下総古河城主本多中務大輔《なかつかさたいふ》忠良《ただよし》のことであった。

徳川家康を支え、天下取りに功績のあった四天王の一人、本多忠勝《ただかつ》直系の子孫であった。

当主本多中務大輔は、今年二十三歳の若さながら譜代名誉の地古河の城を与えられ、二年前から側用人として将軍近くに仕えていた。数度にわたる転封で疲弊《ひへい》した財政を助けてもらうかわりに、柳沢吉保の配下となっていた。

その本多中務大輔が、家宣の遺言が読みあげられている間部越前守と並んで上座に立っていた。

「家柄からいけば、当然のことだと思うがな」

柳沢吉保が含み笑いをした。

「さすがのお手なみで」

紀伊国屋文左衛門が、感嘆した。

「夕餉の用意をな。紀伊国屋、相伴いたせ」

柳沢吉保が、手をたたいて家臣を呼んだ。

「これは、畏れおおいことでございまする」

紀伊国屋文左衛門が頭をさげた。

「四天王のうち、これで井伊と本多の両家はご大老さまのお手内に……」

「ふふ。よくしてくれておる」

井伊とは、今の大老井伊掃部頭直該《なおもり》のことだ。

井伊掃部頭は明暦二年（一六五六）生まれで五十七歳になる。叔父のあとを継いで彦根《ひこね》藩主となり、元禄十年（一六九七）に大老になった。三年で致仕《ちし》したが、宝永八年（一七一一）ふたたび大老に補され、柳沢吉保なきあとの幕閣を統治していた。

「あとは、榊原《さかきばら》さまと酒井さま」

紀伊国屋文左衛門が名前をあげた。ともに徳川の譜代大名の名門であった。

「だがの、いかに譜代大名どもをおさえても御三家があるかぎり、吉里の芽は吹いてはくれぬ」

柳沢吉保が、めずらしく気弱なことを口にした。

「なにをおおせられますやら。そのためにわたくしがおるのでございまする。ご安心くださいますように」

紀伊国屋文左衛門が、しっかりとした口調で告げた。

「手をうったというか」

「はい」

「尾張と水城を噛みあわせたことは聞いたが、お旗持ちを減らしたぐらいでは、御三家筆頭は揺らがぬぞ」

柳沢吉保が難しい顔をした。

「尾張のお殿さまは、きわめて女がお好きだそうで」

紀伊国屋文左衛門が下卑《げび》た笑いを浮かべた。

「妾に溺れておるということは耳にしたが……」

柳沢吉保が言った。

大老格の地位をおり、隠居したとはいえ、柳沢吉保の力はほとんど減じてはいなかった。江戸城中で起こることはもちろん、全国の大名たちの動静も的確につかんでいた。

「尾張さまのもとに、一人わたくしの手の者が」

「紀伊国屋文左衛門が選んだ者か」

柳沢吉保が、目を少し見開いた。

「どのような男だ」

「もと役者でございましてな。これほどの色男はなかなか見つかりませぬ。で、その男には妹が、そのじつは色女なのでございますが、おりまして。これが死人でも起きあがろうかというほどの美形で」

紀伊国屋文左衛門が答えた。

柳沢吉保が届けられた膳に手を伸ばした。

「たしか、吉通どのの妾は江戸屋敷の側用人守崎《もりさき》なんとやらの妹であったの」

「お側《そば》さらずとか」

紀伊国屋文左衛門が、膳の煮物に箸をつけた。

「これは、変わったものでございまするな」

一口食べた紀伊国屋文左衛門が、驚いた。

「であろう。彦根の名物だそうだ。井伊家から毎年将軍に献上している牛の肉のみそ漬けでの、滋養強壮にこれほどのものはないとか」

柳沢吉保も箸を伸ばした。

「猪は食べたことがございますが、牛は初めてでございまする。いや、なかなかにけっこうなものでございますな」

紀伊国屋文左衛門が喜んだ。

「吉通どのの側用人守崎と会っておるのか」

「はい。少しばかりお話をいたしました」

「ふうむ。おもしろいことになりそうじゃな」

柳沢吉保が、口の端をゆがめた。

「そう申しますれば、尾張のお殿さまに七代将軍をとのお話があったそうにうかがいましたが……」

紀伊国屋文左衛門が問うた。

「うむ。正式に話があったわけではないぞ。これは文昭院さまが、病に臥されてからしばらくして、新井白石に御下問あっただけじゃでな」

「新井白石さまにでございますか」

「うむ。同席していた小姓の話によるとな、文昭院さまは、鍋松君がまだ幼いことを懸念されたそうだ」

柳沢吉保が思いだすように目を閉じた。

「鍋松が儀、天下を統《す》べるに足る器かまだ明らかにならず。尾張どのは文武に秀で、天下の衆目《しゅうもく》もありと聞く。よって鍋松が成人するまで、尾張どのに大統を預け、しかるのちに鍋松の器量を推《お》し量り、将軍たるならば、その座を譲らしめ、ならざるときは五十万石ほどの領地を分け与えよ。そう申されたそうだ」

柳沢吉保が家宣の言葉をなぞった。

「そのようなことを。で、新井さまはどのように」

「和漢蘭の歴史を繙《ひもと》けば、幼き皇帝、天皇の即位されし例は枚挙《まいきょ》にいとまなし。鍋松君をご擁立《ようりつ》す我ら家臣一同が、専一《せんいつ》に忠義をつくせばなんのご懸念ありましょうや。栴檀《せんだん》は双葉《ふたば》より芳《かんば》しと申しまする。また、将軍家はお血筋正統なるお方がお継ぎ遊ばすが肝要。連枝《れんし》は幹なきのためにあり、本末をかえるようなまねは、かえって国の乱れを誘いかねませぬ、と答申したそうじゃ」

「なかなかおみごとな」

紀伊国屋文左衛門が感心した。

「一世一代じゃからな。将軍が尾張から出れば、新井白石は役目を解かれるは必《ひつ》定《じよう》。ようやく手に入れた政にくわわれる地位を失うことは、避けたいであろう」

柳沢吉保が、淡々と述べた。

「新井さまも必死だと」

「そういうことだ」

柳沢吉保が、食事を終えた。

「尾張は紀伊国屋文左衛門、そなたに任せた」

「うけたまわりましてございまする」

紀伊国屋文左衛門が、ていねいに腰を折った。

「残るは、紀州だけか」

柳沢吉保が白湯をすすった。

三

江戸城の鬼門守護として建築された寛永寺は、増上寺をこえる威容を見せつけていた。

「夜見るといっそう大きいな」

袖吉がつぶやいた。

すでに時刻は子《ね》の刻（午前零時ごろ）を過ぎていた。悪所帰りの遊客の姿もなく、江戸の町は完全に眠りについていた。

「さすがは将軍家ご祈願所だけのことはあるぜ。門前にかがり火と寝ずの番ときてやがる」

袖吉は、不忍池《しのばずのいけ》に近い植えこみのなかからようすをうかがった。寛永寺の出入り門は、江戸城に近い黒門と北東にあたる坂本門の二ヵ所であった。もちろん山内へ入る門はほかにも車坂門や屏風坂門などもあったが、直接寺内へ続いているのは、この二ヵ所だけである。袖吉は黒門から入るのをあきらめた。

不忍池にそって少し行ったところに忍岡《しのぶがおか》稲荷に続く参道があった。忍岡稲荷は寛永寺の末社《まつしゃ》の一つであり、そこからも山内に入ることはできた。

袖吉は、参道の脇、林のなかを足音もたてずに進んだ。

半丁（約五五メートル）ほどで稲荷社の前に着いた袖吉は、隠れるもののない大仏前の広場に出るため、気配を探った。

大仏をこえた左手には、江戸でもっとも大きな東照宮があった。これは徳川家康を絶対として敬愛した三代将軍家光が勧請《かんじょう》した。増上寺の境内に祀《まつ》られていたものとはくらべものにならなかった。

その東照宮と一つになるように区分けされた別院が、東叡山寛永寺別当《べっとう》寒松院《かんしょういん》であった。

「ここだ」

袖吉は、月によってもたらされた影を伝うようにして寒松院に近づいた。

東叡山寛永寺は輪王寺宮《りんのうじのみや》を貫首《かんじゅ》としていただく天台《てんだい》宗であった。輪王寺宮は選ばれて関東に下向《げこう》した宮家であったが、その意味は朝廷が江戸に差しだす人質に近く、寺院の実務に対してはなんの権も持っていなかった。

寛永寺を実質支配しているのが、寒松院の院主である別当であった。

将軍家お出入りの人入れ屋として相模屋伝兵衛は、寛永寺ともつきあいが深い。このあたりの内情にも詳しかった。

寒松院は寛永寺にある末寺のなかでもとりわけて大きく、その敷地は五千坪をこえている。どこかの大名が寄贈した立派な常夜灯籠の灯りが、その威容を浮かびあがらせていた。

「ごめんなはいよ」

袖吉は、一間（約一・八メートル）ほどの塀を軽々と乗りこえた。降りたったところは、金のかかった枯山水《かれさんすい》の庭だった。

砂利を踏めば音がするうえに、足跡が残る。

袖吉は、塀際を猫のように走って、寒松院の建物へと侵入した。

翌朝、相模屋伝兵衛は、店に顔を出した袖吉に問うた。

「どうだった」

「うまくありやせんや。昨晩はなんもなしで終わりやした」

袖吉が首を振った。

「そうかい。そりゃあ、そうだな。いきなりうまくいくほど世のなかは、つごうよくできちゃいねえな」

相模屋伝兵衛が袖吉をなぐさめた。

そんな会話が数日続いた朝、いつもなら、夜明けと同時に家を出る紅が、袖吉が来るのを待っていた。

「おや、お嬢さん、また喧嘩でもなされたんですかい」

やってきた袖吉が目を丸くした。

「馬鹿言うんじゃないよ。またとはなに、またとは」

紅が眉をつり上げた。

「くわばら、くわばら」

袖吉が首をすくめた。

「喧嘩じゃねえとしたら、どうしたんでやす。いつもならとっくに本郷御弓町へ向かっておられるころですぜ」

袖吉が怪訝な顔をした。

「あんたを待っていたの」

紅が告げた。

「あっしを」

袖吉の目がちらと光った。

「なにをやっているの」

紅が尋ねた。

「なんのことで」

袖吉がとぼけた。

「ごまかそうとしても無駄。あたし昨日、増上寺の普請場に行ったんだから」

紅が、きびしい声で言った。

相模屋伝兵衛の一粒種である紅は、父親の手伝いで普請場や石切場《いしきりば》など職人や人足を出しているところを見てまわっていた。作業の進捗《しんちょく》や安全などの確認をするためである。

聡四郎の家にかようようになっても、お昼の二刻《ふたとき》（約四時間）ほどは、かならずそうしていた。

「ここ数日、普請場に顔を出していないそうね」

紅は、職人から袖吉が来ていないことを聞いていた。

「ちょっと、吉原で居続けを」

袖吉が頭を掻いた。

「いい加減にしないと怒るわよ」

紅の声が低くなった。

「よしなさい」

背後から相模屋伝兵衛が声をかけた。

「親方、すいやせん。あっしが増上寺へ顔を出していれば」

袖吉が詫びた。

「いや、そんなことをしては、どっちつかずになるだろう。わしのわがままで無理を頼んだのだ」

相模屋伝兵衛が、手を振った。

「お父さま」

紅が相模屋伝兵衛の顔を見た。

「うむ。袖吉に出てもらっている」

それだけで親娘の間はつうじた。

「……ありがとうございまする」

紅が、伝兵衛の気遣いに膝をついて礼を言った。

「さあ、おまえはもう行きなさい。さもないと、水城さまの登城に間にあわないよ」

父親にさとされて、紅が店を出ていった。

「娘が女になるのを見るというのは、父親にとってうれしいようでつらいものだな」

「…………」

相模屋伝兵衛がつぶやいた。

袖吉は無言でそれに応えた。

「だが、紅に気づかれるぐらいだ、あまりゆっくりもしておられぬな」

相模屋伝兵衛が、雪駄をつっかけた。

「どちらに」

「寒松院さまへ行ってくる」

袖吉の問いに相模屋伝兵衛が答えた。


その夜、いつもより早めに忍んだ袖吉は、相模屋伝兵衛の布石《ふせき》が効果を表したことを知った。

寒松院の屋根裏で袖吉は別当と初老の僧侶が話しているのを聞いた。

「今朝、相模屋伝兵衛が来おったわ」

別当が口を開いた。

「学僧から聞きましたが、何用でございましたか」

初老の僧侶が問うた。

「用というほどのものではなかったが、儂のご機嫌をうかがいにと申しておった」

「言葉どおりではございませぬな」

「うむ。相模屋伝兵衛はものの見える男よ。この度の増上寺文昭院さま御廟所普請を請けおっただけで満足はしておらぬ」

「と申されますと」

「次は当寺が墓所となるべきだと言いたいようであった」

別当は、相模屋伝兵衛の思惑をくみとっていた。

「なるほど。増上寺に媚《こ》びるだけでは、幕府お出入りはやっていけぬと」

初老の僧侶が感心した。

「さすがよな。だが、しょせんは町人よ。次も増上寺になるということまでは読めておらぬ」

別当が小さく笑った。

「やはり、七代さまは無理でございまするか」

初老の僧侶が肩を落とした。

「しかたないであろう。七代さまの寵臣が間部越前守ゆえにな。あやつは増上寺に取りこまれておる」

別当が苦々しい顔をした。

「たしかに我らが家光さま以来三代にわたって葬儀を執りおこなってきたことにあぐらをかいていたことが悪かったのだが、増上寺のくされ坊主どもの動きを見逃していたのはかえすがえすも無念なことだ」

「ですが、われわれも文昭院さまのご体調が優れぬと聞いて、すぐ老中方に手を伸ばしたではございませぬか」

初老の僧侶が悔しそうに言った。

「遅かったのだ。増上寺はの、文昭院さまが将軍になられてすぐに動いていたのよ」

「なんと、そんなにも早く」

初老の僧侶が驚愕した。

「あやつらは、上様の不幸をずっと願っておったのだ」

「それを世に漏らせば、次は我らのところに……」

「たわけ。なんの証もないことを口にしてどうなる。それこそ、寛永寺は増上寺に負けた恨みで根も葉もないことを言いだしたと、寺の格に傷がつくわ」

初老の僧侶の提案を別当が切って捨てた。

「なにより、とうぶんの間、幕政を手にする間部越前守を敵にまわすことになるのだ。それこそ東叡山の存亡にかかわりかねぬ」

「では、このまま手をこまねいておれと申されるか、別当どのは」

初老の僧侶が、わめいた。

「大声を出すな。修行の僧どもに聞こえるではないか」

別当がたしなめた。

「誰がこのまま衰退を望むものか。東叡山寛永寺は門跡寺院であるとともに将軍家祈願所なのだ。比叡山延暦寺にまさる国家鎮護の格と寺領を持たねばならぬ」

「どうなさるおつもりか」

初老の僧侶が訊いた。

「柳沢前美濃守どのに会う。あの御仁は、先を読まれておろうほどにな」

別当が、宣した。

袖吉は、そこまで聞いて屋根裏から撤退した。

将軍家祈願所に忍びこむ不埒な輩はいないと思っているのか、屋根裏には忍び返し一つさえもなかった。

夜の江戸の町をねぐらに向かって走っていた袖吉が、辻角で横っ飛びに逃げた。

常夜灯を禁じられた町屋の辻は、漆黒《しっこく》の闇にひとしい。そこから黒ずくめの男が姿を現した。

「相模屋伝兵衛の手の者だな」

低い声で黒ずくめが言った。

「どこかでお目にかかりやしたか」

袖吉が両手を着物にこすりつけて汗を拭いた。黒ずくめの圧迫感に押されていた。

「…………」

無言で黒ずくめが間合いを詰めた。

袖吉は逃げだせなかった。背中を見せれば確実に殺されると袖吉は感じていた。

「いさぎよいな」

黒ずくめが笑いながら刀の柄に手を伸ばしたとき、袖吉が深く息を吸った。

「人殺しだあああ」

袖吉が大声で喚《わめ》いた。

寝静まった江戸の町に袖吉の悲鳴がとどろいた。

「な、なにっ」

袖吉の意外な行動に黒ずくめが一瞬たじろいだ。

それを袖吉は見逃さなかった。思いきり後ろに跳んで脱兎《だっと》のごとく逃げだした。

「ちっ」

追いかけようとした黒ずくめは、袖吉の叫び声で周囲の町屋から人が顔を出す気配を察知して、ふたたび辻の闇へと消えていった。

逃げだした袖吉は相模屋伝兵衛方へ向かわずに、本郷御弓町へと走った。

「旦那……」

聡四郎は、呼びかけられる前に目を覚ましていた。

「袖吉か」

「へい」

天井板が一枚口を開けて、そこから袖吉が落ちてきた。

「夜分にすいやせん」

「相模屋どのに何かあったのか」

聡四郎があせった。聡四郎にも相模屋伝兵衛が、いや紅が己の弱みであることがわかっていた。

「いえ、親方じゃなくて、あっしなんでさ」

袖吉が頭を掻いた。

「話を聞かせてくれるか」

聡四郎は、常夜灯にかけていた小袖を取って、寝間着の上に羽織った。覆いを取られた常夜灯が、部屋のなかを少し明るくした。

「じつは……」

袖吉が、相模屋伝兵衛から命じられたこともふくめて語った。

「かたじけない」

聡四郎は心から頭をさげた。

「勘弁してくださいよ。お旗本さまにお礼を言われちゃ、代々町人の先祖に顔向けできやせんよ」

袖吉が手を振った。

「…………」

聡四郎は袖吉の前身が武士ではないかと見ていた。

身のこなし、刀を持ったときのさまなど、生まれてすぐに両刀と触れあった者でないと醸《かも》し出せないものを袖吉は持っている。だが、聡四郎は本人が口にしないことを穿鑿《せんさく》する気にはならなかった。

「あの黒ずくめの野郎は、いったい何者なんでやしょうねえ」

袖吉が訊いた。

「昌平橋の上で拙者を助けた男ではないか」

聡四郎は確信していた。袖吉ほどの男が、あらがうどころか逃げだすことさえできないほどの圧力を発する者の心あたりは一人しかなかった。

「旦那、あれはいけやせんぜ」

いまさらのように、袖吉が身を震わせた。

「ありゃあ、人じゃねえですぜ」

「うむ。戦って勝てるとは思えぬ」

聡四郎も認めた。

「あいつは何者なんでやしょう」

袖吉が問うた。

「おそらく、柳沢吉保どのが手の者だろう。袖吉どのが、寛永寺の帰りに襲われたということから考えると」

聡四郎は読んでいた。

「ということは、寛永寺別当の話をあいつも聞いていたと」

「まちがいあるまい。でなければ今宵、袖吉どのを狙う理由がない」

「ちっ、隣にいやがったのか」

袖吉が唇を噛んだ。すぐ近くにひそんでいる敵に気づかなかったことを袖吉が悔やんでいた。

「じゃあ、あの野郎も寛永寺の別当を見張っていたと」

「いや、袖吉どののあとをつけたのだろう」

袖吉の質問に聡四郎は答えた。

「拙者と相模屋どののかかわりは知られていた」

聡四郎は後悔していた。なにかあれば相模屋伝兵衛に頼っていた己を情けないと反省していた。

相模屋伝兵衛や紅、そして袖吉は、太田彦左衛門のように聡四郎にしたがう義務はないのだ。

「もうしわけない」

聡四郎はふたたび深く頭をさげた。

「今後はこのようなことのないように、つとめ……」

「旦那」

詫びる聡四郎に袖吉が冷たい声をかけた。

「まさか、相模屋と縁を切ろうとなんぞ思っていらっしゃいませんよねえ」

「……そのとおりだ」

聡四郎は、袖吉と目をあわせた。

「おふざけになっちゃいけやせんぜ。旦那、相模屋を虚仮《こけ》になさるおつもりで。承知できやせんね」

袖吉の目が鋭く光った。

「旦那にお嬢さんを助けていただいたのが始まりになっているのは、たしかでやすがね。それだけでやっているわけじゃござんせん。旦那の目指しておられるものが正しいと思っているからこそ、力を貸しているんでさ」

「正しい……」

聡四郎が、くり返した。

「小判の改鋳《かいちゅう》も、吉原のことも、旦那はご自身のことを考えてやせんでしょうが。ずっとなにが正しいのかだけを求めて、戦っておられる。だから無茶も平気でされるんでしょうがね」

「命じられたことをしているだけなのだがな」

聡四郎は苦笑した。

「旦那はそういうお方だ。なればこそ手助けをしたくなるんで。いわば、心意《こころい》気《き》に感じたというやつでさ。こればかりはなんと言われようとも捨てられやせん。お武家さまだけの専売じゃねえんですぜ、意地というのは」

袖吉がはっきりと告げた。

「すまぬ」

聡四郎は、命が惜しくはないのかと聞き返さなかった。それがどれだけ覚悟を決めた者への侮蔑《ぶべつ》なのか知っていた。

「それに、お嬢さんがだまってひきさがるとは思えませんよ」

袖吉の声から緊張が消えていた。

「ううむ」

聡四郎はうなった。

「どうすればいいかぐらい、おわかりでやしょう」

袖吉の目が笑った。

四

聡四郎は久しぶりに新井白石と面会していた。途中経過を報告するためであった。

「そんなに早くからだというのか」

新井白石が、聡四郎の話を聞いて愕然とした。

「これは、又聞きでございますが」

聡四郎は袖吉から聞いたことも隠していなかった。

「越前守め、忠義そうな顔をしながら……文昭院さまのご早世《そうせい》を願っておったとは……」

新井白石が歯がみをした。

「証《あかし》はなにひとつございませぬ」

聡四郎は、新井白石のあまりの激昂《げきこう》に、釘を刺すことを忘れなかった。

「儂がそれほどうかつに思えるのか」

新井白石の声が鎮まった。

聡四郎はその激変に驚いた。真っ赤になった顔色さえ、もとに戻っていた。

「いえ」

「状況が見えぬほど、おろかではないわ」

新井白石が、聡四郎を叱った。

「大奥の上に菩提寺まで手に入れていたとは、越前守を見くびっていたようじゃ。ただの子守ではなかったということか」

新井白石が唇を噛んだ。

大奥の影響力は言うまでもないが、幕府に深く食いこんでいる増上寺の発言力は、寛永寺に劣るとはいえ、大きい。

「越前への対応策を考えねばならぬな」

新井白石が、口にした。

「水城ごときに話をしてもしかたがないがな」

「はあ」

ずいぶんな言われかただが、聡四郎は気にしなかった。

「ところで、先日、そなたの命を狙った者がいると聞いたが、その後どうなった」

新井白石が話を変えた。

「もう一度襲われました」

聡四郎は正直に答えた。

「尾張は、なにを考えておるのやら。将軍継嗣にかかわることだろうとは思うが、水城をどうこうしたところで、なにも変わらぬのに」

「さようでございまする」

聡四郎も首肯した。

「水城が、儂の手の者だと知ってのうえだろうが、ふうむ。たしかに儂の力を削《そ》ぐことになろうが、それだけで八代将軍の座が尾張に転がりこむわけではない。これは、裏で糸を引いておる者がおるな」

新井白石が腕を組んだ。

「儂の力を削ぐ、いや、そうではない。儂よりも先に排さねばならぬ者がいる。そう考えればどうなる。目的が、最初からそなたであったとしたら」

「わたくしでございますか、新井さまではなく」

聡四郎が目をむいた。

「吉原の一件、知らぬ顔をしておるようだが、儂は忘れてはおらんぞ。今は、それ以上にたいせつなことがあるゆえ、見逃しておるだけじゃ」

新井白石が、聡四郎をにらんだ。唯一の手足に対しても度量がない。新井白石の狭量さに聡四郎は心中であきれた。

「水城、思いあたることがあるのではないか」

「……紀伊国屋文左衛門」

新井白石の疑いに、聡四郎は豪商の姿を思い浮かべた。

「紀伊国屋文左衛門が、恨みだけでそなたを襲うとは思えぬ。商売人の底にはかならず損得がある。いまさら、水城を殺したところで、紀伊国屋文左衛門が得することはない」

新井白石が、小さく首を振った。

「そうか。柳沢吉保だな」

「それはっ」

聡四郎は、出された名前に驚いた。

「柳沢吉保の命を受けて紀伊国屋文左衛門が尾張にさせた」

「なんのためでございますか」

聡四郎には理解できなかった。

「ふむ」

じっと新井白石が聡四郎を見つめた。

「わからぬ。あまりにも話が細切れすぎる。まあ、いずれ知れることだ。うかつな憶測はかえって、よくない」

新井白石が、聡四郎にもういいと退出をうながした。

「では、これにて」

立ちあがり、下部屋の襖に手をかけた聡四郎に新井白石が声をかけた。

「増上寺と間部越前守の密約の証《あかし》を手に入れよ」

聡四郎は、思わず振り返った。そこには、冷徹な為政者の顔があった。

内座に戻った聡四郎を太田彦左衛門が出迎えた。

「いかがでございました」

「また無理難題を押しつけられました」

聡四郎は苦笑した。

「後ほど」

太田彦左衛門の言葉に聡四郎は首肯した。周囲が聞き耳をたてているのはわかっている。ただ、荻原近江守の復権がないことがわかって、かつてほどの敵意が向けられることはなくなっていた。だが、聡四郎と太田彦左衛門が勘定方から浮いたままであることは変わらなかった。

聡四郎と太田彦左衛門は、下城時刻を待ちかねていたように日本橋小網町の煮売り屋に来ていた。師走に入っていたが、人足たちは家宣の喪中で停止されていた普請の再開で正月準備どころの騒ぎではなかった。

煮売り屋は、少しずつ席を譲ってもらわなければならないほど混んでいた。密談をするのにこれほど最適の場所はなかった。誰もが己のことだけに必死で、周りに気を遣うだけの余裕がない。その日暮らしの人足たちにとって、他人の話より明日の天気がたいせつなのだ。

聡四郎は太田彦左衛門のために飯と菜と汁を注文し、己は酒と豆腐の煮物を頼んだ。

「お食べにならないので」

太田彦左衛門が気がねして訊いた。

「屋敷で食事をせねばなりませぬので」

紅が夕餉を作って待っていることを太田彦左衛門に語った。

「相模屋伝兵衛の……それはそれは」

太田彦左衛門が、うれしそうに笑った。

「さて、新井さまのお話でございまするが、いったいなにを命じられましたので」

太田彦左衛門が飯に汁をかけながら問うた。

「その前に……」

聡四郎は紬吉の調べてきたことなどを話した。

「ううむ」

太田彦左衛門が、うめいた。

「越前守さまも思いきったことを……」

「まさに。この話が漏れれば、いかに先代さまのご寵愛深く、ご当代さまの傅育を任されているとはいえ、無事ではすみませぬ」

聡四郎も首肯した。

幕府にとって最大の罪は謀反《むほん》である。将軍の死を願うことは、幕府の安定を崩すことに繋《つな》がり、謀反とおなじあつかいを受けていた。

謀反とされれば、一族郎党なで斬りであった。謀反だけは女子供といえども許されることはなく、生まれたばかりの赤ん坊も、腹に子を宿している妊婦でも磔獄門《はりつけごくもん》と決まっていた。

「その証を手に入れてこいと」

太田彦左衛門が確認した。

「はい」

聡四郎は首肯した。

「雲をつかんで参れと命じられるほうがましでございますな」

太田彦左衛門が、あきれた。

「あるかどうかも、またあってもどこにあるかわからぬものを持ってこいとは。

新井さまは、わたくしどもをなんと思われておるのでしょうなあ」

「便利な道具というところでござろうか」

聡四郎が告げた。

「一蓮托生というなら、まだわかりまするが……」

太田彦左衛門が、あきれた。

「泥船に乗せられているのは、われらだけでしょうな」

聡四郎が嘆息した。

「しかし、新井さまも牙をしっかりと研いでおられますな」

太田彦左衛門が感心した。

家宣亡き後、新井白石は間部越前守と親密な関係を構築し、鍋松の側近の地位を確保しつつあった。だが、衆目は新井白石が間部越前守のお情けで生き残ったと見ている。新井白石は間部越前守の軍門に降《くだ》ったと考えられていた。

「ご存じなのでございましょうなあ。いまのご自身の立つ位置が、非常に脆《もろ》いものだということを」

聡四郎は、茶碗酒を空けた。

屋敷に戻った聡四郎を紅と袖吉が迎えた。

「居続けておりやす」

袖吉が頭を下げた。

「たいへんであったろう」

聡四郎の着替えを手伝っていた紅が、夕餉の支度に下がるのを待って、聡四郎が笑った。

「お見とおしでやすか」

袖吉が苦笑した。

紅がいつものように来てみれば、いるはずのない袖吉が台所で湯漬けを食べていたのである。何かあったと気づかないほうがどうかしている。

「吉原からの朝帰りに、あまりに腹が空いたのでちょいとおじゃまを、と言っておきやしたが……」

「そんなことで、紅どのは騙されてくれまい」

聡四郎は、袖吉の顔を見た。

「まさか、正味《しょうみ》の話もできやせんでしょうが」

袖吉の目が聡四郎に訴えていた。

「拙者は知らぬ。まきこまれてはたまらぬ」

「そんなあ……」

聡四郎の冷たい言葉に袖吉が情けない声をあげた。

「ところで、旦那。なにかありやしたね」

袖吉が表情を変えた。

「うむ」

聡四郎は廊下をうかがった。紅の気配がないことを確認する。

「新井白石さまに報告したらな、間部越前守と増上寺の密約、その証を摑んでこいと厳命されたわ」

「そりゃあ、また難儀《なんぎ》なことで」

袖吉も目をむいた。

「あると思うか」

聡四郎が訊いた。

「ありやすね」

袖吉が強い口調で言った。

「金を払うほうは、裏切られることをおそれやすからねえ。万一のときのためになにかの証をとるもので」

世間の苦労を舐《な》めてきた袖吉が断言した。

「権力を握ったお方は、簡単に約束を反故《ほご》にされやすから」

「なるほどな」

聡四郎は納得した。

「では、あるとしたらどこに」

「そうでやすねえ。奪われることを考えて隠すでやしょうから……」

袖吉が腕を組んだ。

次代の権力を手に入れるために金なり味方なりを欲した者は、それを手に入れたとき、過去の恩を忘れるのではなく、消し去ろうとする。それが己の弱みになることを知っているからだ。

「増上寺の僧坊の隠し部屋とかではないのか」

聡四郎が問うた。

「かもしれやせんがねえ。奪いに行くほうからすれば、まずそのあたりを探しやすからねえ。かえって目立つことになりかねやせんよ」

袖吉が首を振った。

「江戸を離れた末寺に預けたということは」

「そこまで持っていく道中が狙われやしょう。江戸を離れれば、野盗が出てもおかしくございませんから」

次の案も否定された。

「ならば、どこかに埋めた」

聡四郎が言った。

「埋めた……」

袖吉がくり返して、目を閉じた。

「…………」

聡四郎は、袖吉の思案をじゃましないように沈黙した。

「約束が果たされなかったとき、すぐにでも出せるところになければいけない。そして、果たされた後は、諸刃《もろは》の剣《つるぎ》になる」

「そうか。間部越前守の死命を制するそれは、増上寺の命脈も握っている」

聡四郎が、声をあげた。

将軍家の死後の相談をその存命中になした証は、明らかになったとき、頼み事をしたほうも受けたほうも罪に落とすことになる。

「ならば、もう処分してしまっているのではないのか」

聡四郎は、そう考えた。

「いや、まだでやしょう。なんせ今をときめく間部越前守さまの首根っこをおさえたにひとしいものですぜ。それこそどんな無理難題でも通すことのできる手形みたいなものでさ。そう簡単に捨てることはできませんよ」

袖吉が否定した。

「見つけ出すことができようか」

聡四郎が問いかけた。

「川で砂金を探すようなものでやすぜ」

袖吉が嘆息した。

紅と喜久が膳を持って入ってきたことで、聡四郎と袖吉の会話は終わった。


尾張藩主徳川吉通はいらつきを隠せなかった。

「山城守」

尾張徳川家上屋敷書院で、襖際に座っている竹腰山城守に徳川吉通が怒りをぶつけた。

「なにをしておったのだ、おまえは」

藩祖徳川義直と母を同じくする近しい血筋とはいえ、代を重ねると主と家臣の関係でしかなくなる。徳川吉通の声に親しみの色はいっさいなかった。

「文昭院さまが、せっかく余《よ》に将軍位をと申してくださったというに、新井白石ごとき儒者坊主が言葉で無に帰されるとは……」

徳川吉通の声は憤りで震えていた。

「なんのために毎年毎年国元の名産品と偽ってまで、老中どもに金を渡していたのだ」

「申しわけございませぬ」

竹腰山城守が頭をさげた。

「老中どもが役にたたなかったことはいたしかたないとしてもだ、なぜ新井白石と間部越前守にも付け届けをしておかなかったか」

徳川吉通が怠慢だと叱った。

「まさか、側役格ていどの者に、文昭院さまがご相談をなさるとは思えませんでしたので」

竹腰山城守がいいわけをした。

「ものが見えぬにもほどがあるわ」

徳川吉通が怒鳴った。

「ようやく、ようやく、名前ばかり御三家筆頭で、そのじつ虐《しいた》げられてきた我が家に、光がさしたというに……」

徳川吉通の顔がゆがんだ。

神君徳川家康によってつけられた格差は、家康の子供たちのなかで最大の大名である尾張徳川家をずっとさいなみ続けてきた。

今でこそ紀州に追いやられているが、紀伊徳川家が駿河にあったころ、東海道を行き来する大名たちは、かならず駿河の城下に滞在し、徳川頼宣のご機嫌うかがいに登城した。それに比して尾張の城下は、熱田《あつた》から桑名《くわな》まで船で移動したほうが早いこともあったとはいえ、立ち寄る大名の数は圧倒的に少なかった。

長幼が重要な価値であっただけに、弟に差をつけられた兄の苦渋は大きなものであった。尾張徳川義直の恨みは、代々の当主たちに刻みこまれていた。

「紀州が裏で動いたということはないのだろうな」

徳川吉通が問うた。

「はい」

竹腰山城守が首肯した。

「見抜かれるようなまねはせぬか」

徳川吉通が小さな笑いを浮かべた。それは、家臣たちの能力を信用していないと宣言したにひとしかった。

「……っ」

竹腰山城守が苦い顔をした。

「旗持ちどもは、どうなった」

徳川吉通が訊いた。

「すでに新しい者どもを補充いたしました。剣の遣い手ばかりを国元から呼びよせましてございまする」

竹腰山城守が答えた。

「剣が遣えるだけでよいのかの。少しは知恵のまわる者も必要ではないのか。人まちがいをしただけではなく、そのあとの隠滅にも失敗したではないか。まったく、我が家に禄に見あうだけの者はおらぬか」

徳川吉通が嘆息した。

「しかも、よりによってまちがえた相手が新井白石の懐刀だというではないか。文昭院さまのご葬儀などで浮き足だっていなければ、いまごろ我らは九州か陸奥《むつ》に移されていたかも知れぬ」

「申しわけございませぬ。旗持ちどもの長をつとめておりました井坂大炊は責をとり、敵と戦って死にましてございまする。みごとな最期だったとか」

竹腰山城守が告げた。

「みごとだと」

徳川吉通の顔色が変わった。

「敵を倒すこともできず、無惨な死体を衆目に晒したことがか。成果がなければ死んだ意味などないわ。これを無駄死にというのよ。心しておけ」

「…………」

竹腰山城守が頭をさげた。

「よいか。死人に口なしと下世話にも申すとおり、井坂大炊を始め、昌平橋で死した者どもの家は断絶《だんぜつ》、家族どもは国元へ帰し、他人と触れあわさぬように閉じこめておけ。あれが尾張の者だと知れぬようにせよ」

徳川吉通は、暗に始末を命じた。

「……はっ」

竹腰山城守が、一拍おいてうなずいた。

「それと、新井白石の手の者、なんとか申した勘定吟味役も仕留めよ。いつわれらのことに気づくやもしれぬ」

徳川吉通をはじめ、竹腰山城守も刺客として屍《しかばね》を晒した者たちが尾張藩士だと知られていることに気づいていなかった。

「承りましてございまする」

竹腰山城守が、徳川吉通の前からさがっていった。

憤懣《ふんまん》をぶつけるところを求めたのか、その足で竹腰山城守は上屋敷の近く、お旗持ち組に与えられている抱え屋敷に入った。

竹腰山城守は、死んだ井坂大炊の代わりに新しくお旗持ち組の頭に推《お》された宇《う》野《の》和昌《かずまさ》を書院に呼びつけた。

宇野は、国元から出てきたばかりであった。今年で三十歳を迎える若さながら、藩内でかなう者がいないとまでいわれる古流新陰の遣い手として鳴らしていた。

「お叱りを受けた」

竹腰山城守は、静かに口を開いた。

「申しわけございませぬ」

宇野が頭をさげた。

「きさまが詫びても意味はない。すべての失策は先代の井坂大炊が引き受けた。殿のご裁定で井坂の家は取り潰されることになった。他の死せし者たちもだ」

竹腰山城守の言葉に宇野の身体が震えた。

「それは、あまりに……」

藩命にしたがって命を落とした者の家族は、功績があったとしてたいせつにされる。なればこそ、藩士たちは命をかけられるのだが、その約束を徳川吉通は破った。

語尾を濁した宇野だったが、口調に徳川吉通への非難は見えていた。

「いたしかたあるまい。藩存亡の危急《ききゅう》ぞ」

竹腰山城守が、徳川吉通をかばうように言ったが、その顔も納得していなかった。

「殿のご命令だ。勘定吟味役水城聡四郎を葬り去れ、あらゆることを排してだ」

「承知つかまつりました」

宇野が平伏した。


竹腰山城守を去らせた徳川吉通は、上屋敷の中奥、御座の間で側室お連《れん》の方に酌をさせていた。

中奥に側室が出入りすることは慣習に反していたが、徳川吉通は、お連の方を離そうとせず、夜も正室のいる奥にはいることなく、ここで起居していた。

「頼母《たのも》、なんとかならぬか」

徳川吉通が、下座で控えている側用人守崎頼母に声をかけた。

守崎頼母は、新参者《しんざんもの》であった。もとは京の浪人者だったが、尾張城御殿の奥に奉公していた妹に徳川吉通の手がついたことで出世した。

なかなかに頭の切れもよく、いまではお連の方とともに側から離れることのない寵臣となっていた。

「殿、きびしいことを申しあげるようでございまするが、七代将軍の座はおあきらめいただくしかございますまい」

守崎頼母が告げた。

「そなたまで、そのようなことを申すのか」

徳川吉通が、盃を投げ出すように膳に置いた。

「お鎮まりくださりませ。七代はと口にいたしましたが、将軍位をおあきらめくださいませとは申しておりませぬ」

守崎頼母が、手で徳川吉通を制した。

「どういうことじゃ」

徳川吉通が問うた。手放した盃の代わりに、徳川吉通はお連の方の肩を引き寄せた。

「うかがいますれば、畏れおおいことながら鍋松君には、お身体がお弱いとか」

守崎頼母が言った。

「ふむ」

徳川吉通が、眉をゆるめた。お連の方の肩に置いた手を下に滑らせ、合わせ目からなかへと入れた。

「殿には、八代将軍の座をお継ぎいただければと、頼母は考えておりまする」

守崎頼母が、考えを述べた。

「なるほど。次を待てと申すか」

「はい。鍋松君は四歳。とてもお世継ぎさまをお作りになられることはできませぬ。とならば……」

守崎頼母が、じっと徳川吉通の顔を見あげた。

「余の出番よな」

にやりと笑って徳川吉通は、掌でもてあそんでいたお連の方の乳を握った。お連の方が嬌声《きようせい》をあげて、身をよじった。

徳川吉通は暗愚ではなかった。

父の急死によって徳川吉通が家督を継いで五年目、元禄十六年（一七〇三）に

このようなことがあった。

江戸城に尾張藩付け家老成瀬隼人正《はやとのかみ》正親《まさちか》の嫡男正幸《まさゆき》が呼びだされた。

「幼少で江戸住まいの吉通どのに、それほど材木はご入り用ではなかろう」

正幸を前にして老中が言った。

「木曾《きそ》の山林を御上にご返上なされてはいかがかな」

老中が世間話のように告げた。

木曾の山林とは、元和元年（一六一五）、義直が浅野幸長《よしなが》の娘春《はる》姫と婚約した祝いに秀忠から贈られたものだ。

石高はないが、その豊富な山林は尾張藩の財政をうるおし続けてきた。それを緊迫した幕府経済救済のために取りあげようと、綱吉が考えたのであった。

病床にあった父の代わりにその話を聞かされた成瀬正幸は、主吉通と相談のうえ、ご返答申しあげると一度退いた。

そして翌日、吉通の意見を持って登城した成瀬正幸の話に老中たちはうなった。

「主吉通が申しますに、お申しつけとあらば、お返しするになんの躊躇《ちゆうちよ》もいたしませぬが、木曾山は藩祖義直が、二代将軍秀忠さまよりちょうだいし、四代にわたって維持して参りましたもの。それを幼少との理由でお取りあげになられるとならば、吉通は先祖に顔向けができませぬ。ただちに国元に帰り、家督を他者に譲りまするる。二度と江戸の地は踏みますまい。永久《とわ》のお別れを上様にお伝えくださいますようにとのことでございまする」

十五歳でこれだけの口上を述べてみせた徳川吉通に、老中たちも黙るしかなく、木曾山林返上の話はさたやみとなった。

まちがいなく名君たる素質を持っていた徳川吉通だったが、それから九年で兄の目の前で妹にたわむれかかるまでに落ちていた。

「殿……このようなところで……」

帯を解かれ、肌をあらわにされたお連の方が、甘い声で拒否した。

「かまわぬ」

艶声にかえって獣欲を刺激された徳川吉通は、その場にお連の方を押し倒した。

妹が組み敷かれても、守崎頼母は顔色一つ変えなかった。

「殿……」

豊かな胸に徳川吉通の頭を抱えながら、お連の方が冷めた目で守崎頼母を見た。

応じるように守崎頼母が、嘲笑を浮かべた。

第五章　継承の裏

一

本郷御弓町は、唐津《からつ》藩の中屋敷を中心に小旗本の屋敷が並んでいた。日中も人通りが少なく、夜間は無人に近くなる。

聡四郎の屋敷は、そのなかでも小さいほうであった。

十万石ていどの大名家なら執政も出せるだけの上士に入るが、五百五十石、直参旗本では、中の下というところでしかない。

敷地はそれなりに広いが、周囲の千石、二千石の屋敷にくらべるとどうしても見劣りした。

深夜、その聡四郎の屋敷を取り囲む影があった。十をこえる影の中央にいた男が、後ろを振り返って訊いた。

「ここでまちがいないな」

月明かりに照らされたその顔は、尾張藩お旗持ち組組頭の宇野和昌であった。

旗本屋敷は表札をあげないのが慣習である。屋敷の場所を知りたい者たちは、切り絵図などで確認した。

「はい」

配下の一人が、携帯用に作られた小型の絵図、懐中絵図に目を落とした。

「よけいな殺生《せっしょう》はするな。我らは無道な忍ではない。矜持ある布衣衆よ。狙うは、当主水城聡四郎のみ。人相は覚えただろうな」

宇野が配下たちの顔を見た。

「かなりの遣い手だという。油断をするな。二度の失敗は許されぬ。井坂大炊たち前の組内がどうなったか、みなも十分承知していよう」

「…………」

宇野の言葉に全員がうなずいた。

「よし、覆面を」

号令に応じてお旗持ち組士たちが、懐から覆面を取りだして身につけた。いままで顔を晒していたのは、途上覆面姿を見咎められて騒ぎになるのを避けたのである。

「西岡《にしおか》」

宇野が小柄な配下に声をかけた。

「承知」

西岡と呼ばれた配下が、太刀を鞘ごと外すと、門脇の塀に立てかけた。つま先を鍔にかけるとぐっと背伸びをするようにして、塀の上にのぼった。一度なかをうかがった西岡が、塀の向こうに消えた。

すぐに潜りがなかから開けられた。西岡が顔を出した。

ぞろぞろとお旗持ち組士たちが潜りを通った。

「井藤《いふじ》、中埜《なかの》。二人はここに残れ。門を決して開けさせるなよ」

宇野が命じた。

大名屋敷と旗本屋敷は、一種の出城《でじろ》か砦《とりで》と考えられていた。門が開け放たれないかぎり、役目を持った目付あるいは大目付でないと押し破って入ることは許されていなかった。門が閉じられていれば、どれほどの異常を察知しようとも、近隣は手出しできないのだ。

「小俣《おまた》、五人連れて台所口を破れ。残りは、ついてこい」

宇野が合図した。

多くの旗本屋敷がそうであるように、聡四郎の家も玄関と台所が出入り口となっている。お旗持ち組士たちは、その両方から侵入を開始した。

最初に異変を察知したのは、台所脇の女中部屋で寝ていた喜久であった。喜久は台所の戸を外そうとする音で目を覚ました。

娘になる前からずっと水城家にいたこともあって、忠義心にあふれていた。

「くせ者でございまする」

すばやく床から起きあがった喜久の声は、静まりかえっていた屋敷に轟《とどろ》いた。

喜久の悲鳴がきっかけになった。

「ちっ、さとられたか。いたしかたなし。壊せ」

宇野が、手を振った。

玄関の板戸が蹴破られた。台所もどうようであった。

「殿……」

裸足《はだし》で大宮玄馬が聡四郎の部屋に駆けこんできた。

「お殿さま……」

後を追うように若党の佐之介もやってきた。玄関脇の小部屋で寝起きしている佐之介は敵の姿を見てきていた。

「どうやら、尾張の連中らしいな」

その風体から、聡四郎はくせ者の正体に気づいた。

「のようでございます」

大宮玄馬も同意した。

「佐之介、離れの父上をともなって、お喜久と安全なところに隠れておれ」

聡四郎が大宮玄馬へと顔を向けた。

「玄馬、台所から入ってくる敵を頼む」

「はい」

「承知つかまつりました」

聡四郎の指図に、二人が首肯した。

「お殿さまもお気をつけくださりませ」

佐之介が、縁側づたいに離れへと走っていった。

「では」

大宮玄馬も台所へと駆けていった。

二人を見送って、聡四郎は脇差を手にすると玄関へ向かった。

武家の屋敷の天井は、敵に襲撃されたときのことを考えて低くなっている。また、梁《はり》も大きく出ているので、太刀を振りかぶることは難しい。

聡四郎は、室内での戦いを考慮して太刀ではなく脇差を選択した。

まず台所の板戸が破られた。そこから六人がなだれこんできた。

それからわずかに遅れただけで、玄関が破壊された。玄関は樫《かし》の板に桟《さん》をとおした丈夫なものだったが、何度も蹴り続けられることには耐えられなかった。

玄関からまっすぐに延びる廊下で聡四郎は、敵を迎え撃った。

二人並んで歩くことができないほど廊下の幅は狭い。

廊下の右寄りに陣取った聡四郎は脇差を抜くと鞘を前に投げた。右寄りに立ったのは、後ろに抜けられそうになったとき、身体が開いてしまって右側だと脇差で追いきれなくなるからだ。

「いたぞ」

正面からお旗持ち組士が迫ってきた。

聡四郎めがけて一人が駆けよりながら、太刀を抜いた。狭い廊下で鞘走《さやばし》らせた腕はさすがであったが、お旗持ち組士はそのまま上段へ振りかぶった。

「えいやああ」

振りおろそうとした太刀が、梁に引っかかった。

「……えっ」

お旗持ち組士が、間の抜けた声をあげて上を見た。

「北山《きたやま》。太刀を振りかぶる奴があるか」

宇野の叫びは間にあわなかった。

聡四郎は、脇差をまっすぐに突いた。

「冷たい」

北山のみぞおちに聡四郎の脇差が吸いこまれた。

「太刀を抜くな、差しかえを遣え」

宇野が、脇差を手にした。太刀を右手にしていた者たちがあわててならった。

「かかれ」

宇野が、低い声をだした。

「うおう」

一人が突出してきた。北山の教訓を無駄にせず、脇差を水平に払うように振った。

聡四郎は、刃の下に身体を潜りこませた。頭の上を脇差が通りすぎていった。

「……なにっ」

白刃を見ればさがるのが普通と思っていたのか、男が驚愕した。

「………」

聡四郎は脇差を下から上へと撥《は》ねあげた。

喉下の急所を割られて、男が後ろへ倒れた。廊下が揺れた。

「くそっ」

三人目が聡四郎に向かって脇差で突いてきた。聡四郎は、撥ねあげた脇差をそのまま真下に落とした。

峰と峰がぶつかった。上から重みをつけたぶん、聡四郎がまさった。男の脇差は切っ先を下にしてずれた。

聡四郎は身をひねりながら、ぶつかった勢いを反動にして脇差を前へと突きだした。

「かふっ」

胸の中央を破られて、三人目は息を漏らすような苦鳴を残して死んだ。

「馬鹿が、つつみこまぬか。左右の座敷を通って背後へ回れ」

宇野が叫んだ。

屋敷の中央を貫く廊下の左右には座敷があった。命じられたお旗持ち組士が、襖を開けて座敷へと躍りこんでいった。

一人残った宇野が、聡四郎を牽制した。

お旗持ち組の組頭に選ばれるだけあって、宇野の腕はかなりのものだった。聡四郎はさがることもできず、そこで対峙するしかなかった。

聡四郎の真横の襖が内側から弾《はじ》けるようにふくらんだ。回りこんだお旗持ち組士が、横から襲撃してきた。

宇野がうめいた。

「たわけが」

襖が聡四郎と宇野の間に飛びだすかたちになった。それは、聡四郎が宇野との間合いを空けるだけの隙をつくった。

聡四郎は、後ろに跳んだ。

襖を押し倒すようにして現れたお旗持ち組士は、廊下に出て呆然とした。聡四郎の姿を見失ったのだ。

「どこ……」

その言葉を聡四郎は最後まで言わせなかった。一歩踏みだして、脇差で薙《な》いだ。

「ちっ」

首を回して聡四郎を見つけたお旗持ち組士は、避けようとして左足を後ろへひいた。そこに聡四郎が投げた脇差の鞘があった。

「うわっ」

足を鞘にとられて重心の狂ったお旗持ち組士は、対応することもできず、聡四郎の一刀に胸を裂かれて伏した。

「ぬっ」

味方が倒れるのとあわせるように、宇野が踏みこんできた。いつのまにか宇野は、脇差ではなく太刀を手にしていた。

振りかぶらずに突き技だけを遣うとすれば、狭いところでも太刀は使用できる。周囲にある襖や梁、天井などとの間合いを全部知り尽くさねばならず、かなりの腕がないと難しいが、脇差よりも長いだけ太刀が有利であった。

「くっ」

聡四郎は、まっすぐ胸を狙ってきた太刀を脇差の峰で弾いた。避《よ》けなかったのは、すでに背後に二人のお旗持ち組士が回りこんでいたことと、突き技をさがることでかわすと、大きく食いこまれることになるからであった。

聡四郎は刃筋を狂わせた宇野の太刀に添うように脇差をからませた。巻き落とすつもりであった。

「なんの」

宇野が大きく後ろに跳んで、聡四郎の技を避けた。

聡四郎は宇野を追わなかった。背後から殺気が迫っていた。

「うわああ」

仲間の血に狂気したのか、大声をあげながらお旗持ち組士が、脇差を振りかぶって斬りかかってきた。

聡四郎は正面の宇野から目をそらさずに腰を落とし、脇差を右手だけで振った。

軌道をじゃまする襖が吹き飛んでいなければできない動きだった。

お旗持ち組士の一刀が、低く姿勢を沈ませた聡四郎の頭を撃つ前に、弧を描いた脇差が、深く脇腹を斬った。

「いくっ」

しゃっくりのような声を残してお旗持ち組士が絶息した。聡四郎は止まらなかった。宇野に目を据えたまま、後ろ向きにさがると、残っていたもう一人のお旗持ち組士へと近づいた。

「化け物め」

迫られたお旗持ち組士が、罵《ののし》りの声をあげて脇差を右袈裟に斬り落とした。

聡四郎は、気配だけでその一閃を見きった。聡四郎の右ふくらはぎをかすめて脇差が地を向いた。

聡四郎は左足を一歩さげて、膝に体重をかけた。たわめた膝を伸ばす勢いにのせて右足を真後ろに蹴り出した。

「がはっ」

聡四郎の蹴り技で胃の腑《ふ》を破られたお旗持ち組士が、血を吐いて後ろに倒れた。

「馬鹿な……六人が……」

宇野がうめいた。

聡四郎は、間合いを二間（約三・六メートル）に戻した。

「夜中に戸を破ってまで来たが、意外とたいしたことはなかったな」

聡四郎は嘲った。

「黙れ」

宇野が怒鳴った。

「待っていても無駄だ。もう一方には、小太刀の名手が向かった。室内での戦いとなれば、拙者よりもはるかに上手《うわて》だ」

聡四郎の言うとおりであった。大宮玄馬は縦横無尽に働いていた。

一放流から富田流小太刀に転じた大宮玄馬の動きは、まさに水を得た魚《うお》であった。

大宮玄馬は聡四郎とは逆に、いきなり敵のなかへと躍りこんだ。

「こいつ……」

なまじ六人という数がじゃまをした。台所の土間続き、八畳ほどの板の間が戦いの場となった。

膝を曲げたまま大宮玄馬は止まることなく動きまわった。それは姿勢を低くするだけでなく、撃ごとにたわめた膝を伸ばすことで脇差に伸びを与えていた。

大宮玄馬は、左に身体を傾けるようにして、脇差を振った。

「ぎゃっ」

太股《ふともも》を斬られたお旗持ち組士が、叫んで転がった。

小太刀の技は、疾いが必殺になることは少ない。だが、太股をやられては立つこともできなくなる。小太刀のおそろしさは、一人相手であろうが、大勢であろうが、確実に敵の戦力を削っていくことだった。

「こいっ」

玄関先とおなじように太刀を抜いたお旗持ち組士が、大きく振りかぶった。

「…………」

大宮玄馬は、柱の向こうへと身体を滑りこませた。

柱にじゃまされて、上段の太刀を振りおろせなかったお旗持ち組士が、回りこもうとした。

大宮玄馬が、腰を落とし、頭を敵の腹より低くして待っていた。

「あっ」

思ったより低い位置にいた大宮玄馬に驚いたのか、棒立ちになったお旗持ち組士の太刀が、天井板をすった。

引っかかりはしなかったが、そのわずかな抵抗が太刀の勢いを殺した。大宮玄馬はその隙をついた。

大宮玄馬は、お旗持ち組士と行き交うように足を踏みだし身体を伸ばしつつ、右下段に構えていた脇差をすっと前にあげた。

身体のどこにもよぶんな力の入っていない、踊りの所作のような一閃は、お旗持ち組士の首筋を必要なだけ裂いた。

「あつい」

極端な痛みは、熱に誤認されることがある。

首の血脈を斬られたお旗持ち組士の末期の言葉は、それであった。

「安中《やすなか》」

一拍の間に二人を失ったお旗持ち組士は、仲間の名前を口にする不用意さにも気づかなくなっていた。

「小物にかかずらっている暇はないのだ。さっさと片づけるぞ」

台所からの侵入を任された小俣が、あせりの声をあげた。

残っていた四人のお旗持ち組士が、大宮玄馬を四方から囲んだ。

「…………」

大宮玄馬は落ちついていた。かつて吉原の戦いで初めて人を殺し、心の痛みに耐えかねていた若輩はもういなかった。護るべき者をもった侍に成長した大宮玄馬の動きにためらいはなかった。

右足を大きく踏みだし、二間の間合いを一気に縮めて、大宮玄馬は脇差を下段から逆袈裟に撃った。

「うわっ」

迫られたお旗持ち組士が、あわてて太刀を振った。

敵を斬り倒す気持ちではなく、己をかばうための動きは腰が入っていないだけに身体の重心を崩しやすい。

二歩ほどたたらを踏んでさがったお旗持ち組士は、目の前で斬りあげてきた大宮玄馬の脇差が、ひるがえるのを見た。

「ぬん」

大宮玄馬が気合いを吐いて、脇差を振り落とした。

「待って……」

お旗持ち組士の声は最後まで出なかった。大宮玄馬の脇差は、お旗持ち組士の首筋から胸までをみごとに割った。

「かひゅう」

斬られた気管から、息を漏らしてお旗持ち組士が板の間に転がった。

「おのれ、下山《しもやま》を……よくも」

小俣が、うめいた。

「顔を隠しても名のっていては、無意味ではないのか」

大宮玄馬があきれた。

「だまれ、きさまを倒せば、おなじことよ」

小俣が大宮玄馬に太刀を突きつけた。

「半分に減っていることに気づいていないのか」

大宮玄馬は嘲笑しながら、たえず立ち位置を変えていた。重い一撃を放つときは、足を止め腰を据えなければならないが、軽さと疾さを遣う小太刀の場合、それは命取りになる。

「ちょこまかと」

小俣が怒りの声をあげた。

「りゃあ」

大宮玄馬が背中をむけた瞬間、待っていたかのようにお旗持ち組士の一人が斬りかかってきた。右の袈裟から十分に重さののった一刀は、大宮玄馬を両断しかねない勢いを持っていた。

「…………」

大宮玄馬は左に倒れるように身体を投げだした。板の間で左肩を激しく打ったが、気にせずに転がり、左手にいたお旗持ち組士の臑《すね》を斬った。

「ぎゃあああ」

人体でもっとも痛みを感じる場所を傷つけられたお旗持ち組士が、絶叫した。

太刀を捨てて臑をかかえた。

「ちい」

三方の包囲、一ヵ所が破れた。大宮玄馬は左手で床を叩くと立ちあがった。

大宮玄馬を逃がしたお旗持ち組士が、歯がみした。

二人になったお旗持ち組士では、大宮玄馬を囲むことはできなくなった。

「小俣どの」

「一気にかかるぞ」

お旗持ち組士が首肯しあった。

「うおううう」

「参る」

二人のお旗持ち組士が、大宮玄馬目がけて走った。

大宮玄馬は、息を止めた。

「すべての敵の動きをあらかじめ読んでおけ」

師入江無手斎の言葉であった。

大宮玄馬は、二つの切っ先に意識を集中した。

剣が人の手に生みだされてから、どれほどのときが経ったのかは知れないが、その歴史はいかにうまく敵を斬れるかで刻まれてきた。

剣の形状や材質の進化は、やがてそれをあつかう技の向上へとなっていった。剣術の誕生である。

剣術は、理と法をとなえてはいたが、とどのつまりは人を殺す術であった。数百年の間に多くの技が生まれ、そのほとんどが消えていった。

そして生き残って今に伝わっている技は、流派の違いをこえて似かよったものになっていた。

大宮玄馬は、二人のお旗持ち組士の太刀がどのように変化してくるのか、手に取るようにわかった。

天井に剣先をすった仲間のことを見たからか、二人のお旗持ち組士の構えはともに脇構えであった。右脇に引きつけた太刀を、腰のひねりにのせて送ってくると大宮玄馬は読んだ。

「…………」

大宮玄馬は、左足を半歩退いて脇差を下段にとった。刃先を上に向けた。太刀と脇差では半間（約九一センチ）間合いが違う。太刀のほうが遠いぶん有利であった。

ほんの少し、小俣の一刀が早く出た。続いてもう一人のお旗持ち組士も切っ先を動かした。

大宮玄馬は、あえて前に出た。太刀の間合いで戦う不利よりも、刃下に身体をおく小太刀の技にかけたのだ。

「ちっ」

間合いを狂わされた小俣が舌打ちした。それでも太刀はまっすぐに大宮玄馬の首筋を撃つはずであった。

大宮玄馬の姿が消えた。

「えっ」

驚いたのは、もう一人のお旗持ち組士だった。

一瞬、動きを止めたお旗持ち組士は、膝を深く折り、ほとんど座りこむような状態になっている大宮玄馬に気づいたが、遅かった。

真剣をあつかいなれていないと、振りおろしたときに己の足を斬ってしまう恐怖に縛られる。小俣ももう一人のお旗持ち組士も腰より低い位置にいる大宮玄馬目がけて太刀を落としきれなかった。

「しまった」

己の腕が縮んでいることに気づいただけ、小俣はできていた。だが、教訓は生きることはなかった。

大宮玄馬の脇差が左右に舞った。

「ぎゃっ」

膝を割られて小俣とお旗持ち組士が、同時に倒れた。

「…………」

大宮玄馬は、立ちあがった。

立っている者から寝ている者を攻撃することは難しいが、起きあがるときに大きな隙が生まれてしまう。

大宮玄馬は、倒れているお旗持ち組士たちに目をやった。

六人のうち、二人は即死であった。小俣をふくめた残る四人は、足をやられていたが生きていた。

「おのれ、おのれ」

左膝を断ち割られた小俣が、太刀を杖代わりに起きあがろうとするが、果たせないでいた。他の三人は動く気力もないのか、血を流しながら転がっているだけであった。

「無駄なことをするな。身体を揺すれば、血を失う。死ぬぞ」

大宮玄馬が忠告した。

「うるさい」

小俣が憎々しげな瞳で大宮玄馬を射た。

大宮玄馬は、哀しそうな表情を残して背中を向けた。

「殿……」

大宮玄馬は聡四郎のもとへ駆けた。

聡四郎は、宇野と対峙していた。多人数対一人の戦いはついに一騎打ちになっていた。

「…………」

宇野も聡四郎も無言であった。

聡四郎は脇差の刃を頭上に横たえるようにして、変わった上段の構えをとった。

一方、宇野は、太刀を下段にした。

二人の間合いは二間半（約四・六メートル）であった。

小太刀から派生した一放流の間合いは、狭い。他の流派が三間（約五・五メートル）を得意とするのに対して、一放流は二間（約三・六メートル）を通常としていた。

聡四郎の間合いはさらに短かった。ここ最近、入江無手斎が聡四郎に教えていたのは、間合いを一間半（約二・七メートル）に縮めることであった。

「一伝流に勝つには、間合いを詰めての一刀必殺しかない。手数をおこなえば、一伝流におよばぬ」

入江無手斎は、聡四郎の剣をもっともよく知っている。袋竹刀を用いた修行のお陰で、聡四郎の間合いは短くなり、それにつれて見切りも小さくなっていた。

見切りとは、敵の太刀がどのていど己の身体から離れたところに来るかを見抜くことだ。小野《おの》派一刀流を創始した小野忠明《ただあき》は、一寸（約三センチ）まで見切れたという。

真剣が斬りつけてくる恐怖に耐えて、その軌道を読み、必要最小限の間合いでかわすことができれば、勝ちは手に入る。

聡四郎は三寸（約九センチ）だった見切りを、二寸五分（約七・六センチ）にまでしていた。

宇野がすばやく足を送って間合いを詰めてきた。左右にぶれることのない上体が、宇野の腕前を見せていた。

聡四郎もあわせて動いた。

間合いがたちまち二間をきった。宇野の太刀の間合いに入った。とたんに宇野が、太刀をまっすぐに斬りあげた。

太さも重さも脇差が劣るが、聡四郎は宇野の一刀を止めた。

「くっ」

うめきをあげたのは、宇野であった。一放流のもう一つの特徴は重さである。鎧武者を一撃で昏倒《こんとう》させるだけの力を聡四郎は身につけていた。

「重い、馬鹿な……」

宇野が驚愕の目で聡四郎の脇差を見た。押し合いになった二つの刀は、脇差がまさっていた。じりじりと宇野の太刀が、下へと押さえこまれていった。

「ぐおう」

気合い声をあげて太刀を持ちあげようとするが、聡四郎の脇差はまったく浮かなかった。

「馬鹿な」

宇野の太刀は完全に聡四郎の脇差に封じられた。

「ちっ」

太刀をあきらめた宇野が、柄から手を離して脇差を抜いた。

「……遅い」

聡四郎は、太刀をはたき落とした勢いをそのまま利用して、一歩踏みだすと柄頭を左手でさげた。てこと同じように、柄が下がったぶん切っ先が跳ねた。

「あつっ……」

脇差の柄に伸びた宇野の右手が肘から斬りとばされた。

重い音がして、手が廊下を転がった。

「ああああ」

苦鳴をあげながらも、宇野が左手で柄を握った。

しかし、刃が鞘から抜けきることはなかった。聡四郎の脇差が、そのまま首筋を斬った。

「む、無念」

宇野の末期であった。

「殿」

大宮玄馬が聡四郎の身体を見た。斬られたところがないかどうか、調べた。

「大丈夫だ。玄馬こそ、大事ないか」

聡四郎は、逆に大宮玄馬を気遣った。

「わたくしめは、無傷でございまする」

答えた大宮玄馬が、あらためて周囲に目をやった。

「すさまじいことになりましたな」

玄関から延びる廊下は、まさに足の踏み場もない状態であった。襖にも血が飛び散っていた。聡四郎は襲ってきた全員の命を奪っていた。

「まさか、屋敷にまで来るとは思わなかった」

聡四郎は脇差を大宮玄馬に渡した。これだけの人を斬ったのだ。刀身もひずんでいるし、なによりも刃に血脂がついてしまった。一度寝かせて研ぎに出さないと使いものにならなかった。

「そうだ、父上と佐之介、喜久は」

聡四郎は奥へと目をやった。聡四郎の父功之進は奥の離れで住まいしていた。佐之介と喜久はそこへ避難しているはずであった。

「一人も奥へは行かさなかったと思いますが」

大宮玄馬が、背後を見た。

「生き残りがいるのだな」

聡四郎は察した。

「はい。数人生かしておりまする。質《ただ》されましょうか」

「そうだな。まずは、他の者どもの安否《あんぴ》を調べてこよう。玄馬、念のために周囲を探ってくれ」

「承知つかまつりました」

大宮玄馬が玄関へと走った。

聡四郎は、右脇の座敷へとはいると、雨戸を外し、裸足で庭へと降りた。

隠居した功之進は、台所に近い庭に造られた離れで起居していた。

「ご無事でしょうや」

聡四郎が外から声をかけた。

「殿、終わられましたので」

襖ごしに佐之介が訊いた。

「ああ。拙者も大宮も傷一つない」

聡四郎の言葉を聞いた佐之介が、ようやく雨戸を開けた。

けたのだ。

「四郎さま……」

寝間着姿の喜久が涙を流して聡四郎の名を呼んだ。

だが、すぐに喜久の顔色が変わった。聡四郎の着物に飛び散った返り血を見つけたのだ。

「お、お怪我を……」

喜久が聡四郎に飛びついて、身体中をなで回した。聡四郎はされるままになっていた。

「大丈夫だ、喜久」

聡四郎は、頭に血ののぼった女《おなご》は、己の納得いくまで人の話を聞かないとさとっていた。

「そ、聡四郎、な、なにがあった」

父功之進が震える声で問うた。

「何者かはわかりませぬが、屋敷まで躍りこんで参りました。大宮が奮戦してくれましたゆえ、なんとか撃退できました」

聡四郎は、答えた。

「す、すぐに、お、御上にお届けをせねば……」

あわてる功之進を聡四郎は止めた。

「いえ、お届けはいたしませぬ」

「なぜじゃ。襲われたのだぞ」

功之進が不満げな顔をした。

「喧嘩両成敗にされては困りますれば」

聡四郎は、危惧を口にした。

「そうなるわけはなかろう。こちらは不意を喰らっただけで、喧嘩にはならぬ……」

「まさか」

功之進が語尾を濁らせた。

「…………」

言葉をなくした功之進に、黙って聡四郎はうなずいた。

「喧嘩両成敗に持ちこまれると申すのか」

「おそらく」

聡四郎は、首肯した。

己に押された新井白石の走狗という烙印《らくいん》を聡四郎はよく知っていた。家宣在世中、歳上、先達《せんだつ》にかかわらず、情け容赦なく糾弾した新井白石は、幕閣で厭《いと》われている。いや、憎まれていた。その唯一の配下と目されているのだ、聡四郎も嫌われていることは十分承知であった。

その聡四郎の屋敷に無頼が躍りこんだ。このような好機を、新井白石をこころよく思わない連中が見逃すはずもなかった。

「襲われるには、それだけのことがあったに違いない」

目付あたりから報告を受けた老中たちが、そう断じることは、容易に想像がついた。また、それをくつがえすだけの証拠を聡四郎は提示できない。

仕留めた刺客たちを尾張藩士だと言い張ってみたところで、無駄であった。

「そのような者どもは、当家にかかわりなし」

御三家の尾張家がそう答えるのは確実であるし、老中たちがそちらを採用することは確かであった。

少し前、吉原にかかわることで老中阿部豊後守正喬《あべぶんごのかみまさたか》と対立し、あやうく評定《ひょうじょう》所《しょ》送りになりかけた聡四郎を、新井白石は助けてくれたが、今回もそれを期待することは難しかった。

新井白石の足下が危なくなっているのだ、いかに手足のごとく使っている配とはいえ、面倒となれば切り捨てかねなかった。

聡四郎の話を聞いた功之進がわめいた。

「だから申したのだ、新井白石ごときに籠絡《ろうらく》されて、先祖代々の勘定筋の家柄を裏切ってはならぬと。勘定吟味役などお受けせねばよかったのだ。家督を継いだばかりで小普請組《こぶしんぐみ》にいれられたのはしかたないことだが、しばらく待っておれば、先代の功がかならず口をきいてくれた。勘定衆か、遠国奉行か、きっとお役がまわってきたものを……」

功之進が繰り言を口にした。

「そのようなお話は、また後日に。父上は、まだこちらの離れからお出になりませぬよう。佐之介、喜久、頼むぞ」

聡四郎は、まだ話を続けている功之進を残して離れを後にした。

台所へ行った聡四郎は、そこで呆然と立ち尽くしている大宮玄馬を見つけた。

「どうかしたのか」

声をかけた聡四郎に大宮玄馬が、床に倒れているお旗持ち組士たちを指さして首を振った。

「死んでいるのか」

　聡四郎の確認に大宮玄馬が無言で首肯した。

「自害か」

　尾張藩士が旗本の屋敷に斬りこんだとなれば、藩も無事ではすまない。当然刺客となったお旗持ち組士たちは身元の証となるものをいっさい持ってはいなかった。生き残りが口を閉じれば、藩の名前が出ることはない。

「自害と申すのかどうか」

　大宮玄馬が、一人のお旗持ち組士の側に屈みこんだ。

「自害したのは、この者だけで」

　聡四郎から見えるようにと、大宮玄馬が身体をずらした。台所の柱に背中を預けて座りこんでいるお旗持ち組士小俣の喉に、大きな傷があった。血はまだ乾いていなかった。

「…………」

　聡四郎は、そのお旗持ち組士の手が、逆手に柄を握っていることに気づいた。ゆっくりと台所に倒れているお旗持ち組士、一人一人を観察した。

　明らかに止《とど》めをいれられた死体があった。

「口封じか」

聡四郎のつぶやきに、大宮玄馬が無言でうなずいた。

「奉公というものは、きびしいものだな。重代の恩に報いるためとはいえ、侍として生まれ、武士として生きてきた者が、夜盗同然に他家に押し入り、死骸をひきとられることもなく朽ちはてる。功があっても表に出ることなく、失敗はすなわち家の断絶をあらわす」

聡四郎は脱力感を覚えていた。

「ですが、御命とあらば、したがわねばなりませぬ。主君の命はなによりも重いのが、もののふの理《ことわり》でございまする」

大宮玄馬が、つらい声を出した。

「命よりも重いか」

聡四郎は、嘆息した。

「遅れましたが、玄関先に二人残っておりました」

「どうした」

聡四郎が質した。

「申しわけございませぬ。逃げられました」

大宮玄馬が聡四郎の顔を見ないように頭をたれた。会うなり口にしなかったことと、今の態度で聡四郎は、大宮玄馬がわざと敵を逃がしたことに気づいた。

「そうか」

聡四郎は、なにも言わなかった。

「玄馬、悪いが相模屋伝兵衛どののところまで使いにたってくれ。人を貸してほしいとな。それと寺を紹介してくれるようにも頼んでくれ」

「お届けはなさらぬと」

聡四郎の頼みを大宮玄馬が確認した。

「うむ。このまま葬ってやるのが、情けであろうよ。いやみたらしく尾張家に届けるのもなんだからな」

聡四郎は肩を落とした。尾張徳川家とのかかわりを匂わせるようなまねをすることは、刺客として倒れた者たちの遺族に災難をもたらすことになりかねないと聡四郎はさとっていた。世間知らずだった旗本の冷や飯食いは、わずか数ヵ月で世知《せち》を学ばされていた。

「では」

着替えるために一度自室に戻った大宮玄馬が、夜明け前の江戸へと出ていった。

相模屋伝兵衛がじきじきに聡四郎の屋敷までやってきた。

「これは、すさまじいことに……」

相模屋伝兵衛が、惨状を見て絶句した。

「申しわけない。朝早くからこのようなありさまをご覧に入れて」

聡四郎が詫びた。

「いえいえ。わたくしどもを頼ってくださったことをうれしく思いまする。水城さま、しきらせていただいてよろしゅうございますか」

相模屋伝兵衛が申し出た。

「お願いいたしまする」

聡四郎は、頭をさげるしかなかった。

「では。おい。酒樽でも醬油樽でもいい、空樽の大きいのを仏さんの数だけ用意するんだ。それと塩を大量にな。あと襖と障子の張り替えの職人、大工もいるな」

「へい」

命じられた相模屋伝兵衛の家人が駆けだしていった。

「あとは、寺の手配だけですが……」

相模屋伝兵衛が、腕を組んだ。

「一人二人なら、どうにでもなりやすが、さすがにこれだけの数を檀家にわからないように葬るとなると」

「難しいと」

聡四郎が相模屋伝兵衛の言葉を受けた。

「火事か大水でもでれば、回向院に投げこむこともできやすがねえ」

相模屋伝兵衛が小さく首を振った。

「投げこむ……」

聡四郎は、ふと頭に思い浮かんだ。

「玄馬」

大宮玄馬を呼ぶ。

「御用でしょうか」

水浴びをして着替えた大宮玄馬から、戦いのあとは消えていた。

「吉原の西田屋甚右衛門どのを呼んできてくれ」

「西田屋甚右衛門どのをでございますか。承知いたしました」

大宮玄馬がふたたび出ていった。

「なるほど、吉原の」

会話を聞いていた相模屋伝兵衛が、手を打った。

呼びだされた相模屋の職人がてきぱきと修復していく。血が飛んだ襖や障子はすべて張り替えられ、拭いても取りきれない血痕が残った廊下や台所の床は大工によって鉋《かんな》がかけられた。

そんなところへ、西田屋甚右衛門が大宮玄馬に伴われて来た。

「お呼びたてして、申しわけない」

聡四郎は、西田屋甚右衛門に話をした。

「なるほど、土手の道哲庵《どうてつあん》に死体を埋めたいと」

聡四郎の話を聞いて、西田屋甚右衛門が口にした。

土手の道哲庵とは、日本堤《にほんづつみ》の端にある寺のことである。吉原と縁の深かった道哲という僧侶が、死んだ遊女たちの供養にと庵《いおり》を結んだもので、廓内で死んだ遊女や忘八たちが葬られていた。といっても普通の寺のように一人一人の墓を造ってくれているわけではなかった。庵の敷地内に大きな穴を掘り、そこに死んだ遊女たちを投げこんで薄く土をかけただけだ。

「道哲庵ならば、供養に訪れる者も、檀家もございませぬな」

西田屋甚右衛門が、しきりに首肯した。

「願えましょうか」

聡四郎は頼みこんだ。

「よろしゅうございまする。本名を名のることも許されず、人知れず死ぬしかなかった。遊女と刺客、どちらも同じようなものでございますから」

西田屋甚右衛門が、集められて樽に入れられた刺客たちに手を合わせた。

「上に立つお方は、下になる者たちの悲哀をお気づきになりませぬ。妓もお侍さまも変わりませぬ。借金に身をくくられているか、禄高に縛られているかだけの違いで」

西田屋甚右衛門が、寂しそうに笑った。

「では、わたくしは、道哲庵に話をとおして参りまする」

西田屋甚右衛門は、聡四郎と相模屋伝兵衛にあいさつをして帰って行った。

裏門から相模屋伝兵衛の手配した荷車が、聡四郎の屋敷に運びこまれた。

「このような日中に大丈夫なのでございますか」

死体をつめた樽を荷車に載せて、道哲庵まで行くことを聡四郎は懸念《けねん》した。

「夜中にこそこそするほうが、かえって目立つのでございますよ。堂々としていれば、誰も気にいたしませぬ」

相模屋伝兵衛が、聡四郎に安心しろと告げた。

半日ほどで争いの証拠は跡形もなくなった。

水城家を出ていく荷車を、じっと永渕啓輔が見ていた。

「醤油樽に酒樽か。書かれている屋号もばらばら。ちょっと気のきく町方なら、中身をあらためるぞ」

永渕啓輔が、あきれた。

「一つ、二つ……十三人か。あの従者も戦ったであろうが、あいかわらず遣うわ」

うれしそうに永渕啓輔が笑った。

「たかがお旗持ち組では、傷一つつけられまいに、尾張も無茶をする。藩士を何人死なせても、欲しいか、将軍の座が」

永渕啓輔が軽蔑《けいべつ》の色を瞳に浮かべた。

「届くか届かぬか、そのあたりの判断ができぬ主君に仕えている家臣どもは不幸よな。美濃守さまのように五十年、いや百年先を見とおしておられるお方に侍《じ》することのできる拙者は幸せ者か」

最後の荷車が、水城家の裏門を出た。音をたてて裏門が閉じられた。

「さて、あの者たちの跡目《あとめ》はどうするのか。無事に継がせてやるのか、任の失敗を咎めて断絶させるのか。尾張の殿さまの器量がこれでわかる。怒りにまかせて断絶させたとなれば、家臣どもに見かぎられることになろう」

永渕啓輔が荷車を見送った。

二

家宣の墓所に袖吉は来ていた。

連日、たくさんの職人が競うように働き、霊廟は完成に近づいていた。

「おい、そこ、材木の上に腰掛けるんじゃねえ」

袖吉が若い職人を叱った。

「紅殻《ベンガラ》、金泥《こんでい》の追加はまだ届かないのか」

「鉋屑《かんなくず》をまき散らすな」

袖吉は愛用の鑿《のみ》を振りまわして指示をだした。

職人頭の仕事は、己の担当だけではすまない。その普請場に出入りしているすべての職人の差配も任であった。

一つの普請場には二人の頭がいた。職人頭と人足頭である。

職人と人足は仲が悪い。腕に自信のある職人がどうしても人足を一段下に見るからであった。

「気をつけやがれ、唐変木《とうへんぼく》があ」

職人が側を通った人足を怒鳴りつけた。人足が持っていた漆喰籠《しっくいかご》がぶつかったのだ。

「すまねえ」

人足が詫びた。

「ぼうっとしてやがるから、そんな半端な人足仕事しかできねえんだ。ちったあ気合いを入れて働きやがれ」

職人が追い打ちをかけた。

この一言が他の人足の頭に血をのぼらせた。

「なんだと」

人足たちが手にしていたものを放り投げて、職人を取り囲んだ。

「な、なんでえ」

さすがに職人が、おびえた。

「おめえ、人足仕事を半端だと言いやがったな」

「い、言ったがどうした」

職人が虚勢を張った。

「おれらがいなければ、石一つ組めねえくせしやがって。前から気に入らなかったんだよ、その上から押さえつけるような物言いがな」

人足が職人を突きとばした。

ざわっと殺気が満ちた。

「やりやがったな」

「馬鹿野郎」

袖吉が怒鳴りつけた。

「いい加減にしやがれ」

人足頭の重蔵《じゅうぞう》が、叱った。

たちまち争いの火は消えた。相模屋伝兵衛からこの場を預けられている二人に逆らうことは、江戸の仕事からはぶかれることを意味していた。

「仁吉《にきち》」

しぶい顔で袖吉が最初に喧嘩の糸口となった職人を呼びつけた。

「いい加減にしろ。何度も言ったはずだ。普請場のなかでは、誰もが仲間だとな。でなきゃ、思わぬ怪我をすることになる。今度もめ事を起こしたら、相模屋の仕事からはずれてもらうぜ」

「へい。兄貴すいやせん」

仁吉が、しょぼくれた顔で持ち場に戻った。

「重蔵の頭」

袖吉は、つづいて人足頭に声をかけた。

「面目ねえ。しつけがいきとどかねえことだ」

袖吉が詫びた。

「いや、うちの若いのもよくねえ。ちゃんと気を張っていりゃあ、人にぶつかることもないからな。まあ、痛み分けということにしてくんな」

袖吉より十歳ほど年嵩の重蔵が、手を振って気にするなと伝えた。

「ありがてえ。そうしてくれやすか」

袖吉が喜んだところへ、増上寺の役僧がとんできた。

「なにをやっている。将軍家ご霊廟の普請場で争いごとなどしては話にならぬのだぞ」

役僧が袖吉と重蔵を罵った。

「申しわけございやせん」

袖吉が謝った。

「職人と人足を入れかえろ。あんながさつな者に仕事を任すことはできぬ」

役僧の怒りはおさまらなかった。

「ですが、もうここまで来てやすんで、人を入れかえるのはちょっと……」

袖吉が口ごもった。職人にはそれぞれの流儀がある。できあがったものはおなじでも完成にいたる工程がびみょうに違うのだ。

また腕のいい職人ほど他人に仕事を引き継ぐことも、後始末を請けおうことも嫌がる。

「文昭院さまのご霊廟を、あのような粗雑な者にさせては、我が寺の名前にもかかわる。なんとしても許さぬ」

役僧は頑固に言い張った。

「重蔵の頭」

袖吉が人足頭を見た。

「しかたあるめえ、袖吉の」

重蔵も小さく首を振った。

「増上寺さまのお言いつけとあらば、親方も了承してくださるさ」

「さようで」

袖吉は首肯した。

「では、明日にでも職人と人足を総入れかえいたしやす。ただ、難しい細工物にちょっとした齟齬《そご》がでるかもしれやせんが。そんと　やすと
しゃっていただければ、すぐになおしやす」　っ
袖吉が、話をしめようとしたとき、役僧の顔色が変わった。

「ちょ、ちょっと待て。職人が代わると細工に不都合が出るのか」

役僧が訊いた。

「へえ。職人は自前の道具を使いやすので、鑿とかの刃先がほんの少しですが、違うんで。道具が違えば、木とか石への食いこみが変わりやすので、できあがりが最初とずれることもござんして。もちろん、いくらでも調整はできやすが、組み上がるまで、そのへんのずれはちょいと見つけにくいんで」

袖吉が説明した。

「それは、ならぬ」

役僧が焦った声を出した。

「やむをえぬ。今回だけは見逃してくれようが、次は相模屋伝兵衛方を出入り禁止にするゆえ、きびしく心得おくように」

そう告げて役僧が去っていった。

「やれやれ、袖吉の。うるさいことよな」

重蔵が、ため息をついて人足たちの監督に戻った。

「みょうだな。なぜにそこまで職人が代わることを嫌がった」

袖吉が、役僧の背中に疑問を投げた。

完成を急がされる霊廟の普請とはいえ、日が落ちれば仕事は終わりになる。それは、蠟燭《ろうそく》や灯明《とうみよう》をたよりに仕事をさせて、失火がおこることを懸念したからであった。

すっかり日が落ちてしまえば、足下が危なくなるので、職人人足はおおむね七つ半（午後五時ごろ）には、帰途についた。

「いいか、明日は夜明けとともに始めるぞ」

「へい」

重蔵の言葉に人足たちがうなずいた。

「明日、遅れるんじゃねえぞ」

袖吉も職人たちにはっぱをかけた。

「どうだ、久しぶりに飯でも」

重蔵の誘いを袖吉は断った。

「すいやせん、今宵はちょいと……」

「女は御法度だぜ」

霊廟普請にかかわる者は、その間、女を抱くことは禁じられていた。

「そうじゃありやせんよ。親方に呼ばれているんで」

袖吉が苦笑した。

「じゃ、しかたねえな。今度の普請があがったら、吉原でもつきあえよ」

「よろこんで」

重蔵を山門前で見送った袖吉は、ふたたび霊廟普請の場へと戻った。

霊廟普請は、老中秋元但馬守が監督していた。霊廟普請場は、当番の書院番士とその配下の書院番同心によって、一日中警衛されていた。

まだ日の光は残っていたが、すでにかがり火が焚《た》かれ、たすきがけをした書院番同心が、隙間なく霊廟を囲んでいた。

「ごめんなさって」

霊廟の出入り口に立つ門衛へ頭をさげて、袖吉がなかへ入ろうとした。

「何用じゃ」

門衛役の書院番同心が袖吉を止めた。毎日のように出入りしている袖吉の顔を門衛は知っているが、刻限を過ぎての通行は禁止されていた。

「道具を忘れてしまいやして」

袖吉が腰をかがめた。

「ならぬ。明日の仕事始めまで何人《なんぴと》たりとても通すことはできぬ。それぐらいは知っておるだろうが」

顔なじみの書院番同心が首を振った。

「そこをなんとか。一晩夜露《よつゆ》に晒してしまうと錆《さ》びちまうんで。鑿が錆びると研がないと使えなくなりやすので、仕事が遅れちまいやす」

袖吉が頭をさげた。

「仕事が遅れるのはよくないが……」

門衛役の書院番同心二人が顔を見あわせた。

「まだ暮六つ（午後六時ごろ）の鐘は鳴っておりませぬ」

一人が言った。

「さようでござるな。通行禁止は暮六つ以降。それに、この者は相模屋伝兵衛が職人と身も知れております」

門衛の同心二人がうなずきあった。

「道具をとったら、すぐに戻ってくるのだぞ」

「どうも」

袖吉は、礼を述べて霊廟の門をくぐった。

門といってもまだ完成していないが、両の柱と屋根は造られている。周囲の壁もほとんどできあがっている。

なかに入ると外から袖吉の姿を見ることはできなかった。

袖吉は、わざと残してきた鑿《のみ》をすばやく懐にいれると、普請場を見まわした。

霊廟の中心となるここには、すでに家宣の柩がおさめられていた。石板を置き、まわりを柵で囲んで入ることはできなくしてある。袖吉たちはその片隅で作業を続けている。袖吉は、他の職人たちがしている細工を見てまわった。

霊廟の壁面となる飾り彫り、墓石の代わりとなる宝塔、目につく範囲に気になるものはなかった。

「親方と話をするしかねえな」

袖吉は未練を断って普請場を後にした。

「ありがとうございやした」

袖吉は門衛に深く頭をさげて、帰途についた。

相模屋の戸障子を数日ぶりに開けた袖吉は、土間に続く帳場に座っている紅の顔を見てため息をついた。

「お嬢さん、ただいま戻りやした」

「……ご苦労さま」

ねぎらいの言葉を返すが、紅は思いきり不機嫌であった。

「親方は、奥でやすか」

「ええ。もう一人、よけいなのもいるけどね」

紅が、奥の居間に続く廊下をにらみつける。

「旦那もお見えで。それはちょうどよかった」

袖吉がつぶやいた。

「ちょうどよかった……」

紅が、声を低くした。

「あっ」

袖吉が、あわてて口を押さえたが、もう遅かった。

「なにをやってるの」

紅が袖吉の前に立った。

「今朝も本郷御弓町には行くなって命じられるし、夕方になってお父さまと二人で来たのはいいけど、きびしい顔したままずっと閉じこもっているし」

泣きそうな顔を紅がした。

「あの馬鹿、また無茶をしている。あんな顔は二度と見たくないのに」

紅がうつむいた。剣気を身にまとったままの聡四郎、その表情を紅は見たのだ。

「お嬢さん」

袖吉が、紅にやさしい声をかけた。

「行きやしょう。やっぱり旦那にはお嬢さんがいねえと。でなきゃ、旦那は手綱《たづな》のない馬でやすからねえ。どこへ走っちまうかわからねえ」

袖吉が紅をうながした。

相模屋伝兵衛と聡四郎は、袖吉に背中を押されて入ってきた紅に驚いた。

「おい。袖吉」

相模屋伝兵衛が紅を連れてきたことを咎めた。

「親方」

袖吉がぎゃくに相模屋伝兵衛にけわしい声を投げた。

「旦那も」

袖吉の怒りは聡四郎にも向けられていた。

「もう十二分にかかわっているんでやすぜ。いい加減に仲間はずれにするのはよしやせんか」

袖吉が、二人の顔を見た。

「うむ」

「…………」

相模屋伝兵衛も聡四郎も返す言葉がなかった。

「一人だけなにも報されないというのはつらいもので」

「だが、紅どのは女《おなご》の身。なにかあっては」

「旦那」

袖吉が聡四郎をさえぎった。

「なにもないようにするのが、男の仕事でやしょう」

「うっ」

聡四郎はつまった。

「お嬢さんも座って」

立ったままの紅の肩を袖吉がつかんだ。

「で、なにがあったんでやすか」

袖吉が訊いた。増上寺が隠している間部越前守の書付を探すために、自宅から直接普請場への早出を続けている袖吉は、昨夜のことを知らなかった。

相模屋伝兵衛が、聡四郎の目を見た。聡四郎は首肯した。

「袖吉、水城さまへの無礼はあとで叱る」

相模屋伝兵衛が口を開いた。

「昨夜、水城さまのお屋敷が襲われた」

「なんですって」

「そんな」

紅と袖吉が声をあげた。

「見てのとおり、水城さまはご無事だ。敵は排除された」

相模屋伝兵衛が伝えた。

「いままでも水城さまを狙う輩はいた。だが、昨夜の敵は屋敷にまで押し入ってきたのだ」

相模屋伝兵衛が言葉を切った。

「なりふりかまわなくなったということでやすか」

袖吉が問うた。

「ああ。そこまでしてでも、水城さまを除かなければならなくなった。いや、そこまでできるようになったということだ」

相模屋伝兵衛が沈鬱《ちんうつ》な表情を浮かべた。

「それは、将軍さまがお亡くなりになったからで」

袖吉が訊いた。

「そうだ。いままでは幕府で一、二を争う権力者新井白石さまの名前があった。だが、将軍さまが代わられるということは、権力を握る人が代わることだ。おそらく、そのあたりがこの度《たび》のことに繋がったのではないかと思う」

相模屋伝兵衛が、語った。

「では、今後とも」

紅が、おそるおそる尋ねた。

相模屋伝兵衛は答えなかった。

「新井白石さまが、失脚されなきゃよろしいんじゃないんで」

袖吉が述べた。

「…………」

「そうだが、こればかりはわしらの力ではどうにもなるまい。金で買えるものではないからな、執政の座は」

相模屋伝兵衛が首を振った。

権力と金は近しい間柄であった。いや、切っても切れない関係である。ただ、その関係はみょうな一方通行でもあった。

権で金を手に入れることはたやすいが、金で権をつかむことは難しかった。

身分である。どれほどの金を持とうとも、譜代大名でなければ老中になることはできなかった。

紀伊国屋文左衛門が、柳沢吉保にしたがっているわけもそこにあった。

新井白石もおなじであった。旗本ではあったが、大名ではないために若年寄や老中になることができず、若年寄格という中途半端な状態に甘んじるしかなかった。そのつけがここに来ていた。

「新井白石さまを護らざるをえないということでやすか」

袖吉が言った。

「いや、護るのではなく、後押しせねばならぬ」

相模屋伝兵衛が告げた。

「新井さまが、御上の中心に近づかれていかれるほど、水城さまの身は安泰となる」

「しかし、それが正しいのでしょうか」

聡四郎は相模屋伝兵衛の話に異議を唱えた。

「正しいとはかぎりませぬ。新井さまを支える。それは水城さまも新井さまの権力のなかに取りこまれることを意味しておりますから」

「それでは、お役目を果たすことができませぬ。勘定吟味役は、幕府の金の監察でございまする。一人だけのために権をおこなうことは、濫用《らんよう》になりましょう」

「旦那、きれいごとはよしやしょうや」

袖吉が聡四郎をじっと見つめた。

「世間知らずの剣術遣いをやめてからどのくらいになりやす。もう、いい加減世のなかの仕組みがおわかりになっているはずですぜ」

「……うむ」

袖吉の言葉に聡四郎は黙るしかなかった。

「正しいと思うことをするには、力がなきゃいけないことぐらいお気づきだと思いやすがね」

「だが、そのために力を欲するのはまちがいではないのか」

「まちがいですよ」

相模屋伝兵衛が口を開いた。

「ですが、力がなければなにもできませぬ。今までのことでもそうでございましょう。荻原近江守さまを排したり、紀伊国屋文左衛門を隠居させたり、吉原に斬りこんだり、これらは勘定吟味役というお立場があればこそできたことではございませぬか。小普請組無役のお旗本では、どれ一つかないますまい」

「それはそうでございますが」

聡四郎は口ごもった。

「力を欲されるのは、人として当然のことで。ただ、その理由がどこにあるかで違ってくるのでございますよ。金が欲しい、いい女を抱きたい、名誉が欲しい、禄高をもっと欲しい、他人をひざまずかせたい。これらならば軽蔑されるべきでございますが、世のため人のために力を欲するのは誇ってよいことではございませぬか」

相模屋伝兵衛が、語った。

「もっとも、力を手に入れて変わるのは御法度ですがね。力がないと護るものも護れませんよ」

「力を方便《ほうべん》に使えと言われるか」

聡四郎が問うた。

「はい」

相模屋伝兵衛が首肯した。

「聞けば、刀に妖刀《ようとう》というものがございますとか」

考えこんでいる聡四郎に相模屋伝兵衛が語りかけた。

「村正《むらまさ》でござるか」

聡四郎が応えた。

村正は、四代もしくは五代続いた刀匠《とうしょう》の号である。初代村正は勢州桑名《せいしゅうくわな》の人だという。母親が走井山勧学寺《はしりいさんかんがくじ》の千手《せんじゅ》観音に願をかけて生まれた子供であったことから千子《せんご》との異名を持つ。応永《おうえい》年間に活躍したというが、その作品はほとんど現存していない。村正の名前はその後も続いたが、徳川家によって排斥《はいせき》され、五代のころ弟子は全国に散逸《さんいつ》し、慶長以降村正の銘を刻んだ刀は消えた。

村正が徳川家に嫌われたにはわけがあった。あまりに村正が祟《たた》ったからであった。

最初は、家康の祖父松平清康《まつだいらきよやす》が、家臣に刺殺されたことに始まった。清康は三河の太守として駿河の今川《いまがわ》、尾張の織田を押さえる猛将であった。その清康が尾張に侵攻したとき、わずかな齟齬《そご》から家臣に裏切られ、殺された。このとき清康を殺した家臣阿部弥七郎《あべやしちろう》が遣ったのが村正だった。

続いて、清康のあとを継いだ広忠《ひろただ》にも不幸がふりかかった。幼くして父を失った広忠もときを経て一人前の戦国大名となっていた。居城岡崎《おかざき》で一夜を過ごしていた広忠を、いきなり家臣が襲った。一撃は広忠の太股を裂いた。広忠を斬った家臣は岩松八弥《いわまつはちや》といい、松平家でも指折りの武将であった。広忠は、この傷がもとで一年後二十四歳の若さで世を去る。広忠を斬ったわけは不詳のままだが、朋輩《ほうばい》によって成敗された岩松の刀も村正だった。

今川の支配で辛酸《しんさん》をなめた家康が、織田信長の同盟者として名前をあげたころ、村正は三度目の祟りをなした。

家康の長男信康《のぶやす》に謀反の疑いがかかった。織田信長は信康の誅殺を家康に命じた。背後に武田《たけだ》家の圧迫を受けていた家康は、信長の庇護《ひご》なくして国を維持することができないと覚悟し、ひとかどの武将として活躍していた長男に切腹を命じた。このとき、信康の介錯《かいしゃく》に遣われた脇差が村正であった。

これらのことがあって、徳川家では村正を妖刀と忌み嫌っていた。

「水城さま、刀に罪はございますかな」

相模屋伝兵衛が尋ねた。

「いや」

聡四郎は首を振った。

「そうでございましょう。刀ではなく遣った者に罪がございまする。権もおなじで」

「おっしゃることはわかりまするが」

聡四郎は煮えきらなかった。

「権に呑みこまれてしまうのをおそれておられる」

相模屋伝兵衛の言葉に聡四郎が首肯した。

「たしかに権には、人をひきこむ力がございまする。これで身を滅ぼしただけではなく、国を傾けたお方も多ございまする。水城さまもそうならないとは限りませぬな」

相模屋伝兵衛が相槌《あいづち》をうった。

「情けないが、拙者はそれが怖い。新井さまを見ているからかもしれませぬが。妄執となってしまっては、本末転倒でござろう。良政をしたいがために権を欲していたのが、今や権を失わぬがためにならなら、なんでもされるようになっておられるように見受けられる」

聡四郎は、嘆息した。相模屋伝兵衛も袖吉も黙った。

「やっぱり馬鹿よ、あんたは」

沈黙を破ったのは紅のあきれた声だった。

「これっ」

叱る相模屋伝兵衛にうなずいて見せて、紅が続けた。

「あんたがおかしくなったときは、あたしが止めてあげる。蹴とばしてでもね。だから、あんたは好きなようにしなさい」

紅が宣した。

袖吉が噴《ふ》きだした。

「ちげえねえ。お嬢さんならそれくらいのことしてくれやすぜ」

「袖吉、笑うところじゃないだろうが」

相模屋伝兵衛が袖吉を叱った。

「止めてくれるか……」

聡四郎がつぶやいた。

「一人でなんでもしようとする。その癖はなおったみたいだけど、まだ人に頼るということがわかっていないようだから。だから、あんたは馬鹿。頼って欲しいのなら頼ることも覚えなければ駄目。人は与えられているだけでは我慢できないの。与えられ、与えて初めて人と人はやっていけるのだから」

紅が聡四郎を諭した。

「かたじけない。紅どのには教えられてばかりだ」

聡四郎は頭をさげた。紅がうれしそうに笑った。

「となると相模屋どの」

聡四郎が、意識をもとに戻した。

「どうしても間部越前守さまの書付を手に入れねばなりませぬな」

聡四郎と相模屋伝兵衛は、ふたたび黙考《もっこう》に入った。

「あの、親方、旦那」

袖吉が口を開いた。

「なんだい、袖吉」

「じつは……」

袖吉が今日あったことを語った。

「ご霊廟か」

聡四郎が驚愕の声をあげた。

「ううむ。そこならまずあらためられることはないか。そして建物のなかではないから、火事で焼ける心配もない」

相模屋伝兵衛が感心した。

「やっぱりそうでやすか」

袖吉がほっとした顔をした。

「細工のずれを嫌ったか」

相模屋伝兵衛は、そうつぶやくと立ちあがって、神棚にあげられていた油紙の包みをおろした。

「中井大和守さまからお預かりした文昭院さまご霊廟の普請図面の写しでございまする」

相模屋伝兵衛が包みを頭の上に一度押しいただいて、開いた。

なかには門から宝塔にいたるまでの図面が入っていた。全員が覗きこんだ。

「わかるか」

相模屋伝兵衛が袖吉に訊いた。

「わかりやせんよ。なんせ、ご霊廟なんて初めてあつかうんでやすから」

袖吉が首を振った。

「五代綱吉さまの図面はございませぬのか」

差を探せばと、聡四郎が尋ねた。

「寛永寺のぶんも、わたくしどもでやらせていただきましたが、図面は普請が終われば、中井大和守さまにお返ししてしまいますので」

相模屋伝兵衛が答えた。

「職人として、なにかみょうなことに気づかねえか」

「あっしは鳶ですからねえ。仕事柄ちょいと鑿ぐらいあつかいやすが、石工のまねごとなんぞしたことねえんで」

それでも袖吉は図面をにらんでいた。

袖吉は鳶職であった。鳶は高いところでの作業を行うのが仕事である。蔵や屋根の上のちょっとした造作ぐらいならやってのけたが、専門ではなかった。

「だが、収穫ではございましたぞ。増上寺が書付をご霊廟のなかに隠そうとしていることがわかっただけで」

聡四郎は、勢いこんだ。

「となると、どこに隠そうとしたかを考えるほうがよろしいか」

相模屋伝兵衛が提案した。

「まず人目につかないところ。となると、門と壁は除外できましょう」

相模屋伝兵衛が指を折った。

「かと申しても、いざというときに取り出せないようでは困りましょう。ご柩と石棺は除外できやすぜ」

袖吉も考えた。

「雨や風にたいすることも考えなければいけない」

紅が加えた。

「となると宝塔、それも雨風にさらされにくい下層しかございませぬ」

聡四郎が断じた。

「まちがいないとは存じますが、場所がわかっても現物がなければ、意味をなしませぬ。いつ増上寺はそこに書付を隠すか」

相模屋伝兵衛が、思案した。

「ご霊廟の完成供養の日じゃあござんせんか」

「いや、その日は人の出入りが多すぎる。不測の事態が起こることもある。なによりも間部越前守どのが、その身を危うくするものが隠されるのを黙って見すごされるとは思えぬ」

聡四郎が袖吉の意見を否定した。

「そのとおりでございましょう。寺側はいつでも隠せるわけでございますからな」

相模屋伝兵衛も同意した。

「ならば、完成した後に探しだすことにいたしましょう」

聡四郎は、力強く宣した。

三

霊廟の完工はなったが、すでに葬儀などは終わっていたため、盛大な法要は行われなかった。

数日後の十二月十八日、幕府は将軍家代替わりの慶賀として、大赦《たいしゃ》を発表した。流人《るにん》、入牢者《じゆろう》数千人が無罪放免となった。

その五日後、鍋松は中御門《なかみかど》天皇より、宿次《しゆくつぎ》の宣命《せんみよう》を受け、正二位権大納言となった。

「おめでたいことでございまするな」

その日、下城の途中で立ち寄った聡四郎に相模屋伝兵衛が話した。

「まことに喜ばしきことと存じておりまする」

聡四郎も認めた。

「小耳に挟んだのでございまするが、この度のことに勅使《ちよくし》も院使《いんし》もご下向になられなかったとか」

「さようでございまする。珍しきことながら、つい先日、文昭院さまのご葬儀に勅使が来られたばかりだからでございましょうが」

聡四郎は答えた。

「御用箱として、天子さまのお文が届けられたとのことだそうで」

相模屋伝兵衛が口にした。

御用箱とは、将軍家が京や大坂に命を出すときに使うもので、宿場ごとに飛《ひ》脚《きやく》と警固《けいご》の侍をだすものである。宿次とも呼ばれた。

「まだ、詳しくは聞いておりませぬが、上皇さまからの御状もあったとか」

聡四郎は、語った。

上皇とは、先々代霊元《れいげん》天皇のことであった。中御門天皇の祖父にあたり、貞享四年（一六八七）東山《ひがしやま》天皇に譲位し、上皇となった。高座《たかくら》を譲った息子東山天皇に先立たれていたが、三十人の子をなしたほど精力的な人物であった。

「上皇さまからの御状には、なにが記されておるのでございましょう」

相模屋伝兵衛が問うた。

「新井白石さまにうかがったところによりますると、新しい上様のお名前ではないかという話でございまするが」

聡四郎は、新井白石から聞かされたことを話した。

「となりますと、当然その前後、間部越前守は」

「江戸城から出ることはございますまい。いや、鍋松さまのお側につきっきりでございましょう」

相模屋伝兵衛の質問に答えた聡四郎が思いあたった。

「増上寺が動く」

「おそらく」

聡四郎の言葉に相模屋伝兵衛が首肯した。

翌日、高家《こうけ》肝煎中條山城守信治《ちゆうじようやましろのかみのぶはる》によって霊元上皇からの院宣《いんぜん》は読みあげられた。

「今後、源氏《げんじ》の長者たる系統をよろしく後世に繋ぎゆくことを命じ、権大納言徳川鍋松に家継《いえつぐ》の名のりを命じるものなり」

院宣を家継は間部越前守の膝の上で聞いた。

その夜、家継は新しい名のりを母に聞かすべく、大奥へと帰っていった。間部越前守に抱きかかえられて局に入ってきた家継を月光院が、満面の笑みで出迎えた。

「お帰りなさいませ、上様」

月光院は、家継を上座に導いて平伏した。

「どうしたの、母さま」

態度の変わった月光院に、家継が首をかしげる。

月光院が間部越前守と顔を見あわせた。

「こうやって、お名のりをお呼びする日をどれだけ待ったことでしょう。鍋松さま、いえ家継さま、あなたさまは今日よりこの国すべての武家を統《す》べられることになられたのでございまする。母にとってこれほどの喜びは、ございませぬ」

月光院が涙を流した。

「母さま」

家継が月光院のもとへと歩いた。

「なぜ泣いているの。哀しいの」

「いえ、うれしいのでございまする」

月光院が家継をその胸に抱いた。

「皆の者」

間部越前守が、局に控えている月光院付きの女中たちに声をかけた。中臈《ちゅうろう》を含め女中たちすべてが、静かに立ちあがって控えの間に消えていった。

「月光院さま、そろそろ炬燵《こたつ》に上様を。今宵はとくに冷えますゆえ、風寒《ふうかん》などをお召しになられては」

間部越前守が注意した。

「そうであったの。さすがは上様随一の忠臣、間部越前守よ。さあ、上様、どうぞこちらへ」

月光院が炬燵へと家継を誘った。

「うん」

家継が炬燵に足を入れた。

「母さまも」

「はい」

月光院が家継の左手に膝を入れた。

「越前も遠慮をするな」

家継に言われて間部越前守は、家継の正面に入った。

「上様、菓子などお召し上がりになりませ」

月光院が家継におやつを勧めた。

将軍家に供される菓子は、御広敷台所で毎朝作られていた。炒った糯米《もちごめ》に薩摩から献上された砂糖を煮詰めたものをからませたおこしごめや、蒸した糯米のなかにうす塩で煮た小豆《あずき》をくるんだ蒸し餅を家継は好んだ。

「もらう」

家継が蒸し餅をほおばるようすを見て、月光院と間部越前守が微笑みあった。

「母さまとそうしていると、まるで越前が上様のようじゃ」

家継がうれしそうに言った。


聡四郎は袖吉と大宮玄馬を連れて、増上寺に侵入していた。将軍家菩提寺とはいえ、仏法の根幹である衆生《しゆじよう》共済の理念は変わることなく、山門こそ閉じられるが、夜中でも山内に出入りできるように脇門のいくつかは開けられていた。

「旦那」

袖吉が先に行くと告げた。

聡四郎は首肯した。袖吉の身軽さは、聡四郎や大宮玄馬のおよぶところではなかった。

濃い茶の小袖に股引姿でほおかむりした袖吉の姿がたちまち闇に溶けた。

「続くぞ」

聡四郎は、大宮玄馬についてこいと合図した。

霊廟の完成をもって警衛の書院番同心たちは引きあげていた。もちろん番人がいなくなったわけではなく、霊廟にいたる参道の始まり、二天《にてん》門と呼ばれる銅《あかがね》門前に警衛の控え所が作られ、そこに不寝番《ふしんばん》が詰めていた。

「こちらで」

本堂の陰から袖吉が声をかけた。

「さすがにできたてでやすから、不寝番も起きてやす。銅門には厳重に鍵がかけられてやすし、気づかれずにこえることは難しいでやしょうから、本堂裏から回りやしょう」

袖吉が言った。

霊廟普請のために増上寺に通いつめていた袖吉は、山内《さんない》の構造を熟知していた。

聡四郎と大宮玄馬は無言で袖吉にしたがった。

二天門から文昭院殿こと家宣の霊廟最奥の宝塔までは、じつに二丁（約二一八メートル）以上の距離があった。さらに間にはいくつもの段や壁があり、二天門からでは宝塔付近をうかがい知ることはできなかった。

増上寺の本堂を大きく迂回《うかい》して、霊廟の裏手に稲荷社が祀《まつ》られていた。稲荷社をこえたところで右手に登れば、宝塔の裏手である。

「あっしが」

袖吉が植えられている木を揺らすことなく坂を駆けあがっていった。

聡四郎と大宮玄馬は背中合わせに周囲を警戒していた。

足下に小石が転がってきた。袖吉の合図であった。

「殿より」

大宮玄馬は聡四郎に背をむけた。聡四郎はつま先に体重をのせて大股で登った。

続いて大宮玄馬があがってきた。

「この壁の裏側が霊廟でさ」

袖吉がささやいた。

新しい木の匂いが、闇よりも濃く聡四郎たちを包んだ。

「お先に」

袖吉が懐から手ぬぐいをとりだした。それを右手に持ち、一度左手でしごくとはたくようにして壁の上に並べられた瓦にたたきつけた。

鋭く軽い音がして、手ぬぐいが瓦に貼りついた。袖吉の得意技振り手ぬぐいであった。袖吉は手ぬぐい一つあれば、敵をあしらうことも刀を奪うこともできた。

手ぬぐいを引っ張るようにして袖吉が、軽々と壁の上に移った。

「旦那」

袖吉が壁の上から手を伸ばした。聡四郎は太刀を鞘ごと抜き、下緒《さげお》をほどいて手に巻きつけると、刀を壁に立てかけた。

袖吉の手を右手でつかみ、左足を鍔にかけてぐっと身を持ちあげた。下緒をたぐって太刀を拾う。同様に大宮玄馬も続いた。

霊廟内に灯りはない。宝塔をうっすらと浮かびあがらせていた月明かりも、霊廟の隅々までは届いていなかった。

袖吉、聡四郎がまず飛びおりた。大宮玄馬は、警戒のために壁の上に残った。

宝塔は、聡四郎よりも大きく立派なものであった。

「まずは、見えるところを」

袖吉が言った。

「うむ」

聡四郎もうなずいた。夜の灯りは遠くからでも目立つ。袖吉も聡四郎も懐に小さな蠟燭を忍ばせていたが、とりあえず月明かりだけで調べられるところをすませようと動いた。

「ありやせんね」

袖吉が首を振った。

見える範囲に細工らしいものはなかった。

「つけやしょう」

袖吉が懐から矢立《やたて》のような小さな棒をとりだした。ふくらんだ頭の蓋を開けるとなかには火のついた火縄が入っていた。

袖吉が火縄に息を吹きかけ、火を大きくした。白い煙が少しあがり、袖吉の顔がほんのりと赤くなった。

袖吉が小型の蠟燭に火を移した。袖吉の顔が闇のなかに浮かびあがった。

「借りるぞ」

聡四郎も懐から出した蠟燭に火をつけた。

「じゃ、旦那はこちら側を、あっしが裏面を。それで見つからなければ交代ということで」

打ちあわせをして袖吉と聡四郎は、もう一度宝塔に取りついた。

異常に気づいたのは、袖吉であった。

「旦那」

袖吉が興奮を抑えきれない声で呼んだ。

「あったか」

聡四郎は、宝塔を回りこんだ。

「ここを」

袖吉が指さしたのは、宝塔と土台の境目であった。地面より二寸（約六センチ）ほど上に白い蠟が貼りついていた。

「封《ふう》か」

聡四郎は蠟に触れてみた。

「消すぞ」

聡四郎は手にしていた蠟燭を消し、太刀の鞘から小柄《こづか》を抜いた。

「お借りしやす」

袖吉が小柄で蠟を削り落とした。

「なにかありやすが、出てきやせん。少しは動くんですが。先の曲がったもので引っかけねえと無理かも」

袖吉が小柄を聡四郎に返した。

「拙者が……」

聡四郎が小柄を溝に押しこんだとき、大宮玄馬が警告を発した。

「殿、殺気でござる」

大宮玄馬が飛びおりて駆けよってきた。

聡四郎がすぐに反応した。突いていた膝を伸ばし、体勢を整えた。

「旦那」

袖吉が懐から匕首《あいくち》を出した。

「まぎれていたとは……手強《てごわ》いぞ」

太刀を抜きはなちながら、聡四郎は注意を発した。

人というのは生きているだけで気を発している。武道の修練を積むと、己の気をあるていどあつかえるようになるとともに他人の気を感知することができるようになる。

聡四郎と大宮玄馬は、かなりの域まで達していたが、まったく気づかなかった。それだけ敵はできるということであった。

七十坪ほどの霊廟の四隅、月明かりさえ届かない暗がりから四人の僧侶が姿を現した。

墨衣《すみごろも》に目だけを出した黒の頭巾姿の僧侶が、宝塔を中心に固まった聡四郎たちを囲んだ。

墨衣の手には三尺（約九一センチ）ほどの錫杖《しやくじよう》が握られていた。

錫杖とは修行僧や山伏が、山中で熊や蛇などから身を守るために遣うもので、杖の上に槍の穂先のような金属をかぶせ、その下にいくつもの金輪をつけたものである。経を唱えながら、錫杖の金輪を鳴らすことで、熊や蛇を近づけないようにするのだ。また、護身用の杖として遣えるだけではなく、突けば槍ともなる強力な武器であった。

「やっぱり来たか、越前の手の者よ」

墨衣の一人が低い声を出した。

聡四郎は、墨衣の一言に少し目を見張った。

「…………」

敵の勘違いを利用する気になった聡四郎は応えなかった。

「坊主にしちゃ、出番が幽霊みたいだぜ。そっちは成仏するんじゃなくてさせるほうじゃねえのかい」

袖吉が、聡四郎の考えをさとったのか、それ以上の穿鑿をさせないように軽口で相手をからかった。

「成仏はさせてやる」

墨衣が冷たい響きを聞かせた。

「いいのか。ここで争えば、番所に聞こえるぞ」

聡四郎は、敵の焦りを誘った。

「ふん」

墨衣の一人が、手にしていた錫杖を鳴らした。

一拍おいて、左手の本堂から唱和が始まった。百をこえるであろう僧侶の読《ど》経《きょう》は、山内をおおうほどの大きさであった。

「これで聞こえまい」

墨衣が笑った。

「夜中にこのようなことをして、番人がおかしいと思わないわけないだろう」

聡四郎は追及した。

「文昭院殿さまがここに葬られてから、毎晩やっておるわ」

墨衣が、勝ち誇ったように告げた。

「さて、では死んでもらおうか」

四本の錫杖が音をたてた。

宝塔以外の遮蔽物《しゃへいぶつ》がないところで、錫杖は無敵であった。叩く、薙ぐ、突く、払うと縦横に攻めたててきた。

「ちっ」

袖吉は口をきく余裕を失っていた。振り手ぬぐいで太刀は奪えても、しっかりと握ることができ、前後左右自在に動かせる杖にはきかない。刃渡り七寸（約二一センチ）ほどの匕首で錫杖を受け止めることも難しい。袖吉は逃げまわるしかなかった。

「たあ」

宝塔に背中をぶつけて避けることができなかった大宮玄馬が、太刀を下段からあげて錫杖を払った。

甲高い音をたてて、大宮玄馬の太刀が折れた。

大宮玄馬は太刀を相対している墨衣に投げつけ、すぐに脇差を抜いた。

「……ふん」

顔を振って投げつけられた太刀をかわした墨衣だったが、わずかに体勢をずらしたことで、大宮玄馬に逃げられた。

「りゃあ」

「おう」

聡四郎には二人の墨衣がかかってきていた。一人が水平に、もう一人が垂直に杖を振った。

「…………」

聡四郎は、後ろに跳んでかわした。宝塔の影が聡四郎の視界を覆った。

宝塔は錫杖への防壁でもあったが、かわすときの障害になった。

「あつっ」

袖吉の苦鳴が聞こえた。かわし損ねた袖吉は、錫杖の先端で左肩を浅くではあったが裂かれていた。

よろめいた袖吉が聡四郎に背中を預けた。

「ちっ」

聡四郎は右手を宝塔に、背後を袖吉にふさがれるかたちになって窮迫した。

「おまえたちを殺して、書付を別のところに移せば、越前はなにもできぬ。いや、おまえたちの首を届けてやれば、われらの言いなりになるしかあるまい」

追い詰めたと確信した墨衣が、勝ち誇った。

聡四郎は膝をたわめ、右肩に太刀を担いだ。一放流雷閃の構えにとった。入江無手斎との稽古で学んだ、わずかに右肩が前にはいるような姿を聡四郎は初めて用いた。

「馬鹿が。無駄な抵抗を。黙ってしたがえば、一撃で極楽浄土へ送ってくれようものを」

墨衣が嘲笑った。

「…………」

聡四郎は、無言で足を進めた。

敵の動きを見てからその先手をとる後《ご》の先《せん》である雷閃を聡四郎は、先の先、敵の出鼻を抑えて放つに変えた。

彼我の距離が二間（約三・六メートル）をきった。一歩踏みこめば、錫杖の間合いになる。

「往生《おうじょう》」

錫杖が正面から振りおろされた。

聡四郎は半歩左に身を寄せ、続いてまっすぐに踏みこみ、肩に担いだ太刀を弾くように出した。

乾いた音がして、聡四郎の太刀が錫杖を一尺（約三〇センチ）ほど斬りとばした。重い音をたてて、錫杖の先が落ちた。

「なにっ」

乾いた樫《かし》の木で作られた杖は、鉄にひとしい堅さを持つ。その杖を斬り落とされた墨衣が、一瞬動きを止めた。

聡四郎は、その隙を見逃さなかった。

股割のような姿勢になる残心から、膝を伸ばし、太刀の刃をかえして斬りあげた。聡四郎の身体が伸びあがった。

「ぎゃっ」

墨衣は下腹から胸骨までを裂かれて死んだ。

一人が倒れたことで包囲網が崩れた。

聡四郎は、すばやく血濡れた太刀をまっすぐに突きだした。

「なんの」

聡四郎と対峙していた墨衣の残り一人が、後ろに跳んで間合いを空けた。

糸で引かれるように、聡四郎もあとに続いた。

「なにっ」

足場を確かめるまもなく、墨衣が錫杖を聡四郎目がけて薙いだ。

聡四郎は、二寸半（約七・六センチ）でそれを見切ると、錫杖がひるがえる前に大きく踏みこんだ。

「ぬん」

ふたたび聡四郎は、太刀を腰の高さで突いた。太刀は抵抗なく墨衣の腹に吸いこまれていった。

「がはっ」

聡四郎の太刀の刃を握って引き抜こうとした墨衣の指が、血とともに散らばった。聡四郎は太刀を手元に戻した。

「あああああ」

長い悲鳴を残して、墨衣が身体を折った。

聡四郎はその末期を見届けることなく振り向いた。

「くそったれが」

足下を払った錫杖を跳びあがることで避けた袖吉の体勢が崩れた。足下から肩口へと位置を変えた錫杖が、袖吉目がけて振り落とされた。

袖吉の匕首がかろうじて錫杖を止めたが、下から片手で支えきれるものではない。袖吉の手が弾かれた。

聡四郎は奔った。ずらされた軌道から円を描いて二度目の打撃が袖吉目がけて放たれた。

「ちい」

袖吉が必死に逃れようともがいた。

「てえっ」

三間（約五・五メートル）を数歩でなくした聡四郎が、袖吉を襲った墨衣目がけて袈裟懸けを放った。聡四郎の切っ先が、浅いながら墨衣の背中を裂いた。

「ぎゃっ」

墨衣が天を仰いだ。錫杖の勢いが止まった。

袖吉が、その錫杖を摑んで引いた。

「地獄におちやがれ」

袖吉が呪詛の言葉を吐いて、錫杖について来た墨衣の喉を匕首で掻いた。

「かたじけないことで」

袖吉が頭を下げた。

「いや。あっちは、大丈夫だ」

聡四郎が、大宮玄馬を見た。

大宮玄馬は、錫杖をうまくあしらっていた。打ってくるのをかわし、薙いでくるのを止め、そして車《しゃ》に回すのをかがんでやり過ごす。一対一になれば、小太刀の疾さが生きてくる。

小柄で敏捷な大宮玄馬は、攻撃する糸口をじっと待っていた。

「どうやら、終わりそうだな」

聡四郎は、大宮玄馬が身体を沈ませるのを見てつぶやいた。

大宮玄馬が地に着くほど低い姿勢になった。這うように墨衣に近づき、脇差で膝を撃った。

「あきゃあ」

みょうな声をあげて転んだ墨衣が斬られた膝を抱えた。大宮玄馬がそのまま脇差を地に刺すように落とした。

「ぐっ」

最後の墨衣が絶息した。

「旦那、ありやしたぜ」

大宮玄馬が最後の墨衣に止めを刺している間に袖吉が、溝の隙間に煙管《キセル》の吸い口をつっこんで中身を出していた。

袖吉が出したのは、一寸（約三センチ）の幅、三寸（約九センチ）の長さの木箱であった。やはり厳重に蠟封がされていた。

「水が入ることを気にしてやすね」

袖吉が蠟を溶かした。

「開けやすぜ」

袖吉が蓋を開けた。なかには、油紙に包まれた書付が一枚だけ入っていた。

「まちがいないな」

蠟燭の光に照らされた奉書紙《ほうしょがみ》には、墨痕《ぼっこん》鮮やかに間部越前守の名前と花押、そして将軍家の菩提をお預かり願うと書かれていた。

聡四郎は書付を油紙に包みなおすと、懐奥へとしまった。

「帰るぞ」

「黙って通してくれはしやせんぜ」

袖吉が真剣な顔つきをした。

「あっしはともかく、旦那や大宮さんさえ気づかねえほど気配を消せる連中でさ。帰りに待ち伏せされていたら」

「やるしかない。ここで夜明かしするわけにもいくまい」

聡四郎が強い口調で言った。

「座禅の修行に己の気配を消すものがあると聞く。顔に虫がとまろうともまつげ一つ動かさず、息さえも殺すという。だがな、攻撃をくりだすときに殺気を出さずにおれるものなどない。今の連中でもそうだ。結局は玄馬に見つけられた。人のやることにはかならず穴がある。そこをつく」

聡四郎が断じた。

「ぎゃくにつかれやせんかね」

袖吉が、聡四郎の甘さを指摘した。

「そうだとしても、最後まであがく」

聡四郎が覚悟を見せた。

「よござんしょ。行きますぜ」

「待て」

聡四郎が止めた。

「裏手ではなく、表に向かう」

聡四郎は霊廟の門を指さした。

「へっ、なんでまた、そちらへ」

袖吉が訊いた。

「二天門の番人を利用する」

聡四郎が告げた。

「なるほど。二天門の番人は幕府の役人。口封じはできやせんね」

袖吉がにやりと笑った。

「じゃ、お先に」

袖吉がふたたび手ぬぐいをつかって壁の上に登った。

「さあ」

聡四郎と大宮玄馬も続いた。

三人は、霊廟の前、参道に設けられた階段を駆け降りた。

「しゃああ」

参道脇の灯籠陰から、いきなり棒が襲い来た。今度は音を消すためか、錫杖ではなかった。

「わかってるんだよ」

袖吉がふわりと跳んで一撃をかわした。

空を斬った棒が流れる隙を、大宮玄馬が許さなかった。

「しゃっ」

小太刀独特のすばやい小さな動きは、的確に墨衣の首筋を裂いた。夜目にも赤い帯が、空中に躍《ご》った。

聡四郎を後詰めに袖吉と大宮玄馬が先に立って、襲い来る墨衣たちを排除し続けた。

「見えやしたぜ」

袖吉が二天門に向かって駆けだそうとして、固まった。

「……………」

大宮玄馬も止まった。

狭い参道から、広い二天門前庭にいたる角、その左手からすさまじい殺気がふくれあがった。石組みで見えない角の向こうから、ゆっくりと影が姿を見せた。

「下がれ」

聡四郎は、二人を押しのけて前に出た。

影は三つあった。そのうち二人が、駆けよってきた。

聡四郎は、太刀を青眼から左右に振った。

「げっ」

「がはっ」

聡四郎の太刀が、二人を袈裟懸けに斬った。だが、墨衣の動きが速く、思ったよりも深く入った。聡四郎の太刀が、二人目の墨衣の首筋に食いこんでしまった。

「護法衆《ごほうしゅう》を倒し、ここまでくるとは、なかなかやるではないか」

陰から現れた最後の墨衣が口を開いた。手には六尺（約一・八メートル）の杖を持っていた。

「護法衆とは、尊大な名前だな」

聡四郎は、太刀をあきらめて脇差を抜いた。死体の肉に巻きつかれた太刀は、すぐにはずれてはくれない。ほんの寸瞬とはいえ、そこに隙が生まれてしまうのだ。聡四郎は、太刀にこだわらなかった。

「ほう」

墨衣の頭巾から覗いている目が、少し大きくなった。

「おもしろいな」

墨衣が杖の石突きを石畳に打ちつけた。澄んだ音がひびいた。

「思いきりもいい。これほどの者に夜盗のまねをさせるとは、間部越前守も家臣を見る眼がないな」

墨衣がゆっくりと間合いを詰めてきた。十間（約一八メートル）あった間合いが、五間（約九メートル）に狭まった。

聡四郎は、脇差を下段に構えた。

足を進めながら墨衣が杖を前に突きだした。杖が地面と水平になった。

「衆生共済、七難即滅、降魔《ごうま》消失、仏法守護」

墨衣が呪文のようなものを唱え始めた。

「こけおどしか」

聡四郎は左足を半歩前にだして、つま先で滑るように腰を落とした。

「怨敵《おんてき》退散」

墨衣が杖の石突き付近をつかんで、振り回した。

音をたてて頭上をまわる杖の範囲は、完全に墨衣の結界《けっかい》となった。そこに足を踏みいれた瞬間、円の動きを直線に変えた杖が、聡四郎の頭を割ることは自明《じめい》の理《り》であった。

「…………」

聡四郎は、後ろにさげた右足に重心をかけた。

脇差と杖では勝負になるはずもなかった。間合いは違いすぎ、その重さにも差がありすぎた。唯一脇差がまさっているのは、その疾さだけである。

聡四郎は、一撃に賭けた。聡四郎は杖の動きに集中した。

朗々と続く読経の声も聡四郎の耳から消えた。

回転の動きに慣れた聡四郎の目が、見えていなかった杖の先端をはっきりと区別できるようになった。

「滅」

杖が聡四郎目がけて伸びた。

「…………」

聡四郎はわずかに身を退いて見切った。

むなしく杖が引き戻された。

「ふん」

もう一度杖が回り始めた。

聡四郎は鉄壁に見えた杖の結界にほころびを見つけた。聡四郎目がけて放たれた杖が戻り、回転に入るその瞬間まで、円の動きが直線になる。直線の動きで一放流にまさるものはなかった。

聡四郎は、わざと重心を前にだした左足にのせた。前に重心をだせば、避ける動作が遅くなる。聡四郎の体勢に変化が出るほどではなかったが、墨衣はそれに気づいた。

「滅」

うなりをあげて杖が、聡四郎の頭上を襲った。

聡四郎は、ふたたび重心を右足に移して、これをかわした。杖は聡四郎の額を擦るほど近くを通った。怖《お》じけることなく、聡四郎は右足の膝をためて一気に踏みこんだ。

「ちっ」

杖を手元に繰りこもうとしていた墨衣が、舌打ちをした。急いで杖を回し、繰りこむ勢いを撃ち出す力に変えた。

聡四郎は手にしていた脇差を青眼より少しだけあげた。

「ぬん」

「即滅」

聡四郎と墨衣がともに気合いを発した。

身体の右側面にあった杖を回しながら斜め前に角度を変える。墨衣の刹那《せつな》に過ぎない動きの変化が、聡四郎に劣った。

聡四郎の脇差が、墨衣の首の付け根を刎《は》ねた。

「くうっ」

墨衣がうめいて杖を落とし、手で傷を押さえた。切っ先の跳ねが少なかっただけ、致命傷とならなかった。

「負けを認められよ」

聡四郎は墨衣に声をかけた。転がっている杖を蹴りとばして、手の届かないところにやった。

「この中身がなにかをご存じならば、これで増上寺がどうにかなることはないとぐらいおわかりであろう」

聡四郎は、間合いを空けて、懐から書付を出した。

「…………」

墨衣は無言であった。

「もうよろしかろう。十分にお寺を潤したではございませぬか。これ以上用いられまするると、お寺を危うくいたしますぞ」

聡四郎は、力強く言った。

「急ぎ手当てを受けられよ。紙切れ一枚のために死した者どもの供養をお願いいたす」

聡四郎たちは、怪我をした墨衣に背を向けた。

四

二天門をこえたところで、聡四郎はわざと番所に声をかけた。

「御免。夜分に畏れ入る」

「誰《たれ》ぞ」

なかから番士が顔を出した。

「拙者、勘定吟味役水城聡四郎と申す。先代さまのご威徳《いとく》忘れがたく、夜中にて無礼とは存じましたが、参じました」

「お勘定吟味役どのと申されたか。ご心情まさに同様でござるが、あまりな刻限。今後はこのようなことをなさらぬようお願いいたしたい」

番士が諭した。

「承知つかまつった。では、御免」

聡四郎はていねいにあいさつをして番所を後にした。

「これで、山内を出るまではなんとかなるだろう」

聡四郎は、背後に気配を感じながらゆっくりと歩いた。

「お名前を名のってしまってよろしかったので」

大宮玄馬が問うた。

「間部越前守どのが手と思っていたのが、違ったのだ。いまごろ驚いているだろうよ」

「なるほど。旦那の後ろを探るまでは、なにもしてこないと」

袖吉が、手を打った。

後をつけてくるものがいることを知ったうえで、聡四郎は屋敷に戻った。袖吉もついてきた。

「なにもかも明日だ」

聡四郎たちは、一つの部屋で眠った。

翌朝、聡四郎は佐之介を使いに出し、相模屋伝兵衛と紅を屋敷に招いた。

「ご無事でなによりでございました」

相模屋伝兵衛が、ほっとした顔を見せた。紅の額に刻まれていた皺《しわ》もなくなった。

「お呼びたていたし、申しわけございませぬ」

聡四郎は、詫びた。

「これをご覧いただきたい」

聡四郎は昨夜手に入れた書付を相模屋伝兵衛に見せた。

「なるほど、この日付が問題なのでございますな」

相模屋伝兵衛が、書付の末尾に記されていた日付を読みあげた。

「宝永六年（一七〇九）十二月四日」

「家宣さまが、西の丸から御本丸大奥へお移りになられた日でございまする」

聡四郎が告げた。

「お世継ぎさまが、お生まれになった年でもございますな。そして間部越前守さまが家継さまの傅育役を命じられた年」

幕府出入り旗本格だけに相模屋伝兵衛も知っていた。

「これが表に出れば、間部越前守どのは失墜《しっつい》されましょう」

「新井さまにとっては、なによりの切り札」

聡四郎と相模屋伝兵衛が顔を見あわせた。

「このままおわたしになられますか」

相模屋伝兵衛の尋ねに聡四郎は答えず、紅に声をかけた。

「紙と筆をくれぬか」

紅が黙って文机のなかから硯《すずり》と墨をとりだした。

沈黙のなか、紅が墨をする音だけが続いた。

「はい」

紅が文机の上に紙を置き、墨を含ませた筆を聡四郎に差しだした。

「すまぬな」

聡四郎は、紙に書付の内容を写した。

「…………」

写し終えた聡四郎の手元に、紅が小ぶりの火鉢、手あぶりを寄せた。

聡四郎はちょっと目を見開いて紅を見た。にっこりと笑う紅に聡四郎は黙ってうなずき、手あぶりの炭に書付をくべた。たちまち煙があがり、書付が燃えた。

「な、なにを……」

「えっ」

袖吉があわてた声を出し、大宮玄馬も驚愕した。だが、相模屋伝兵衛はほんの少し眉をひそめただけだった。

「これはあってはならぬものでござる」

聡四郎は、口を開いた。

「上様のお命が尽きる日のことを家臣が考える。そのようなことはございませぬ」

「はああ」

相模屋伝兵衛が嘆息した。

「甘いお方でございますな。水城さま、これはあなたさまが生き残っていかれるための綱でございましたのに」

文句をつけながらも、相模屋伝兵衛の表情は柔らかかった。

「すまぬこととは存じまするが、このようなものに頼る気にはなりませぬ」

聡四郎が頭をさげた。

「よろしゅうございましょう。どちらにせよ、いまさら本物があっても変わりませぬからな」

「どういうことで、親方」

袖吉がわからないと訊いた。

「増上寺から、盗まれたということが伝わればいいのだ。増上寺は、水城さまの名前から新井白石さまが後ろにおられることを知る。取り返しに動くほど馬鹿ではあるまい。新井さまには、この書付の内容を秘する意味はないからな。これが表に出てつごうが悪いのは、増上寺もおなじ。間部越前守さまも表だったことはなさりますまい。みょうな動きを見せれば、新井さまは躊躇《ちゆうちよ》なく動かれる。間部越前守さまは新井白石さまのおそろしさをよくご存じでしょう」

「寺はそれでいいとして、新井さまはどうするので。命に背いた旦那をそれこそ御役御免にしやせんか」

「できるものかい。新井さまは、この写しを見せられたところで、本物がもうないことに気づかれよう。もちろん、憤慨《ふんがい》はされよう。だがな、水城さまを手放すことはなされまい。これほど役にたつ配下を捨てられるわけがない。新井さまが幕政を壟断《ろうだん》されるようになれば別だがな。狡兎《こうと》死して走狗《そうく》烹《に》らるとのことわざもある」

相模屋伝兵衛は、新井白石をよく見ていた。

「そういうものでやすか。ですが、これがなければ、新井さまは間部越前守さまを頼ることができねえんじゃ」

袖吉はまだ納得していなかった。

「あるように見せかけるのだよ。だから、水城さまは写しをとられたのだ。新井さまが、間部越前守さまを脅されるときに、内容を知らないようでは、すぐにばれてしまうではないか」

「なるほど」

袖吉が首肯した。

「さて、そろそろ拙者は登城しよう。新井どのにお目にかかる」

聡四郎が立ちあがり、紅が乱れ箱を取りに行った。


新井白石は、一人端座していた。いつ間部越前守から呼びだしがあってもよいようにと、ここ数日厠《かわや》に行く以外は、下部屋から出ていなかった。

「新井さま」

聡四郎は、内座に顔を出すことなく、新井白石のもとを訪れた。

「吉報であろうな」

新井白石の顔には、はっきりとした疲れが浮かんでいた。家継の服喪にかんする質問を受けて以来、間部越前守からなんの音沙汰もなかった。

「これを……」

聡四郎は、なんの説明もなく写し書きを新井白石の前に置いた。

「手に入れたか……でかしたぞ」

新井白石が、思わず大声を出した。

急いで折りたたまれた写しを開こうとした新井白石がもたついた。

「こ、これじゃこれじゃ。宝永六年、なんと三年も前からとは。越前の不忠者《ふちゆうもの》め……」

新井白石が呪詛の言葉を途中で止めた。

「三年前にしては、紙も新しい。墨の匂いも鮮やかである。これは……水城、きさま」

新井白石が聡四郎をにらみつける。

「己が身の保全を考えたな」

新井白石が、地を這うような声で言った。

「…………」

聡四郎は応えなかった。

「きさまていどが手にしたところで、守り札にもならぬ。渡せ、儂にまかせよ。

儂が若年寄になれば、きさまを勘定奉行にしてやる。儂が老中となったあかつきには、大名に引きあげてやろう。よいか。これは儂が持っていてこそ使いものになる。間部越前守に会うことさえできぬそなたでは、宝の持ち腐れにしかならぬ」

新井白石が、聡四郎を身分で釣ろうとした。

「ございませぬ」

聡四郎が告げた。

「それはどういうことだ。まさか、きさま、書付を……」

新井白石の目が大きく見開かれた。沈黙が下部屋をおおった。

「そうか」

たばこを数服吸いつけるほどの間を経て、新井白石が口を開いた。

「儂に人を見る眼がなかったということか。水城、きさまもう少し世のなかが見えると思っておったが。青い」

新井白石の瞳が氷の冷たさで聡四郎を映した。

「己の考えの浅さを身に染みて知るときが来るだろう。そう遠くないうちにな」

新井白石が聡四郎に憎しみの眼差《まなざし》を浴びせた。

「さがれ。きさまの用はすんだ。儂から声をかけるまで、顔を見せるな」

新井白石に追われて聡四郎は、下部屋を出た。

「馬鹿はあつかいやすいと思っていたが、あそこまで度し難いとはの。先が見えぬにもほどがある。まあ、凡俗《ぼんぞく》はあのていどかもしれぬ。燕雀《えんじゃく》に鴻鵠《こうこく》の志はわからぬか」

新井白石は、聡四郎をののしりながら、写しに目を落とした。

「実物があれば越前守を思いのままにできたであろうが、写しではな。内容を告げるだけで、しばらくはどうにかなるだろうが、幕閣を手中にしようとしている越前守だ。いつか本物がもうないことを知る。そのときが儂の破滅になる」

新井白石が、思案に入った。

「それまでに、しっかりとした基盤を作らねばならぬ。越前守に太刀打ちできるだけの人物と組むしかないか」

じっと新井白石が腕を組む。

「柳沢吉保は論外じゃ。綱吉の策をすべてくつがえしてやったからの。儂が嫌う以上にあやつも儂を憎んでおろう。老中たちは力にならぬ。残るは家継さまの次を担う御三家」

新井白石が、瞼《まぶた》を閉じた。

「口にするのも恐ろしいことをしてのけたが、果断《かだん》と見れぬこともない。学はないが、愚かではない。なにより、家宣さまの葬儀へ出席させなかった越前守と仲が悪い……紀州徳川吉宗」

新井白石が目を開いた。


おなじころ、柳沢吉保のもとに永渕啓輔が来ていた。

「そうか、間部越前守の書付を水城が手に入れたか」

柳沢吉保が、永渕啓輔の話を聞いた。

「奪いましょうや」

永渕啓輔が瞳を光らせた。

「いや、今はよい。命あるまで見張るだけにせよ」

「はっ」

永渕啓輔が下がった後に、紀伊国屋文左衛門が顔を出した。

「地獄耳というか、鼻がきくの。紀伊国屋」

柳沢吉保が苦笑した。

「蛇《じゃ》の道はなんとやらと申します」

紀伊国屋文左衛門が、平伏した。

「今日にも書付は新井白石のもとに届けられましょう。水城の登城を襲われますので。それとも、白石の屋敷にうちこみますので」

紀伊国屋文左衛門が訊いた。

「そのようなことはせぬよ」

柳沢吉保が答えた。

「永渕さまをお使いになるのがなんでございましたら、わたくしめがなんとか……」

「いらぬ手出しをするでない」

柳沢吉保が、少し語調を強めた。

「なぜでございますか。あれがあやつの手に渡れば、白石めは盤石《ばんじゃく》の態勢をつかむことに……」

「わからぬか」

紀伊国屋文左衛門の言葉を柳沢吉保がさえぎった。

「儂には、そのほうがつごうがよいのよ。間部越前守、新井白石、ともに家柄ではない。代々の譜代ではないのだ。ただご先代さまのご寵愛で今の地位にあるだけ。つまりは、あやつらを支える人がおらぬということだ。あやつらが老中になったところで脅威ではない。簡単につぶせるからの。それにな、今あやつらに退いてもらっては困るのだ。新参で先代の寵愛、それが使いものにならないとなれば、次に出てくるのは譜代で優秀な者。そのような者が家継さまの傅育についてみよ、まさに天晴《あっぱ》れ名君となりかねぬ。儂にとっては、いや、吉里さまにとって、家継はいつまでも母親の乳房にすがりつくひ弱な子供であってくれるほうがよいのだ」

柳沢吉保が、息子である吉里に敬称をつけた。

「ご深慮《しんりょ》、おそれいりました」

紀伊国屋文左衛門が平伏した。

「まあ、見ているがいい。間部越前守と新井白石が幅をきかせるほど、幕臣たちの心は離れ、七代さまの御世は短くなる」

柳沢吉保が、暗い笑みを浮かべた。

「それにいたしましても、水城は恐ろしい敵でございまする」

紀伊国屋文左衛門が首を小さく左右に振った。

「ああ。増上寺の護法衆も尾張のお旗持ち組も相手にならぬ。あらためて剣の力を教えられたわ。したが、尾張と菩提寺、この将軍家に大きな影響をもたらす二つが落ちたのはありがたいわ」

柳沢吉保が喜んだ。

「もっとも、それがご大老さまのおためになっていると気づいておらぬところは、小物でございますが。尾張さまにかんしては、わたくしのほうから念を入れておきまする」

紀伊国屋文左衛門が、低い声で告げた。

「ふふふ。吉通どのも若い身空でおかわいそうよな」

柳沢吉保が、感情のこもっていない声で言った。

「これで吉里さまの敵は、紀州徳川吉宗のみ」

「ものごとにはついでと申すものがございまする。これも水城にさせましては」

紀伊国屋文左衛門が、柳沢吉保に媚びるように言った。

「そうなればよいがの。あまり他人の力をあてにしては、いざというときに動けなくなる。なにより、吉宗は一筋縄ではいかぬ。子飼いの紀州玉込め役たちも、尾張の旗持ち組などとは比べものにならぬというではないか」

柳沢吉保は、嘆息した。

「かと申して、あまりときもない。儂が生きている間にせめて仕掛けだけでも終わらせねば」

柳沢吉保の目が鋭く光った。

二〇〇六年八月　光文社文庫刊

光文社文庫

長編時代小説
秋《しゅう》霜《そう》の撃《げき》　勘定吟味役異聞《かんじょうぎんみやくいぶん》(三)　決定版
著者　上《うえ》田《だ》秀《ひで》人《と》

2020年6月20日　初版1刷発行

発行者　鈴木広和
印刷　萩原印刷
製本　ナショナル製本

発行所　株式会社　光文社
〒112-8011　東京都文京区音羽1-16-6
電話 (03)5395-8149　編集部
8116　書籍販売部
8125　業務部

ISBN978-4-334-79043-1　Printed in Japan

組版　萩原印刷

上田秀人
「水城聡四郎」シリーズ

好評発売中★全作品文庫書下ろし!

聡四郎巡検譚

(一) 旅《たび》発《だち》
(二) 検断
(三) 動揺
(四) 抗争
(五) 急報

御広敷用人 大奥記録

(一) 女の陥穽《かんせい》
(二) 化粧の裏
(三) 小袖の陰
(四) 鏡の欠片《かけら》
(五) 血の扇
(六) 茶会の乱
(七) 操《みさお》の護《まも》り
(八) 柳眉《りゅうび》の角《つの》
(九) 典雅の闇
(十) 情愛の奸《かん》
(十一) 呪詛《じゅそ》の文《ふみ》
(十二) 覚悟の紅《べに》

勘定吟味役異聞 決定版

(一) 破斬《はざん》★
(二) 熾火《おきび》★
(三) 秋霜《しゅうそう》の撃《げき》★
(四) 相剋《そうこく》の渦《うず》
(五) 地の業火《ごうか》
(六) 暁光《ぎょうこう》の断
(七) 遺恨《いこん》の譜《ふ》
(八) 流転《るてん》の果て

★は既刊

光文社文庫